gll.

Marie Louise Fischer, Damals war ich siebzehn

Marie Louise Fischer

Damals
war ich
siebzehn

Roman

VERLEGT BEI
KAISER

Alle Rechte vorbehalten
Copyright © 2003 by Neuer Kaiser Verlag Gesellschaft m. b. H., Klagenfurt
Schutzumschlag: Volkmar Reiter unter
Verwendung eines Fotos von gettyimages, Wien
Satz: Context, St. Veit/Glan
Druck- und Bindearbeit: Gorenjski Tisk, Slowenien

1

»Meine Damen und Herren, wir landen in wenigen Minuten auf dem Flughafen Köln-Wahn«, ertönte die klare musikalische Stimme der Stewardess aus dem Lautsprecher, »bitte anschnallen und das Rauchen einstellen!«

Magdalene Rott hörte nichts. Ihr war, als ob Nebel auf sie zuströmte und sie zu ersticken drohte. Erst als ihre Tochter sie sanft berührte, zuckte sie zusammen und fand in die Wirklichkeit zurück.

»Aber, Mama«, sagte Evelyn, »hörst du denn nicht? Wir müssen uns anschnallen!« Sie beugte sich über die Mutter und bemühte sich, ihr beim Anlegen der Gurte behilflich zu sein. Dabei warf sie einen Blick aus dem niedrigen Fenster und sah den Nebel. »Hast du etwa Angst, Mama?« fragte sie in dem nachsichtigen und leicht amüsierten Ton, den junge Mädchen ihren Eltern gegenüber gern anwenden.

»Ja«, sagte Magdalene Rott, »ja, ich fürchte mich.«

»Wovor denn? Glaubst du im Ernst, wir werden abstürzen? Der Pilot wird versuchen, ob er hier landen kann. Und wenn nicht, fliegt er weiter. Das Schlimmste, das uns passieren kann, ist, dass er uns in Frankfurt oder Düsseldorf absetzt.«

Eine der Stewardessen kam zu den Plätzen der beiden Damen, bot mit strahlendem Lächeln Bonbons auf einem Tablett an. »Uns kann nichts passieren, nicht wahr?« fragte Evelyn vertrauensvoll.

»Gewiss nicht«, versicherte die Stewardess, und ihr Lächeln wurde noch strahlender. Aber in diesem Augenblick merkten es alle. Die Maschine, die in den letzten Minuten in einem großen Bogen tiefer und tiefer gekreist war, richtete die Nase wieder hoch und stieg auf.

»Meine Damen und Herren, wir haben leider noch keine Landeerlaubnis!« Die Stimme der Stewardess klang genauso klar und musikalisch wie immer. »Bitte gedulden Sie sich ein wenig. Es besteht kein Grund zur Besorgnis. Wir werden durch Radar völlig sicher auf die Rollbahn dirigiert.«

»Na, siehst du, Mama!« Evelyn lachte, aber es klang nicht mehr ganz so unbekümmert. »Das wäre ja noch schöner! Den ganzen weiten Flug von Bombay her ist nichts passiert, und nun zum Schluss ...«

Oberst Rott, der auf dem Fensterplatz vor seiner Frau und seiner Tochter saß, drehte sich um und fragte: »Na, wie fühlt ihr euch?«

»Danke, gut«, behauptete Evelyn rasch.

»Das kann nämlich noch eine ganze Weile dauern.« Der Oberst wandte sich wieder nach vorne.

Die Maschine hielt ihre Höhe und kreiste über dem Nebelfeld.

»Ich freue mich riesig auf Deutschland«, sagte Evelyn. »Ein komisches Gefühl, seine Heimat gar nicht zu kennen.«

»Mach dir nur keine Illusionen«, mahnte die Mutter.

»Ich versteh' dich nicht«, sagte Evelyn, »überall, wo wir gewesen sind – in Nairobi, in Tokio oder in Bombay –, alle Europäerinnen haben bloß immer von ihrer Heimat geschwärmt. Nur du ...«

Sie brach ab, denn wieder ertönte die Stimme aus dem Lautsprecher:

»Achtung! Achtung! Wir landen in wenigen Minuten!«

Nachdem Evelyn sekundenlang geschwiegen hatte, wandte sie sich wieder ihrer Mutter zu. »Oder hängt das vielleicht mit deiner indischen Sterndeuterei zusammen? Hast du dir wieder mal von dem alten Singh Ree einen Bären aufbinden lassen? Papa hat ganz Recht, wenn er sagt ...«

Magdalene Rott hob den Kopf und erklärte mit unerwarteter Heftigkeit: »Sei still, Evelyn! Bitte, sei still! Du weißt, dass ich über dieses Thema keine Späße liebe!«

Evelyn hatte eine patzige Antwort schon auf der Zunge, doch dann sagte sie: »Okay, Mama, reg dich nur nicht auf!« Sie lehnte sich in ihren Sessel zurück, presste die schmalen, schön geschwungenen Lippen zusammen. Aber Magdalene Rott merkte es gar nicht. Sie starrte auf die Nebeldecke hinunter, die näher und näher zu kommen schien und brauchte alle Kraft, um ihrer Beklemmung Herr zu werden.

Es ist alles schon so lange her, versuchte sie sich einzureden, so unendlich lange her, als ob es in einem anderen Leben gewesen wäre. Vergiss es! Du musst es endlich vergessen!

Aber ihr Wille versagte vor der dumpfen Angst, die ihr das Herz zusammenzog.

Dann schämte sie sich plötzlich ihrer eigenen Kleinmütigkeit. Sie sah auf den schlanken, starken Nacken ihres Mannes, das üppige grau melierte Haar, spürte wieder, wie sehr sie ihn liebte – ihn und ihre Tochter.

Niemals würden die Schatten der Vergangenheit die Kraft haben, dieses Glück zu verdunkeln, dieses Glück, das so wirklich und so nah war, dass sie es berühren konnte.

Sie beugte sich vor, legte ihre eiskalte Hand an die Wange ihres Mannes, fühlte erlöst, wie seine Wärme auf sie überging.

In diesem Augenblick berührte das Fahrgestell des Flugzeuges die Rollbahn.

Seit über einer halben Stunde schon stand die Journalistin Helga Gärtner am Buffet des Flughafens Köln-Wahn. Sie trank eine Tasse Espresso, rauchte eine Zigarette und musterte unverhohlen, was um sie herum vorging.

Es würde sehr merkwürdig sein, Magdalene nach all den Jahren wiederzusehen.

Dann kam die Ansage aus dem Lautsprecher. »Die für elf Uhr fünfundvierzig gemeldete Maschine der Lufthansa LH 063 ist soeben verspätet gelandet. Ich wiederhole …«

Helga Gärtner beeilte sich, ihren Kaffee zu bezahlen, drückte ihre Zigarette aus und eilte zum Luftsteig 3.

Die Propeller der LH 063 waren schon zum Stillstand gekommen. Jetzt schoben zwei Männer vom Bodenpersonal die Gangway an die Tür. Eine Stewardess öffnete von innen, blieb beim Ausgang stehen und ließ die Fluggäste aussteigen.

Helga Gärtner strengte ihre Augen an. Plötzlich überkamen sie Zweifel, ob sie die Freundin überhaupt noch erkennen würde. Immerhin war es fast achtzehn Jahre her, seit sie sich zuletzt gesehen hatten – damals, als sie nach ihrer Flucht aus Ostpreußen eine erbärmliche Unterkunft in Lübeck gefunden hatten. Achtzehn Jahre waren eine lange Zeit, in der sich ein Mensch sehr verändern konnte. Besonders eine Frau.

Unwillkürlich suchte Helga Gärtner ihr eigenes Bild in der spiegelnden Fensterscheibe.

Dann, als sie wieder hochblickte, sah sie Magdalene. In diesem Augenblick wusste sie, dass sie sie unter Tausenden erkannt hätte.

Magdalenes Haar war immer noch sehr schön, ihr Gang immer noch elastisch, mit jener leichten Zaghaftigkeit, die ihn so anmutig machte. Sie trug ein kremfarbenes Kostüm – ein wenig zu leicht für den rheinischen Vorfrühling –, ihre Haut wirkte empfindlich zart und zeigte kaum Spuren der vielen in den Tropen verbrachten Jahre.

Das junge Mädchen zu ihrer Rechten musste wohl ihre Tochter sein, die Ähnlichkeit war unverkennbar. Der Herr mit dem schmalen, ein wenig scharfen Gesicht zu ihrer Linken war zweifellos ihr Gatte. Oberst Herbert Rott, zuletzt Militärattaché in Bombay, jetzt zur Verwendung im Verteidigungsministerium heimgekehrt.

Die drei überquerten mit den übrigen Passagieren, geführt von einer adretten Lufthansa-Stewardess, das Rollfeld. Schon waren sie so nahe, dass Helga Gärtner jeden Augenblick erwartete, von Magdalene erkannt zu werden.

Da geschah etwas, womit sie nicht gerechnet hatte.

Ein breitschultriger Herr in Zivil und ein junger Mann in blaugrauer Fliegeruniform – die Journalistin erkannte an den Rangabzeichen, dass er Unteroffizier war – kamen aus einem anderen Luftsteig und gingen geradewegs auf die Familie Rott zu.

Begrüßung zwischen dem Herrn in Zivil und Oberst Rott und seinen Damen, in die der junge Mann in Uniform nicht einbezogen wurde.

Blitzschnell begriff Helga Gärtner, dass Oberst Rott durch einen Kollegen vom Verteidigungsministerium abgeholt worden war. Sie drängte sich nach rückwärts durch die Halle zur Gepäckausgabe hin.

Fast gleichzeitig mit ihr traf die kleine Gruppe vom Rollfeld ein, die beiden Herren ins Gespräch vertieft, Mutter und Tochter hinter ihnen, der junge Unteroffizier als Letzter. Er hatte das Handgepäck übernommen.

Helga Gärtner eilte auf die Freundin zu. »Magda!« rief sie. »Magda!«

Magdalene Rott blieb unvermittelt stehen. Sie starrte die Journalistin mit einem so verstörten Ausdruck an, als ob sie einen Geist und nicht eine sportlich gekleidete, lebhafte Dame vor sich sähe.

Plötzlich packte sie Evelyn unter dem Arm und lief fast, das junge Mädchen mit sich zerrend, hinter den Herren her.

Aber Helga Gärtner gab so leicht nicht auf, sie setzte sich in Trab. »Magda«, rief sie, »bleib doch stehen – kennst du mich denn nicht mehr? Ich bin Helga Gärtner! Du musst dich doch noch erinnern! Ostpreußen – Königsberg …«

Magdalene war so unvermittelt stehen geblieben, dass Evelyn gegen sie prallte, wobei ihr die Handtasche entfiel. Der Unteroffizier bückte sich sofort danach. »Ach Helga«, sagte Magdalene rasch, »entschuldige, aber ich …« Ihre geisterhafte Blässe wich flammender Röte.

Helga Gärtner lachte unbefangen. »Natürlich, du konntest ja nicht damit rechnen, mich hier zu treffen! Ich hoffe bloß, du hast keinen Schock gekriegt!«

»Nein, natürlich nicht«, sagte Magdalene mühsam, »nur mir ist nicht ganz gut, der Flug, weißt du – der plötzliche Klimawechsel …«

»Ja, das ist auch schon allerhand«, warf Evelyn ein, »wenn man bedenkt, gestern früh waren wir noch in Indien …«

Helga Gärtner streckte ihr die Hand hin. »Sie sind Magdalenes Tochter, nicht wahr?«

»Ja, ich bin Evelyn.« Ihr Händedruck war kräftig.

»Es war nett, dich wiederzusehen«, sagte Magdalene Rott mit einem verkrampften Lächeln, »aber wirklich – ich muss jetzt …« Sie machte eine Bewegung zu den Herren hin, die bei der Gepäckausgabe standen.

»Ach, Unsinn!« sagte Helga Gärtner in dem leicht befehlshaberischen Ton, den sie sich als Junggesellin angewöhnt hatte. »Bis die eure Sachen zusammen haben, dauert es noch eine ganze Weile.«

»Aber ich möchte doch …«

»Die Gepäckstücke zählen kann ich genauso gut wie du, Mama«, erbot sich Evelyn, »du hast deiner Freundin bestimmt eine Menge zu erzählen.«

»Ein kluges Kind« sagte die Journalistin, »komm, gehen wir in die Kantine und trinken einen Kognak zusammen, Magda.«

»Aber mein Mann liebt es nicht, wenn ich ihn warten lasse.«

»Ach, lass ihn doch ruhig allein fahren. Ich seh's von hier aus, dass die Herren eine Menge zu fachsimpeln haben. Ich bringe dich nachher mit meinem Wagen nach Bonn.«

»Wir wohnen in Godesberg«, sagte Evelyn, »Hotel Adler!« Sie stellte sich auf die Zehenspitzen und gab ihrer Mutter einen flüchtigen Kuss auf die Wange. »So long, Mama!« Sie nickte der Journalistin abschiednehmend zu.

Helga Gärtner sah ihr nach, wie sie graziös davonschritt. Das schulterlange blonde Haar war sehr gepflegt.

»Ein feenhaftes Kind«, sagte sie, »auf die wirst du noch sehr aufpassen müssen. Wie alt ist sie eigentlich?«

»Siebzehn.«

»Ein gefährliches Alter.« Sie schob ihren Arm unter Magdalenes Ellbogen, führte sie mit sich. »Ich kann dir gar nicht sagen, wie ich mich freue, dich wiederzusehen!«

»Ich auch«, sagte Magdalene Rott, aber sie fühlte sich wie ein Tier in der Falle.

Helga Gärtner und Magdalene Rott hatten einen Tisch in einer der hintersten Ecken des Flughafenrestaurants gefunden. Die meisten Gäste saßen ganz vorn an den Fenstern.

Für Magdalene Rott hatte die Situation etwas Unwirkliches, so, als ob sie alles, was jetzt geschah, schon einmal erlebt hatte. Sie sah die alte Freundin an und wusste genau, was gleich geschehen würde. Es wunderte sie nicht im Geringsten, dass es tatsächlich eintraf.

»Die Bedienung ist grauenhaft«, sagte Helga Gärtner ungeduldig, »warte mal einen Augenblick. Ich geh' zum Buffet und hol' uns was. Du siehst aus, als ob du eine Stärkung dringend nötig hättest.« Sie klemmte sich die flache elegante Kollegtasche unter den Arm und ging zur Theke.

Beinahe hätte Magdalene einem Impuls nachgegeben und wäre geflohen. Sie hatte sich schon halb erhoben, als ihr das Sinnlose dieses Versuches bewusst wurde.

Resigniert ließ sie sich wieder sinken.

Helga Gärtner hatte es sich in den Kopf gesetzt, mit ihr zu sprechen, und sie würde nicht locker lassen, bis sie ihren Vorsatz durchgeführt hatte.

Helga Gärtner brachte ein kleines Tablett mit zwei Gläsern Kognak und einer Zigarettenschachtel. Ihr fröhliches Lächeln irritierte Magdalene Rott mehr als alles andere.

»Na, wie habe ich das gemacht?« Helga drückte ihr ein Glas in die Hand. »Kipp ihn 'runter, er wird dir gut tun!«

Gehorsam tat Magdalene, was von ihr erwartet wurde. Helga Gärtner schob ihr auch den anderen Kognak hin. Aber diesmal raffte Magdalene sich zum Widerstand auf.

»Nein, danke. Ich habe genug.«

Helga Gärtner gab sofort nach. »Na schön, dann trink' ich ihn selber!« Sie ritzte die Zigarettenschachtel mit dem spitzgefeilten, gelbrot lackierten Daumennagel auf, schob sie über den Tisch. »Bitte, bediene dich.«

»Danke. Ich rauche nicht.«

Helga Gärtner nahm einen Schluck von ihrem Kognak, zündete sich eine Zigarette an, sagte lächelnd: »Du enttäuschst mich, Magda.«

»Wieso? Ich verstehe nicht …«

»Na, deshalb brauchst du doch nicht gleich zusammenzuzucken wie ein erschrecktes Kaninchen. Ich hatte bloß gedacht, du würdest dich wundern, dass ich plötzlich auftauche, und du würdest Hunderte von Fragen stellen.«

Magdalene Rott zwang sich, der anderen in die Augen zu blicken. »Wozu? Wenn du dich nicht ganz und gar verändert hast, wirst du mir alles von selbst erzählen.«

Helga Gärtner lachte unbekümmert. »Stimmt. Ich brenne sogar darauf.« Sie strich sich mit der Hand durch die braunen, kurz geschnittenen Locken. »Aber ganz ehrlich, findest du, dass ich mich sehr verändert habe?«

Magdalene Rott zögerte. »Du siehst gut aus.«

»Aber?«

»Kein Aber. Nur – bitte, sei mir nicht böse –, ich kann mich gar nicht mehr erinnern, wie du früher ausgesehen hast. Wahrscheinlich werde ich alt. Ich fürchte, ich habe überhaupt vieles von früher vergessen.«

»Das ist durchaus kein Zeichen der Verkalkung«, sagte die Journalistin immer noch lächelnd, »im Gegenteil. Man vergisst nur, was man vergessen will.«

Magdalene Rott fuhr auf. »Was soll das heißen?«

»Genau das, was ich gesagt habe. Wieso regt dich das auf? Ich glaube, du wirst wenige Menschen in Deutschland finden, die sich heute noch gern an die Kriegs- und Nachkriegszeit erinnern.«

»Und ist das so falsch?«

»Ja.«

Magdalene Rott schwieg. Ihre Hände fuhren nervös über die Kunststoffplatte des Tisches, fegten unsichtbare Krümel zusammen.

»Natürlich ist das Ansichtssache«, fügte Helga Gärtner hinzu, bemüht, die Spannung zwischen ihnen zu mildern. »Aber um deine unausgesprochenen Fragen zu beantworten ...« Sie lächelte schon wieder. »Ich bin damals, als wir uns trennten, nach Hamburg gegangen. Nach Kriegsende habe ich begonnen zu studieren. Mühsam, wie es damals eben so war. Dann hatte ich Gelegenheit, in eine neu gegründete Redaktion einzutreten. So bin ich Journalistin geworden.« Sie zuckte die Schultern. »Und das bin ich immer noch. Bonner Korrespondentin. In dieser Eigenschaft erfuhr ich auch, dass dein Mann sich ins Verteidigungsministerium hat versetzen lassen – warum eigentlich?«

»Wegen Evelyn. Sie ist sehr zart. Das Klima in Bombay bekam ihr nicht.«

»Ach, wirklich? Dabei sieht sie ganz famos aus.«

»Ich weiß. Aber ihr Herz ist nicht ganz in Ordnung. Sie hat uns schon immer Sorgen gemacht, gesundheitliche Sorgen, meine ich. Und der Arzt riet uns dringend zu einem Klimawechsel.«

Es knackte im Lautsprecher, und eine Dame der Lufthansa verkündete: »Achtung! Achtung! Die LH 061 der Lufthansa startet nach Frankfurt. Passagiere nach Rom, Kairo, Kalkutta bitte zum Luftsteig eins.«

Die meisten Gäste erhoben sich, rafften Gepäckstücke zusammen, drängten zum Ausgang.

Magdalene Rott warf einen nervösen Blick auf die Wanduhr. »Tut mir Leid, Helga, aber ich muss jetzt auch gehen. Vielleicht sehen wir uns ein andermal.« Sie stand auf.

Auch die Journalistin erhob sich. »Ganz bestimmt.« Sie sah erstaunt auf die Hand, die Magdalene Rott ihr reichte. »Aber du willst dich doch nicht schon verabschieden? Natürlich bringe ich dich ins Hotel.«

»Das ist doch nicht nötig. Ich kann mir genauso gut ein Taxi nehmen.«

»Unsinn. Außerdem – unterwegs haben wir dann ja noch Gelegenheit, miteinander zu plaudern. Komisch, ich wollte dich so vieles fragen, aber wenn man sich dann gegenübersitzt, ist auf einmal alles weg.«

Sie gingen durch die Halle.

Draußen umfing sie eine unangenehme feuchte Kühle. Magdalene schauderte in ihrem leichten Kostüm. Helga Gärtner merkte es, ergriff ihren Arm. »Verdammt frisch, was? Warte nur, bis wir im Auto sitzen. Ich werde die Heizung anstellen.« Dann, als sie schon den Parkplatz betreten hatten, fragte sie unvermittelt: »Sag mal, wo hast du eigentlich den kleinen Udo untergebracht?« Sie verbesserte sich sofort. »Klein ist gut, der muss doch inzwischen auch schon zwanzig Jahre alt sein, nicht wahr?«

Seit fast einer Stunde hatte sie auf diese Frage gewartet, aber jetzt, da sie ihr gestellt wurde, fiel ihr keine Antwort ein. »Ich weiß nicht, wovon du sprichst«, sagte sie heftig und wusste doch in derselben Sekunde, dass sie so nicht davonkommen würde.

»Na, erlaube mal! Du willst mir doch nicht etwa vormachen, du hättest sogar vergessen, dass du einen Sohn hast?«

»Ich bitte dich, sei still!« sagte Magdalene Rott verzweifelt.

Der Parkwächter kam. Helga Gärtner drückte ihm ein paar Münzen in die Hand, schloss ihren roten Karmann auf, setzte sich ans Steuer und öffnete die Tür zur anderen Seite.

Magdalene Rott nahm neben ihr Platz.

Erst als das Auto das Parkgelände des Flughafens verlassen und die Zubringerstraße erreicht hatte, griff Helga Gärtner das Thema wieder auf. »Also los, 'raus mit der Sprache!« sagte sie burschikos. »Was ist aus dem Jungen geworden? Mir kannst du es anvertrauen. Du weißt ja, mit mir kann man Pferde stehlen.«

»Nichts«, sagte Magdalene Rott verstört, »gar nichts!«

Die Journalistin warf ihr einen erstaunten Blick zu. »Was heißt denn das schon wieder?«

»Er ist – ich meine …« Magdalene Rott presste die Hände zusammen. »Ich habe ihn nicht wiedergefunden.«

»Ach«, sagte Helga Gärtner in verändertem Ton. »Das tut mir aber Leid.«

»Du weißt doch, dass ich ihn damals in Königsberg in dem großen Durcheinander verloren habe …«

»Das brauchst du mir nicht zu erzählen, da war ich ja dabei. Und seitdem hast du nie wieder etwas von ihm gehört?«

»Nein.«

»Aber das Kind kann doch nicht spurlos verschwunden sein. Bestimmt ist es von anderen Leuten mit in den Westen genommen worden.«

»Ich weiß es nicht.«

Helga Gärtner trat unwillkürlich auf die Bremse. »Soll das heißen, du hast gar nicht mehr nach ihm gesucht?«

»Helga, bitte versuch mich zu verstehen. Ich habe damals, noch kurz vor Kriegsende, Herbert kennen gelernt. Er hat so viel für mich getan. Und bei ihm war es etwas Ernstes, von Anfang an …«

»Du hast ihm nichts von deinem Kind gesagt?«

»Doch, natürlich. Wo denkst du hin?«

»Jetzt lügst du«, sagte Helga richtig, nahm den Fuß wieder von der Bremse und gab Gas. »Du hast ihm deine Vergangenheit verschwiegen. Warum hast du das getan?«

»Weil ich Angst hatte – Angst, ihn zu verlieren.«

Helga Gärtner schwieg, starrte mit gerunzelter Stirn geradeaus, als ob der lebhafte Verkehr ihre ganze Aufmerksamkeit in Anspruch nähme.

»Tut mir Leid«, sagte sie endlich, »wenn ich das gewusst hätte … Es muss tatsächlich ein Schock für dich gewesen sein, mich wiederzusehen. Verdammt, ich möchte nicht in deiner Haut stecken.«

2

Unteroffizier Hans Hilgert stand in der komfortabel eingerichteten Empfangshalle des Hotels »Adler« in Godesberg und wartete. Er hätte sich gern eine Zigarette angezündet, aber er wollte es nicht gerade jetzt, da Evelyn Rott jeden Augenblick wieder herunterkommen würde. Sie hatte von der ersten Sekunde an einen tiefen Eindruck auf ihn gemacht.

Endlich sah er sie die breite Treppe herabeilen, mit leichtem, anmutigem Schritt. Ihre Augen leuchteten auf, als sie ihn erkannte.

Er ging ihr rasch entgegen.

Sie hatte sich ein wenig zurechtgemacht, das blonde schimmernde Haar geordnet, die Lippen mit einem hellen Stift nachgezogen. Sie erschien ihm noch schöner als zuvor.

»Alles in Ordnung«, sagte sie lächelnd, »die Zimmer sind tadellos. Ich habe sogar nachgeprüft, ob Wasser aus den Hähnen kommt. Das gewöhnt man sich an, wenn man mal im Orient gelebt hat.«

»Dann kann ich also nichts mehr für Sie tun?« fragte er mit deutlichem Bedauern.

»Seien Sie froh darüber. Mama sagt immer, ich gehöre zu dem Typ, der die Leute auszunutzen versteht.«

»Es muss schön sein, Ihnen einen Wunsch zu erfüllen«, sagte er ernsthaft.

Sie sah zu ihm auf – er war einen guten Kopf größer als sie –, las die unverhohlene Bewunderung in seinen klaren braunen Augen und errötete zu ihrem eigenen Ärger. »Na ja, Sie haben heute schon eine ganze Menge für mich getan«, sagte sie und streckte ihm die Hand hin. »Also, ich danke Ihnen.«

Er hielt ihre Hand fest. »Sie wissen, dass ich das nicht gemeint habe.«

»Was denn?« Sie machte keine Anstalten, ihre Hand zurückzuziehen.

»Soll ich es wirklich sagen?«

»Nein, lieber nicht«, antwortete sie rasch.

»Schade«, sagte er und ließ ihre Hand los.

Sie waren beide tödlich verlegen, wussten sich nichts Rechtes zu sagen und hatten doch den gleichen Wunsch – dieses Beisammensein so lange wie möglich hinzuziehen.

»Was ist schade?« fragte sie, obwohl sie ihn gut verstanden hatte.

»Dass wir uns wahrscheinlich nie mehr wiedersehen werden.«

»Das glaube ich nicht. Man begegnet sich doch immer irgendwo. Beim Tennis oder auf dem Golfplatz.«

Er lächelte. »Wir sind hier nicht in Bombay.«

»Wird hier etwa nicht Tennis gespielt?«

»Doch. Und auch Golf. Aber ich bin nicht dabei. Ich bin nur, na ja, eben ein Unteroffizier. Ich verkehre nicht in Ihren Kreisen.«

»Also ist es doch wie in Bombay«, sagte sie und schob die Unterlippe ein wenig vor, was ihr das Aussehen eines schmollenden Kindes gab.

»Wahrscheinlich ist es auf der ganzen Welt so«, sagte er. »Entweder muss man einen Namen haben oder einen Titel oder einfach genügend Geld, um dazuzugehören.«

»Ich finde, es kommt einzig und allein auf den Menschen an«, sagte sie impulsiv.

»Ist das Ihr Ernst?«

»Ja. Sie brauchen mich nicht so belustigt anzusehen. Ich weiß sehr gut, was ich sage. Und auch, was ich will.«

»Ich glaube es Ihnen sofort.« Seine kräftigen dunklen Augenbrauen zogen sich zusammen. »Macht es Ihnen eigentlich Spaß, mich zu quälen? Sie wissen genau, wie gern ich Sie wiedersehen würde.«

Sie legte ihre Hand auf den Ärmel seiner Uniformjacke und lächelte zu ihm auf. »Nicht bevor ich weiß – wie, wo und wann!«

»Ist das Ihr Ernst?«

Sie rümpfte ein wenig die Nase. »Erwarten Sie, dass ich als Dame noch deutlicher werde?«

»Evelyn!«

Ihre Augen wurden ganz ernst. »Halten Sie es mir niemals vor, bitte, niemals! Aber ich hätte es nicht ertragen, wenn wir so auseinander gegangen wären.«

»Warum? Ich bin nur ein einfacher Unteroffizier, den man zu Ihrer Betreuung abkommandiert hat, weil Ihr Herr Vater keine Zeit hatte. Und Sie? Jeder, der Sie sieht, muss Sie doch lieben.«

Evelyn schüttelte den Kopf. »Sie irren sich. Zugegeben, ich habe immer genügend Verehrer. Aber das ist es nicht, was ich suche.«

Sie lächelte schon wieder, vertrauensvoll und ganz gelöst.

Für Magdalene Rott wurden die ersten Wochen in der Bundesrepublik ein einziger Wirbel von Empfängen, Partys, Bridgenachmittagen, gesellschaftlichen Ereignissen aller Art. Man stürzte sich geradezu auf Oberst Rott und seine Familie, um ihnen das Einleben in der alten Heimat leicht zu machen, und Oberst Rott bat seine Frau und Evelyn, alle wichtigen Kontakte gut zu pflegen.

Magdalene tat, was von ihr erwartet wurde. Sie lächelte, plauderte, hörte Komplimente, sagte Schmeicheleien, zog sich mehrmals am Tag um, machte sich mit äußerster Sorgfalt zurecht – möglichst dezent, um die anderen Damen nicht zu verärgern, aber immer noch blendend genug, um den Herren angenehm aufzufallen. Aber die Angst, die sie fast betäubte, ließ nicht einen Augenblick nach.

Die wenigen Minuten der Besinnung, die ihr vergönnt waren, verbrachte sie oft damit, dass sie auf das Horoskop starrte, eine komplizierte indische Tuschzeichnung, die ihr Singh Ree vor ihrer Abreise überreicht hatte. Sie folgte den einzelnen Linien mit dem Finger, betrachtete den schwarzen Punkt, in dem sie alle zusammenfielen.

Sie schloss die Augen, um nicht mehr sehen zu müssen. Aber es gab kein Entrinnen. Sie glaubte körperlich zu spüren, wie die Katastrophe, die sie zwanzig Jahre lang vor sich hergeschoben hatte, näher und näher auf sie zukam.

Magdalene Rott vergrub, ohne es selber zu merken, die scharfgefeilten Nägel in den Handflächen.

Wenn sie nur gewusst hätte, ob Helga Gärtner einen günstigen Einfluss auf ihr Schicksal hatte oder einen schlechten! Sie war so verständnisvoll gewesen. Sie hatte versprochen, zu schweigen. Aber konnte man ihr trauen?

Magdalene Rott presste die Faust vor den Mund. Schon während ihres Gesprächs mit der alten Freundin hatte sie gewusst, dass sie alles falsch gemacht hatte. Sie hatte sich völlig in Helgas Hand gegeben. Sie konnte sie vernichen, ins Unglück stürzen, zugrunde richten mit einem einzigen Satz, einer einzigen boshaften Bemerkung.

Nein, Helga Gärtner war keine Erpresserin!

Magdalene Rott spürte selbst, dass sie sich in Hirngespinste verrannte. Aber die Angst vor der Mitwisserin blieb. Helga hatte immer gern und viel geredet. Lag die Gefahr nicht nahe, dass sie aus Unbedacht, vielleicht nur im sich wichtig zu machen, alles verriet? Siebenmal, seit Magdalene Rott in Godesberg lebte, hatte die Journalistin angerufen. Aber weil alle Gespräche über den Empfang und die Zentrale gingen, war es ihr leicht gewesen, sich verleugnen zu lassen. Aber wie lange konnte das noch gut gehen?

Magdalene Rott saß, einen Frisiermantel über die Schultern geworfen, vor dem Toilettentisch und betrachtete das verhängnisvolle Horoskop. Aus dem Bad hörte sie ihren Mann, der unbekümmert vor sich hinpfiff, während er sich – zum zweiten Mal an diesem Tag – rasierte. Sie war so sehr in die schwarzen Striche, Kreise und Knotenpunkte vertieft, von denen sie glaubte, dass sie ihr Schicksal bedeuteten, dass sie es fast zu spät gemerkt hätte, wie Oberst Rott das Zimmer betrat. Hastig stopfte sie das Schriftstück in die halb geöffnete Schublade zurück, wandte sich, scheinbar mit konzentrierter Aufmerksamkeit, wieder dem Spiegelbild zu.

Oberst Rott ließ sich nicht anmerken, ob er die Heimlichkeiten seiner Frau bemerkt hatte.

»Na, wie lange brauchst du noch?« fragte er, während er sich die goldenen Manschettenknöpfe in das blütenweiße Smokinghemd zog.

Sie sah ihn hinter sich im Spiegel – sein gut geschnittenes, ein wenig scharfes Gesicht, das die Sonne Indiens gegerbt hatte, die kräftigen, männlichen, zuverlässigen Hände –, und plötzlich überkam sie, nicht zum ersten Mal in ihrer Ehe, der brennende Wunsch, sich auszusprechen, die Last von ihrer Seele zu wälzen.

»Herbert«, sagte sie mühsam.

Er spürte ihre Erregung, blickte auf.

»Was ist?« fragte er erstaunt.

»Ich muss mit dir sprechen.«

Sein Lächeln stand im Gegensatz zu der Besorgnis in seinen Augen.

»Ja?«

Sie rang die schmalen, empfindsamen Hände. »Ich habe solche Angst, dass du böse wirst …«

Er trat mit einem Schritt dicht hinter sie. »Bin ich wirklich so ein Tyrann?«

»Nein, das natürlich nicht. Nur, ich halte es nicht mehr aus!«
Er schob seine Hand unter ihren Frisierumhang, streichelte zärtlich ihre Schulter. »Wenn's weiter nichts ist, Liebes! Meinst du, ich hätte nicht selber längst gemerkt, dass man dir zu viel zumutet? Höchste Zeit, dass ich dich vor all diesen Gesellschaftshyänen schütze. Wir werden ein Programm aufstellen, dass …«
Sein grenzenloses Vertrauen lähmte sie. »Das das wird auch nichts nützen, Herbert«, sagte sie schwach.
»Aber ja doch! Pass mal auf, wenn ich erst mal anfange zu sieben – was glaubst du, wie wenig Leute hier für uns wirklich wichtig sind!«
»Es ist nicht deswegen«, sagte sie, »du verstehst mich ganz falsch. Es ist etwas …« Sie stockte.
»Ja?« sagte er erwartungsvoll.
Sie sah im Spiegel den vertrauensvollen Blick seiner kühlen grauen Augen auf sich gerichtet, und wusste, dass sie es auch diesmal nicht über sich bringen würde, ihn so zu enttäuschen.
»Diese Enge«, sagte sie erschöpft, »diese ganze kleinbürgerliche Atmosphäre!«
Er lächelte mit fast väterlicher Nachsicht. »Wenn du an unsere Kreise in Bombay denkst – so groß ist der Unterschied doch gar nicht, jetzt sei mal ehrlich.«
›Aber dort war einfach nicht alles so beengt. Man hockte nicht so aufeinander. Es ist mir entsetzlich, Herbert …« Sie wandte sich zu ihm um, sah flehend zu ihm auf. »Ich halte es einfach nicht mehr aus, Herbert! Kannst du nicht um eine Versetzung einkommen?«
Sein Gesicht verschloss sich. »Unmöglich. Ich habe ja gerade erst hier angefangen.«
»Dann nimm doch Urlaub.«
»Wie stellst du dir das vor? Ich verdanke meine Berufung ins Verteidigungsministerium doch gerade dem Umstand, dass ein wichtiger Mann in der Abteilung Abwehr ausgefallen ist. Ich kann die Leute nicht einfach im Stich lassen.« Als er ihr enttäuschtes Gesicht sah, fügte er milder hinzu: »Aber vielleicht wird's im Sommer wahr. Ich habe mir sagen lassen, dass es während der Parlamentsferien in Bonn und Umgebung sehr ruhig sein soll. Sicher können wir dann …«

»Dann ist es zu spät.«

»Was soll das heißen?«

»Bitte, Herbert, lass mich vorübergehend wieder fort. Mich und Evelyn. Vielleicht war der Übergang einfach zu plötzlich. Wir müssen uns erst umgewöhnen.«

Seine Augenbrauen zogen sich wie in unterdrücktem Schmerz zusammen. »Ihr wollt mich also allein lassen?«

»Nur ein paar Monate. Bis wir hier eine Wohnung haben.«

Er beugte sich zu ihr nieder, nahm ihr Kinn in seine Hand, fragte: »Du weißt, was du da von mir verlangst, Magda?«

Ihre Augen füllten sich mit Tränen. »Ich – kann nicht anders, Herbert.«

»Ich werde sehr einsam ohne euch sein.«

»Und ich ohne dich«, sagte sie und schmiegte mit einer impulsiven Bewegung ihre Wange in seine Hand. Er küsste sie auf die Stirn. »Du weißt, ich kann dir nichts abschlagen«, sagte er, »ich habe es nie gekonnt.«

» Wie gut du bist!« sagte sie mit ehrlichem Dank.

Aber gleichzeitig fühlte sie, dass gerade seine Güte es war, die ihr die Befreiung unmöglich machte.

Zu Magdalenes Überraschung zeigte Evelyn sich gar nicht erfreut, als die Mutter sie in ihre Reisepläne einweihte.

»Aber wieso denn? Warum willst du schon wieder weg? Wir sind ja gerade erst gekommen.«

»Das macht doch nichts«, sagte Magdalene mit gespieltem Gleichmut, »wenn wir wollen, können wir ja noch ein ganzes Leben hier bleiben. Aber gerade jetzt – denk doch mal daran, wie nett es für dich wäre, mal an die Riviera zu kommen. Oder nach Paris. Von mir aus auch nach London. Wir fahren hin, wohin du willst. Du brauchst nur zu bestimmen.«

»Ich will aber nicht«, erklärte Evelyn, »ich bin lange genug in der Weltgeschichte ’rumgeschaukelt. Jetzt will ich hier bleiben.«

»Aber sieh mal, wir müssen doch auf alle Fälle im Hotel bleiben, bis wir eine Wohnung haben. Und da ist es doch ganz egal, ob wir …«

Evelyn fiel ihrer Mutter ins Wort. »Eben, weil es ganz egal ist, möchte ich hier bleiben.«

»Das kann nicht dein Ernst sein. Wenn ich das gewusst hätte …«

»Was dann?«

»… hätte ich mir die Auseinandersetzung mit deinem Vater ersparen können.«

Jetzt lachte Evelyn. »Entsetzlich! Du hast also deine Kräfte sinnlos vergeudet! Aber ich will dir mal was sagen, Mama, warum fährst du nicht einfach allein? Wenn dir so viel daran liegt, meine ich.«

»Sei nicht albern! Du weißt genau, dass das unmöglich ist. Was würde denn das für ein Bild geben?«

»Na, dann kann ich dir auch nicht helfen«, sagte Evelyn ungerührt, klemmte nach einem kurzen prüfenden Blick in den Spiegel ihre Handtasche unter den Arm und wollte das Zimmer verlassen.

Magdalene fuhr hoch. »Was hast du vor?«

»Ein bisschen an die frische Luft, wenn du nichts dagegen hast.«

»Unser Gespräch ist durchaus noch nicht beendet!«

»Aber Mama«, sagte Evelyn mit nachsichtigem Spott, »warum regst du dich denn so auf? Du kennst mich jetzt doch schon seit siebzehn Jahren. Ich habe mir noch niemals etwas einreden lassen, was ich nicht wollte. Warum gibst du es nicht endlich auf?«

Magdalene Rott sah ihre Tochter an, bemerkte zum ersten Mal ihre leuchtenden Augen, den voller gewordenen Mund, die bewusster gewordene Haltung. »Jetzt weiß ich, was mit dir los ist«, sagte sie, »ich muss ja blind gewesen sein – jetzt weiß ich es! Du bist verliebt!«

Evelyn hielt dem Blick ihrer Mutter stand. »Du hast Recht, Mama«, sagte sie, »und jetzt kann ich wohl gehen.«

»Nicht, bevor du mir gesagt hast, wer es ist! Leutnant Pannwitz? Graf Skada? Dieser Bankierssohn …«

»Du brauchst dir nicht den Kopf zu zerbrechen, Mama«, sagte Evelyn lächelnd, »Thomas Fritsch ist es auch nicht. Ein Name würde übrigens nichts besagen. Du musst ihn kennen lernen, Mama – wirklich, wenn du ihn erst richtig kennst, wirst du begreifen, warum ich ihn liebe.«

21

Magdalene Rott starrte ihre Tochter an, einen ganz fremden, plötzlich sehr erwachsen gewordenen Menschen, den sie nie wirklich gekannt hatte. »Es ist dir also – ernst?«

»Ganz ernst, Mama!« Mit unerwarteter Zärtlichkeit schlang Evelyn beide Arme um den Hals ihrer Mutter. »Ach, wenn du wüsstest, wie glücklich ich bin …!«

Magdalene Rott fuhr Stunden später mit dem Taxi von einem Empfang des Verteidigungsministers aus Bonn nach Bad Godesberg zurück.

»Ich muss mit dir über Evelyn sprechen«, sagte sie.

»Ja?« fragte er uninteressiert, in Gedanken immer noch bei einem Gespräch, das er mit einem Kollegen von der Abwehr gehabt hatte. »Sie will nicht mit mir fahren.«

Erst jetzt wurde er aufmerksam, wandte sich seiner Frau zu. »Wovon sprichst du eigentlich?«

»Von Evelyn. Sie will in Godesberg bleiben.«

»Ach so. Aber da hat sie ja völlig Recht. Ich freue mich, dass sie den guten Willen hat, hier heimisch zu werden.«

»Aber darum handelt es sich ja gar nicht, Herbert!«

»Nicht? Entschuldige bitte, anscheinend bin ich heute Abend etwas schwer von Begriff. Aber ich habe einen langen Tag hinter mir.«

»Evelyn hat sich verliebt.«

»Und das macht dir Sorgen?«

»Ja. Große Sorgen.«

Er tastete nach der Hand seiner Frau. »Aber Magda, warum? Das war doch früher oder später zu erwarten. Schließlich ist sie jetzt siebzehn.«

»Eben. Und das ist meiner Meinung nach entschieden zu jung, um eine ernsthafte Liebesgeschichte zu haben.«

Der Druck seiner Hand wurde plötzlich schmerzhaft. »Soll das heißen …?«

»Nein, natürlich nicht«, sagte Magdalene beruhigend. »Sie ist ein gut erzogenes Mädchen.«

»Na also.« Er ließ sie los. »Warum erschreckst du mich dann so?« Seine Erleichterung schlug in Ärger um.

»Weil es dazu kommen könnte! Beobachte sie einmal, Herbert – sie wirkt ganz verändert. Es hat sie wirklich schlimm gepackt.«

22

»Wer ist es denn?«

»Ich weiß es nicht. Gerade das beunruhigt mich so. Sie behauptet, dass es niemand ist, den ich kenne.«

»Dann werde ich mit ihr sprechen.«

»Ich glaube nicht, dass das einen Sinn hat, Herbert«, sagte Magdalene zögernd.

»Was erwartest du denn sonst von mir?« fragte er gereizt.

»Nichts. Gar nichts. Ich wollte nur mit dir darüber sprechen. Weil ich keinen Rat weiß.«

Er seufzte. »Tut mir Leid, Magda. Ich war ungerecht. Aber ich habe wirklich den Kopf voller Sorgen. Da ist es nicht gerade angenehm, kurz vor dem Schlafengehen mit einer solchen Sache überfallen zu werden.«

»Wann soll ich denn sonst mit dir reden?«

»Ich mache dir keinen Vorwurf. Natürlich kannst du nichts dafür. Es war völlig richtig, dass du es mir gesagt hast – es kommt nur ein bisschen überraschend.«

»Für mich war es ein Schock«, sagte Magdalene.

»Du meinst, dass sie sich völlig verrannt hat?«

»Verrannt. Ja, das ist der richtige Ausdruck.«

Sie sah, wie sein Feuerzeug im Dunkel aufflammte. Eine Zigarette glühte auf.

»Unter diesen Umständen«, sagte er langsam, »wäre ich eigentlich doch sehr dafür, dass ihr beide zusammen wegfahrt.«

»Aber sie will nicht! Gerade das versuche ich dir doch die ganze Zeit zu erklären!«

»So weit sind wir also gekommen, dass wir uns von einem halben Kind tyrannisieren lassen«, sagte er bitter.

»Das ist doch nicht neu. Als sie klein war, konnten wir ihr keinen Wunsch abschlagen. Und seit uns der Arzt gesagt hat, dass wir ihr jede Aufregung ersparen müssen, fassen wir sie sowieso nur noch mit Samthandschuhen an.«

»Aber sie hat es nie ausgenutzt.«

»Richtiger gesagt, sie hat gewusst, wo die Grenze liegt. Aber diesmal …« Magdalene Rott ließ ihren Satz unausgesprochen, zuckte die Achseln.

»Hast du nicht versucht, ihr eine Reise schmackhaft zu machen?«

Magdalene beugte sich vor, legte ihre Hand auf das Knie ihres Mannes. »Es ist ernst, Herbert, ganz ernst! Und wenn wir ihr alles Mögliche versprechen würden – ich fürchte, sie würde nicht nachgeben. Es käme zu Szenen, zu Aufregungen, die wir ihr ersparen sollten.«

»Dann müssen wir es anders anfangen. Wir müssen erst mal herausbekommen, wer dahinter steckt. Traust du dir das zu?«

»Ich kann es versuchen«, sagte sie zögernd.

»Wenn dir das nicht mal gelingt …«

»Du weißt, Herbert, wie viele Verpflichtungen ich habe.«

»Die müssen jetzt zurückstehen. Du darfst das Kind nicht einen Augenblick mehr aus den Augen lassen. Entweder nimmst du sie mit, wenn du eingeladen bist, oder du bleibst zu Hause. Ich weiß, das wird langweilig für Evelyn sein, aber ich kann es ihr nicht ersparen. Wir würden es uns nie verzeihen, wenn sie sich ins Unglück brächte.«

Magdalene Rott beobachtete in den nächsten Tagen ihre Tochter unauffällig.

Evelyn schien es nicht aufzufallen, dass die Mutter sie keine zehn Minuten allein ließ. Oder wenn sie es doch merkte, so nahm sie es mit scheinbarem Gehorsam hin. Sie gab sich bescheiden, höflich, nett. Magdalene hätte glauben können, die Auseinandersetzung mit ihr geträumt zu haben, wenn nicht dieses Leuchten in den Augen ihrer Tochter gewesen wäre, eine Weichheit des Ausdrucks, ein inneres Glück, das sie auf keine Weise verbergen konnte.

Dann, an einem Mittwoch, sagte Evelyn beiläufig beim Mittagessen, das Mutter und Tochter gemeinsam im holzgetäfelten gemütlichen Speisezimmer des Hotels einnahmen: »Heute Nachmittag möchte ich ein bisschen Schaufenstergucken gehen. Das heißt natürlich«, fügte sie lächelnd hinzu, »wenn du nichts dagegen hast, Mama.«

»Im Gegenteil«, sagte Magdalene freundlich, »ich halte es sogar für eine gute Idee.«

»Wirklich?« Evelyns Aufatmen war deutlich. »Ich denke, ich zieh' dann so um drei Uhr los.«

»Schön«, sagte Magdalene, und nach einer kleinen Pause fügte sie hinzu: »Ich komme gerne mit.«

Evelyn errötete, sie öffnete den Mund, als ob sie etwas sagen wollte, presste aber sogleich wieder die Lippen zusammen.

»Oder hast du etwas dagegen?« fragte Magdalene mit gespielter Arglosigkeit.

»Nein«, sagte Evelyn. Und dann: »Aber ich dachte, du wärst mit der Gräfin Skada zum Pferderennen verabredet?«

»Bin ich auch. Aber das werde ich natürlich rückgängig machen. Falls du dich nicht doch entschließt, uns zu begleiten.«

Evelyn ließ den Bissen, den sie schon auf die Gabel gesteckt hatte, wieder auf den Teller sinken. »Mama«, sagte sie, »warum tust du das?«

»Was, mein Liebling?«

»Warum spionierst du auf Schritt und Tritt hinter mir her? Glaubst du, ich sei ein Baby, auf das man aufpassen muss?«

»O nein. Aber ich habe mit deinem Vater über dich gesprochen. Und er ist genau wie ich der Ansicht, dass wir uns in letzter Zeit zu wenig um dich gekümmert haben. Das ist alles. Von Spionieren kann keine Rede sein.«

Evelyn steckte den Bissen in den Mund. Sie kaute lustlos. Oberhalb ihrer Nasenwurzel prägte sich eine scharfe senkrechte Falte in ihre glatte Stirn.

»Also, was ist dir lieber?« fragte Magdalene. »Dass ich dich begleite, oder …?«

Evelyn schien zu einem Entschluss gekommen zu sein. »Entschuldige bitte, Mama«, sagte sie, »aber darf ich mal telefonieren?«

Während Evelyn in die Halle ging, um anzurufen, bestellte Magdalene sich eine Tasse Kaffee. Sie bezweifelte keinen Augenblick, was dieses Telefongespräch bezweckte: Evelyn setzte sich mit dem jungen Mann, in den sie verliebt war, in Verbindung, um ihn nach seiner Meinung über die unerwartete Situation zu fragen.

Evelyns sanft gerötete Wangen und das Strahlen ihrer Augen verrieten die Wahrheit von Magdalenes Vermutung.

»Also gut, du kannst mich begleiten«, sagte sie fröhlich, als sie wieder ihrer Mutter gegenüber Platz nahm.

»Hat er es erlaubt?« fragte Magdalene mit leichtem Spott.

Evelyn errötete noch stärker. »Ich verstehe gar nicht, was du meinst, Mama.«

Magdalene lächelte ihre Tochter versöhnlich an. »Macht nichts, Evelyn. Dafür verstehe ich um so besser.«

Später zog Magdalene Rott sich eilig um, immer in der uneingestandenen Furcht, dass Evelyn ihr doch noch entwischen könnte. Es war ein milder Frühlingstag, und sie wählte ein blauleinenes Kostüm, das die Farbe ihrer tiefblauen Augen besonders gut zur Geltung brachte. Befriedigt musterte sie ihr Spiegelbild. Die schweren Sorgen, die auf ihr lasteten, hatten es wenigstens noch nicht fertig gebracht, ihre Schönheit zu zerstören.

Evelyns Zimmertür war abgeschlossen.

Magdalene klopfte. Sie atmete auf, als Evelyn von drinnen antwortete: »Augenblick, Mama! Ich bin gleich so weit!«

Magdalene wollte nicht im Hotelflur herumstehen, und darum schritt sie die breite Treppe zur Halle hinunter, wählte sich einen Sessel, von dem aus sie Treppe und Lift gut im Auge behalten konnte.

Sie achtete nicht auf die gläserne Drehtür, die zur Straße hinausführte, und so schrak sie zusammen, als sie sich angesprochen hörte. Sie fuhr herum und erkannte Helga Gärtner.

»Entschuldige bitte«, sagte die Journalistin rasch, als sie das Entsetzen in Magdalenes Augen sah. »Ich wollte dich nicht erschrecken.«

»Warum lässt du mich dann nicht in Ruhe?«

Helga Gärtner ließ sich der früheren Freundin gegenüber in einen der bequemen Sessel sinken. »Du hast dich also verleugnen lassen?«

Magdalene zögerte. Sie bereute ihren Ausbruch, suchte nach Worten, um ihre Nervosität zu erklären. Dann aber war das Bedürfnis, reinen Tisch zu machen, stärker als alles andere. »Ja«, sagte sie.

Helga Gärtner zuckte mit keiner Wimper. »Das hatte ich mir gedacht.« Sie öffnete ihre schmale Aktentasche, fischte ein Zigarettenpäckchen heraus.

»Warum verfolgst du mich?« fragte Magdalene scharf.

Helga Gärtner zündete sich eine Zigarette an, blies den Rauch durch die Nase. »Das bildest du dir nur ein. Begreifst du denn nicht, dass ich dir nur helfen will?«

»Du – mir?«

»Ja. Ich habe etwas herausgebracht, von dem ich annahm, dass es dich interessieren würde. Wenn ich mich jedoch geirrt habe ...« Sie machte eine Kunstpause, zuckte die Schultern.

Magdalene beugte sich vor. »Über Udo?« fragte sie mit angstvoll gedämpfter Stimme. »Du hast dochl nicht etwa Nachforschungen angestellt, die ...«

»Unsinn!« sagte Helga Gärtner rasch. »Was traust du mir zu? Ich habe durchaus begriffen, dass du dieses Kapitel deines Lebens als abgeschlossen betrachtest. Gerade deshalb ...« Sie unterbrach sich wieder, diesmal aber nicht, um Magdalene neugierig zu machen, sondern weil ihr erst jetzt voll bewusst wurde, wie sehr ihre Mitteilung die Freundin aus vergangenen Tagen treffen musste!

»Sprich endlich! Willst du mich wahnsinnig machen?« drängte Magdalene.

»Ich habe vor ein paar Tagen die Listen der polnischen Handelsmission eingesehen«, sagte Helga Gärtner. »Jan Mirsky ...«

Magdalenes schönes Gesicht war fleckig geworden. »Er ist hier?« Sie schrie es fast, sah sich dann erschrocken um. Aber niemand hatte ihren Aufschrei beachtet.

»Nein, aber er kommt im Herbst. Das heißt, er soll kommen. Statt Dr. Mirnov. Ganz sicher ist das natürlich nicht. Diese Leute ändern ja ihre Pläne fortwährend. Aber ich dachte, du solltest es jedenfalls wissen.«

Magdalene presste die Handflächen gegeneinander. »Jan Mirsky ...«, wiederholte sie tonlos.

»Du hast nie mehr etwas von ihm gehört?« fragte Helga Gärtner behutsam.

Magdalene schüttelte stumm den Kopf. Sie hatte ihre Lippen fest geschlossen.

»Er hat sich wie ein Schuft benommen«, sagte Helga Gärtner hart.

Jetzt endlich sprach Magdalene wieder. »Das habe ich damals auch gedacht. Aber später – da habe ich ihn verstanden. Ich war für ihn eben nur ein Abenteuer, das man am Rand mitnimmt. Wahrscheinlich haben die meisten Männer solche Dinge auf dem Gewissen.«

»Nein, das glaube ich nicht«, sagte Helga Gärtner entschieden. »Er musste wissen, wie viel du für ihn riskiert hast. Sich mit einem Polen einzulassen, galt damals ja geradezu als Staatsverbrechen. Er konnte nicht daran zweifeln, wie sehr du ihn liebtest.«

»Das bedeutete ihm eben nichts. Vergiss nicht, dass er eine zu starke Bindung an eine Deutsche auch fürchten musste.«

»Aber diese Bindung war doch schon da. Das Kind, der kleine Udo.«

Als Magdalene sie unterbrechen wollte, wehrte sie mit einer energischen Handbewegung ab. »Ja, ich weiß, das Kind war erst unterwegs. Aber wo ist denn da der Unterschied? Auch ein noch ungeborenes Kind ist im juristischen und moralischen Sinne – na, eben ein Mensch. Und gerade, als du es ihm sagtest, hat er sich doch aus dem Staub gemacht.«

»Er konnte – oder, bitte –, er wollte die Verantwortung nicht auf sich nehmen. Wie hätte er mir auch helfen können? An eine Heirat zwischen uns war ja nicht zu denken.«

»Merkwürdig«, sagte Helga Gärtner und beobachtete Magdalene scharf aus ihren hellen intelligenten Augen, »wieso nimmst ausgerechnet du ihn eigentlich in Schutz? Liebst du ihn etwa noch immer?«

Eine feine Röte stieg in Magdalenes Stirn. »Nein, ich versuche nur gerecht zu sein.«

»Das verstehe ich nicht. Jedenfalls nicht in deinem Fall.«

»Helga«, sagte Magdalene und sah die Freundin flehend an, »wie hätte ich denn leben können all die Jahre, wenn Hass mein Herz vergiftet hätte? Glaube mir, ich habe noch lange unter seiner Gemeinheit, seinem rücksichtslosen Verrat gelitten, noch als ich mit Herbert verheiratet war. Erst ein weiser alter Inder hat mich dahin gebracht, die Dinge so zu betrachten, als ob sie nicht mir, sondern einer Fremden geschehen.«

»Dadurch werden sie aber doch nicht besser.«

»Nein. Aber es sind damals so viele Grausamkeiten, Unmenschlichkeiten begangen worden. Wenn man es nicht versteht, seine Seele von diesen Dingen zu befreien, zerstört man sich selbst.«

»Das ist also der wahre Grund, warum du nicht nach Udo gesucht hast?«

»Ja«, bekannte Magdalene, »ich hatte ihn lieb, von ganzem Herzen lieb, als Mutter.« Sie blickte Helga Gärtner flehend an. »Sonst hätte ich ihn doch gar nicht aus dem Heim geholt, um ihn auf der Flucht mitzunehmen, nicht wahr?«

»Ich hatte immer das Gefühl, dass du ihn liebtest.«

»Aber andererseits – es war eine schmerzhafte Liebe. Er erinnerte mich so sehr an Jan. Nicht durch sein Aussehen, sondern überhaupt. Wenn ich ihn nur ansah, gab es mir einen Stich ins Herz. Alle Wunden rissen wieder auf. Dass ich ihn dann auf der Flucht verlor, war für mich – wie eine Fügung Gottes.«

»Ich verstehe«, sagte Helga Gärtner leise, »jetzt verstehe ich alles.«

»Ich wusste, dass es falsch war, nach Deutschland zurückzukehren«, sagte Magdalene, »ich wusste es.«

»Das darfst du dir nicht einreden. Vielleicht ist es gar nicht der Jan. Eine Namensgleichheit. So etwas kommt doch oft vor. Ich werde versuchen, mir ein Bild zu beschaffen.«

Magdalene hatte gar nicht zugehört. »Singh Ree hatte mich gewarnt«, sagte sie, »aber ich habe nicht auf ihn gehört. Ich konnte seinem Rat nicht folgen.« Plötzlich kam ihr ein Einfall. »Darf ich deine Hand sehen, Helga? Nein, anders, die Handfläche nach oben.«

Halb belustigt, halb missbilligend beobachtete die Journalistin, wie Magdalene ihre Handlinien betrachtete, sie sanft mit dem Finger verfolgte. »Da!« sagte sie. »Da, siehst du? Diese feinen Linien, die alle auf einem Punkt deine Lebenslinien kreuzen? Im fünften Haus, genau wie bei mir. Sieh dir's doch an, Helga! Vergleiche! Es ist dieselbe Katastrophe, in die wir verwickelt werden. Nur wirst du …«

Mit einem Ruck zog Helga Gärtner ihre Hände zurück. »Ich will es gar nicht wissen, Magda«, sagte, sie, »ob du es nun verstehst oder nicht, mich interessiert die Zukunft erst, wenn sie da ist.«

»Hast du dir auch noch nie ein Horoskop stellen lassen?«

»Nein. Ich weiß nicht einmal …«

In diesem Augenblick kam Evelyn die Treppe herunter. Sie trug ein zartgrünes Kleid aus Hongkongseide, das blonde Haar fiel ihr duftig auf die Schultern. Um ihren schönen Mund spielte ein glückliches, fast verträumtes Lächeln.

»Siebzehn Jahre«, sagte Helga Gärtner nachdenklich, »so alt warst du, als du …«

»Still«, mahnte Magdalene, »ich bitte dich, sei still!« Mit einem verkrampften Lächeln wandte sie sich an Evelyn, die unbefangen auf sie zukam. »Das dauerte aber lange, Liebling. Ich dachte schon, du würdest überhaupt nicht mehr fertig.«

Evelyn begrüßte Helga Gärtner. Dann sagte sie, mit einem Blick auf ihre zierliche Armbanduhr: »Entschuldige bitte, Mama. Ich glaube, es ist reichlich spät geworden.«

Helga Gärtner erhob sich sofort. »Auch für mich ist es höchste Zeit geworden.«

»Wann sehen wir uns wieder?« fragte Magdalene.

Die Journalistin zog eine Visitenkarte aus ihrer Aktentasche. »Hier steht alles drauf. Adresse und Telefonnummer. Ich stehe dir jederzeit zur Verfügung, wenn du mich brauchst.«

»Und das Bild?«

»Ich werde versuchen, es zu beschaffen. Frag' gelegentlich nach.«

Die Journalistin verließ als Erste die Halle, sehr schlank und attraktiv in dem hellen Mantel mit dem eng geschlungenen Gürtel.

»Was für ein Bild?« fragte Evelyn. Aber die Mutter antwortete nicht. Sie sah Evelyn an, und das Herz tat ihr weh vor Liebe und Sorgen um die einzige Tochter. – Siebzehn Jahre, hatte Helga gesagt, genau so alt wie du damals! – Sie hatte sich bemüht, es zu vergessen, und doch war es die Wahrheit. Siebzehn Jahre war sie gewesen, als sie zum ersten Mal einen Mann geliebt hatte. Einen Menschen, der ihre Liebe nicht verdiente.

Sie wusste, dass sie alles tun würde, um ihre Tochter vor einem ähnlichen Schicksal zu bewahren.

3

Magdalene und Evelyn fuhren mit dem Vorortzug nach Köln.
Evelyn hatte vorgeschlagen, die Hohe Straße hinauf und hinab
zu schlendern.

Aber es wurde nicht viel aus dem Schaufensterbummel. Evelyn
war unruhig, drängte voran. Auch Magdalene war ganz von
ihren eigenen Sorgen gefangen, sie hielt es nicht lange durch,
Interesse für modische Neuheiten zu heucheln. Mutter und
Tochter fühlten deutlich, dass sie an einem Wendepunkt ihrer
Beziehungen angelangt waren.

»Ich glaube, ich werde müde«, behauptete Evelyn, kaum, dass
sie zwanzig Minuten unterwegs waren, »und ich habe große
Lust auf ein Eis. Wollen wir nicht irgendwo hineingehen?«
Magdalene stimmt sofort zu. »Gern. Sobald wir an ein Lokal
kommen.«

»Ach, lass uns lieber umkehren. Bis zum Café am Dom halte
ich es noch aus. Dort ist das Eis sehr gut.«

Magdalene sah ihre Tochter von der Seite an, aber sie sagte
nichts. Sie begriff, dass dort der Treffpunkt, war. Neben Evelyn überquerte sie die schmale belebte Straße und trat den
Rückweg an.

Ihr war sehr unbehaglich zumute. War es nicht unfair, Hoffnungen zu erwecken, die sie nie erfüllen konnte? Hätte sie sich
überhaupt auf dieses Unternehmen einlassen sollen? Aber sie
konnte doch nicht die Hände in den Schoß legen und mit ansehen, wie Evelyn in ihr Unglück lief. Doch war dieser junge
Mann wirklich Evelyns Unglück? Hatte sie selbst nicht vielleicht eine harmlose Liebelei dramatisiert?

Ein Blick auf Evelyns entschlossenes, sehr gespanntes Profil
machte ihr klar, dass sie im Begriff stand, sich zu belügen. Es
ging um mehr als einen Flirt, und sie, die Mutter, trug die
Verantwortung, dass ihr Kind keinen Schaden dabei nahm.

Die große Terrasse neben dem Café war gut besetzt. Aber sie
hatten Glück. Gerade als sie sich suchend umsahen, wurde ein
Tisch nahe der Balustrade frei.

Magdalene bestellte für sich eine Portion Tee, für Evelyn einen
Früchtebecher mit Sahne. Sie wussten nichts miteinander zu
reden. Magdalene zündete sich eine Zigarette an, sah zu dem

mächtigen Dom hinüber, beobachtete das Vorbeifluten der Passanten, ohne doch wirklich etwas zu sehen. Sie spürte Evelyns wachsende Nervosität.

Plötzlich überfiel sie jähe Hoffnung. Wenn der Junge nun nicht kam – wenn er das Zusammentreffen mit ihr, Evelyns Mutter, scheute? Für Evelyn würde es ein Schlag sein, gewiss. Aber wie viel würde ihr erspart bleiben! Und sie würde ganz in ihrer Nähe sein, bereit, sie in ihre Arme zu nehmen und sie zu trösten, wie sie es oft getan hatte, als Evelyn noch ein kleines Mädchen war.

Schon senkte sich die Sonne, und es wurde kühl. Evelyn fröstelte in ihrem leichten Frühjahrskleid.

Magdalene sah es. »Meinst du nicht, wir sollen gehen?« sagte sie und berührte sacht Evelyns eiskalte Hand.

Aber die antwortete nicht. Ihre Augen leuchteten auf, sie sah zum Eingang der Terrasse hin. Ohne dass ein Wort gefallen war, wusste Magdalene, dass er kam …

Unwillkürlich zog sie ihre Hand zurück.

Erst als Evelyn strahlend sagte: »Das ist Hans Hilgert, Mama«, blickte sie auf.

Sie sah einen hoch gewachsenen jungen Mann in einem schlichten Anzug, braune Augen, die unter kräftigen Brauen sie mit entwaffnender Offenheit anblickten, einen gut geschnittenen Mund, ein festes Kinn mit einem Grübchen.

»Bitte, setzen Sie sich«, sagte sie, außerstande, sich zu einem Lächeln zu zwingen, und dann, als er auf dem weiß gestrichenen Stuhl Platz genommen hatte, fügte sie hinzu: »Habe ich Sie nicht schon irgendwo gesehen?«

»Natürlich, Mama«, erklärte Evelyn rasch, »Hans war mit am Flugplatz, als wir ankamen. Der Unteroffizier, du weißt doch.«

»Ach so«, sagte Magdalene nur und wandte den Blick ab, um den Jungen nicht in Verlegenheit zu bringen.

»Aber das ist nicht wie früher, Mama«, sagte Evelyn eifrig, »er kann noch Offizier werden. Mit Sonderlehrgängen. Nicht wahr, Hans?«

»Vielleicht gestattest du Herrn Hilgert erst einmal etwas zu sich zu nehmen, Evelyn«, sagte Magdalene bemüht, das Gespräch auf einen normalen Unterhaltungston zu bringen.

»Möchten Sie sich etwas bestellen? Vielleicht ein Eis?«

»Dann nehme ich auch noch eines«, sagte Evelyn.

»Lieber nicht, Evi«, sagte Hans Hilgert, und war das erste Mal, dass er in diesem Beisammensein zum Sprechen kam, »es ist schon zu kühl zum Eisessen. Du siehst ganz verfroren aus.«

Obwohl sie versuchte, sich dagegen zu wehren, nahm diese Fürsorge Magdalene für den jungen Mann ein. Sie spürte instinktiv, dass an der Ehrlichkeit seiner Gefühle für Evelyn nicht zu zweifeln war.

»Dann einen Kognak«, sagte Evelyn. Magdalene stimmte zu.

»Ich glaube, ein Kognak wird uns allen dreien gut tun.« Sie winkte einem der Ober, bestellte, bat gleichzeitig um die Rechnung.

Sie wandte sich an Hans Hilgert. »Sie sind Flieger?«

»Ja. Ich bin als Pilot ausgebildet. Natürlich würde ich alles versuchen, mich zum Bodenpersonal versetzen zu lassen. Ich weiß, dass Evi keine Aufregung vertragen kann, obwohl ...«, fügte er mit einem kleinen Lächeln hinzu, »Fliegen heutzutage nicht mehr gefährlicher ist als Auto fahren.«

Magdalene erstarrte. So weit waren die beiden also schon! Sie schienen sich ganz feste Pläne für ihre Zukunft gemacht zu haben.

Hans Hilgert erriet ihre Gedanken. »Ich bin sehr froh, dass Sie mir Gelegenheit geben, mit Ihnen zu sprechen, gnädige Frau«, sagte er. »Es ist wahr, Evi und ich möchten heiraten. Bitte, denken Sie jetzt nicht, ich sei unverschämt ...«

Magdalenes Mund war trocken. »Wie alt sind Sie?« fragte sie, und ihre Stimme klang ungewohnt rau.

»Einundzwanzig.«

»Evelyn ist siebzehn. Finden Sie nicht, dass Sie beide für Heiratspläne noch reichlich jung sind?«

»Nein«, erwiderte er ruhig.

»Sie wissen vielleicht nicht, wie verwöhnt meine Tochter ist.«

Hans Hilgert zog die kräftigen Augenbrauen zusammen. »Natürlich kann ich ihr das nicht bieten, was sie gewohnt ist. Wir haben darüber gesprochen. Aber ich glaube nicht – und Evi glaubt es auch nicht –, dass das Glück durch Luxus erkauft werden kann.«

»Von Luxus hat hier niemand gesprochen«, sagte Magdalene gereizt.

»Entschuldigen Sie. Vielleicht habe ich dieses Wort falsch gewählt. Aber Evi sagte mir, dass Sie ein Vermögen mit in die Ehe gebracht haben, und Oberst Rott hat eine Position, wie ich sie sicher nie erreichen werde. Ich meinte nur das, sonst nichts.«

»Und was könnten Sie meiner Tochter bieten?«

»Aber Mama«, sagte Evelyn, »du redest so altmodische Dinge. Natürlich verdient Hans genug, um eine Frau zu ernähren. Und eine Wohnung könnt ihr uns wirklich kaufen. Das wäre doch nicht zu viel verlangt. Außerdem habe noch den Schmuck von Großmutter.«

»Du vergisst, dass du ohne unsere Einwilligung gar nichts unternehmen kannst.«

»Das habe ich keinen Augenblick vergessen«, sagte Evelyn und sah ihre Mutter mit flammenden Augen an, »sonst würde ich nämlich gar nicht mit dir diskutieren. Du verlangst dauernd, dass wir unsere Pläne verteidigen sollen. Nenn mir nur einen einzigen vernünftigen Grund, warum ich Hans nicht heiraten soll.«

»Weil du noch zu jung bist. Viel zu jung, um zu wissen, wo dein wahres Glück liegt.«

»Du irrst dich. Ich habe es dir und Papa zu verdanken, dass ich keineswegs weltfremd erzogen worden bin. Ich habe niemals Scheuklappen vor den Augen gehabt. Ich habe viele Liebesgeschichten mit angesehen, die unglücklich ausgegangen sind und viele unglückliche Ehen. Aber niemals ist das Geld daran schuld gewesen.«

Der Kellner brachte ein Tablett mit den Kognaks, Magdalene bezahlte. Sie tranken alle drei, ohne sich anzusehen.

»Ich verlange gar nicht, dass du auf deine Liebe verzichtest«, sagte Magdalene, »ich möchte nur, dass du dich prüfst. Ich habe dir vorgeschlagen, mit mir zusammen auf ein paar Monate zu verreisen.«

»Aber ich will nicht!« rief Evelyn. »Meinst du, ich durchschaue nicht, was du vorhast? Erst fährst du mit mir fort. Irgendwohin, vielleicht an die Riviera. Dort versuchst du mich abzulenken, damit ich Hans vergesse. Wenn du siehst, dass dir das nicht gelingt, ziehst du den Aufenthalt hinaus. Und dann, plötzlich kommt ein Telegramm von Papa, dass er sich wieder zum Außenministerium hat versetzen lassen, und dass wir uns alle im Kongo oder in Oslo oder was weiß ich wo treffen sollen.«

»Aber wenn ich dir schwöre, dass ich an nichts dergleichen gedacht habe …«

»O doch. Das hast du. Dir hat es ja vom ersten Augenblick an in Deutschland nicht gefallen. Du bearbeitest Papa dauernd, sich doch wieder versetzen zu lassen.«

»Doch nicht deinetwegen, Kind!«

»Die Wirkung ist für mich dieselbe. Du hast bei Papa immer durchgesetzt, was du wolltest. Aber diesmal wehre ich mich. Es geht um mein Glück, Mama, und das werde ich mit allen Kräften verteidigen.«

Nach diesem Gespräch verbrachte Magdalene eine schlaflose Nacht. Sie lauschte auf die ruhigen Atemzüge ihres Gatten und starrte in die Dunkelheit Noch nie in ihrem Leben hatte sie sich so verlassen gefühlt. – Aber nein, das stimmte nicht. Damals, als Jan Mirsky sich von ihr abgewandt hatte, als er sie mit jenem zynischen Lächeln hatte fallen lassen, das sie bis an ihr Lebensende nicht vergessen würde, war alles noch viel schlimmer gewesen.

Sollte sie nicht glücklich sein, dass eine solche Erfahrung Evelyn sicher erspart bleiben würde? Evelyn war jung – aber war sie wirklich zu jung? Singh Ree hatte ihr versichert, dass das Leben ihrer Tochter unter einem Glücksstern stand, der alle Fährnisse immer wieder zum Guten wenden würde. Auch Hans Hilgert war jung. Er gehörte nicht in ihre Kreise, er war mittellos, aber er wirkte verlässlich. An seiner Liebe zu Evelyn bestand kein Zweifel.

Warum wagte sie nicht, dem Schicksal zu vertrauen?

Sie war nahe daran, ihren Mann zu wecken und über alles mit ihm zu sprechen. Aber dann überlegte sie es sich anders. Es hatte keinen Zweck, bevor sie selbst keinen festen Standpunkt hatte. Erst musste sie Erkundigungen über den jungen Mann einziehen.

Aber sie wusste nicht, wie sie das anfangen sollte, ohne jemand ins Vertrauen zu ziehen.

Helga Gärtner? Lieber nicht, sie wusste schon viel zu viel.

Das einfachste Mittel würde sein, Hans Hilgerts Mutter aufzusuchen. Er hatte erzählt, dass sie Kriegerwitwe sei und eine Schneiderei leitete. Mit ihr musste sie sich in Verbindung setzen. Vielleicht, wenn sie Hans Hilgerts genaue Geburtsstunde erfuhr …

Mit diesem Vorsatz schlief sie ein. Draußen graute schon der Morgen.

Frau Hanna Hilgert wohnte in Köln-Nippes, wie Magdalene Rott aus dem Telefonbuch erfuhr.

Sie machte sich gleich am nächsten Morgen auf den Weg, ohne ihren Mann oder Evelyn von ihrem Vorhaben zu verständigen.

Das sehr moderne Haus mit einer kahlen, nichtssagenden Fassade stand an einem quadratischen Platz. Im Milchglas der Parterrefenster stand mit großen Buchstaben, unterbrochen durch Fensterkreuze und Leisten: »Schneiderei Hanna Hilgert.«

Magdalene stieg aus, entlohnte den Fahrer und bat ihn zu warten. Sie schritt auf das Haus zu und klingelte. Befriedigt fühlte sie, dass jetzt, da sich die Entscheidung näherte, alle Erregung von ihr gewichen war.

Ein junges Ding öffnete, offensichtlich ein Lehrmädchen, sah sie mit großen Augen an und verschwand, als sie nach Frau Hilgert fragte, wieder im Dunkel der Wohnung. Sie hatte Magdalene nicht hereingebeten, ließ aber die Tür nur angelehnt. Es dauerte einige Sekunden, dann erschien Hanna Hilgert persönlich, eine grobknochige Frau, etliche Jahre älter als Magdalene.

Sie war sympathisch – eine Frau, die viele Jahre, ganz auf sich allein gestellt, für sich und ihren Sohn den Lebensunterhalt hatte verdienen müssen und dabei zwar etwas von ihrer Fraulichkeit, aber nichts von ihrem guten Herzen verloren hatte.

Sie schenkte Magdalene ein schwaches, um Entschuldigung bittendes Lächeln, sagte: »Treten Sie doch näher, gnädige Frau – dieses Mädchen! Aber Sie wissen wohl selbst …« Sie öffnete die Tür und ließ Magdalene in eine schmale Garderobe eintreten, die vollgestopft mit Mänteln, Jacken, Schals, Mützen und Handschuhen war. Anscheinend pflegten ihre Mitarbeiterinnen hier abzulegen.

Aus dem Hinterzimmer klang laute Schlagermusik, noch verstärkt durch das Singen und Summen vieler weiblicher Stimmen.

»Wahrscheinlich werde ich Sie enttäuschen müssen«, erklärte Hanna Hilgert mit ihrem netten Lächeln, »ich arbeite schon seit langem nicht mehr für Privatkundschaft.«

»Ich komme nicht deswegen«, sagte Magdalene Rott ruhig, »ich bin Magdalene Rott.« Und als sie sah, dass Hanna Hilgert nicht verstand, fügte sie hinzu: »Die Mutter von Evelyn.«

Frau Hilgerts Lächeln erlosch. »Ach so«, sagte sie, »ja, ach so ...« Einen Augenblick schien sie unschlüssig, was jetzt geschehen sollte, dann führte sie Magdalene in einen Raum, der offensichtlich als Wohn- und Empfangszimmer diente, obwohl auch einige Utensilien der Schneiderei herumstanden und lagen. Die Möbel waren gediegen, es gab einen Fernsehapparat und eine Musiktruhe, aber alles schien ein wenig lieblos zusammengestellt.

»Kennen Sie meine Tochter?« fragte Magdalene, um das Gespräch in Gang zu bringen, und setzte sich, Frau Hilgerts Aufforderung folgend, an den länglichen, mit Modeheften und Stoffproben übersäten Tisch.

»Nein«, erwiderte Frau Hilgert, »bisher hat mein Sohn es noch nicht für nötig gehalten, sie mir vorzustellen.« Aus ihrer Stimme klang leichte Bitterkeit. »Wenn Sie einen Augenblick warten wollen, ich muss noch ...« Sie verließ mit energischen Schritten das Zimmer, wahrscheinlich, um ihren Mädchen Anweisungen zu geben.

Dann kam sie zurück und sagte: »Jedenfalls ist das eine saubere Geschichte, nicht wahr? Ich bin froh, dass Sie zu mir gekommen sind.« Sie ließ sich auf einen Sessel Magdalene gegenüber sinken, streckte die Beine weit von sich.

»Sie sind gegen diese Ehe«, fragte Magdalene.

»Sie etwa nicht? Noch so jung, die beiden. Und dann – na, ich möchte Sie nicht kränken ...«

»Sagen Sie nur, was Sie auf dem Herzen haben.«

»Nun, Ihre Evelyn ist sicher ein nettes Mädchen. Wenn ich alles glauben wollte, was Hans mir über sie erzählt hat, müsste sie ja geradezu eine Fee sein. Aber tatsächlich fürchte ich – sie ist doch sicher nicht dazu erzogen worden, einen kleinen Haushalt zu führen ...«

»Sie haben völlig Recht«, sagte Magdalene ruhig.

»Ich freue mich, dass Sie mir zustimmen.« Frau Hilgert fuhr in ihre Rocktasche, holte ein angerissenes, halb zerquetschtes Zigarettenpäckchen und ein Feuerzeug heraus und fragte: »Mögen Sie auch eine?«

»Nein, danke.«

»Aber Sie gestatten wohl, dass ich rauche?« Frau Hilgert zündete sich eine Zigarette an und angelte, ohne hinzusehen, einen Aschenbecher von der Musiktruhe hinter ihr.

»Ich habe für den Jungen getan, was ich konnte«, erzählte sie, »aber das war leider wenig genug. Natürlich hat er gehabt, was er brauchte, bloß eben keinen geregelten Haushalt. Immer ist mir das Geschäft vorgegangen, musste mir vorgehen. Gerade deshalb hätte ich ihm eine richtige Frau gewünscht. Eine, die kochen und haushalten kann. Kein anspruchsvolles, verwöhntes Püppchen.« Frau Hilgert nahm einen tiefen Zug aus ihrer Zigarette. »Na, ich hoffe, dass ich Sie nicht gekränkt habe. Aber ich glaube, Sie haben mindestens genauso viel Vorbehalte gegen meinen Jungen, oder?«

»Nein«, hörte Magdalene Rott sich zu ihrer eigenen Überraschung sagen, »ich habe ihn gestern kennen gelernt, und er hat einen ausgezeichneten Eindruck auf mich gemacht. Vielleicht – wenn Sie Evelyn erst sehen ...«

Frau Hilgert sah Magdalene mit einem sonderbaren Ausdruck an. »Sie wollen doch nicht sagen, dass Sie für diese Heirat sind?«

»Ich glaube, dass es auf unsere Wünsche gar nicht ankommt. Die beiden lieben sich und sind fest entschlossen. Natürlich weiß ich, dass es noch allerlei Schwierigkeiten geben wird. Mein Mann zum Beispiel, aber ich denke, er wird am Ende nachgeben. Und was Ihren Sohn betrifft – er sagte mir, dass er mündig und deshalb unabhängig wäre.«

Frau Hilgert erhob sich und begann in dem kleinen Raum auf und ab zu gehen. Dann blieb sie unvermittelt hinter Magdalene stehen: »Sie wollen das also – wirklich?«

»Sagen Sie lieber, ich wage mich nicht gegen das Schicksal zu stemmen.«

»Sie wollen es also zulassen, obwohl Sie nichts über die Familie des Jungen wissen, nichts über seine Herkunft?«

Jetzt lächelte Magdalene. »Sie scheinen mehr bürgerliche Vorurteile zu haben als ich selbst. Man braucht Sie doch nur anzusehen, um zu wissen …«

»Ich bin nicht seine Mutter.«

»Nicht?« fragte Magdalene mehr erstaunt als erschrocken. »Aber das hat der Junge nicht einmal angedeutet.«

»Er weiß es nicht. Es war unrecht von mir, Sie brauchen mir das gar nicht zu sagen. Aber ich habe ihn in dem Glauben gelassen, dass er mein Sohn wäre. Ich …« Frau Hilgert starrte an Magdalene vorbei, »ich wollte ihn nicht verlieren.«

»Aber wer ist er dann wirklich? Wer sind seine Eltern?«

»Ich weiß es nicht«, sagte Frau Hilgert, »das ist es ja eben. Ich weiß es nicht. Auf der Flucht aus Ostpreußen hat ihn mir eine Familie überlassen. Er gehörte nicht zu ihnen. Sie haben ihn in Königsberg gefunden.« Jetzt erst wurde sie auf Magdalenes Reaktion aufmerksam. »Was haben Sie?« rief sie erschrocken und ging auf Magdalene zu. »Ist Ihnen nicht gut? Um Himmels willen, Sie sind ja totenblass!«

Von einer Telefonzelle am Kölner Hauptbahnhof aus rief Magdalene Rott ihren Mann im Verteidigungsministerium an. Sie wurde von einem Vorzimmer zum anderen verbunden, bis er endlich selbst am Apparat war.

»Magda, du?« sagte Oberst Rott erstaunt. »Was gibt's denn so Wichtiges?«

»Ich muss mit dir sprechen, Herbert.«

»Ja?«

»Nicht am Telefon. Es ist – ich kann es dir nicht in drei Worten erklären.«

»Na schön. Ich werde sehen, dass ich mittags hier wegkomme. Wo bist du jetzt?«

Auf dem Telefonapparat leuchtete das rote Schildchen: »Bitte nachzahlen!« auf. Magdalene begann, den Hörer zwischen Ohr und Schulter geklemmt, in ihrem Portmonee nach Groschen zu suchen.

»Warum sagst du nichts?« fragte ihr Mann ungeduldig.

»Augenblick bitte, ich möchte nur …«

»Wo bist du?«

»In Köln …«

»Gut. Dann treffen wir uns bei ›Kranzler‹ in Bonn. Ich komme so bald wie möglich. Einverstanden?«

»Ja«, sagte sie und starrte auf die beiden Zehnpfennigstücke in ihrer Hand, die jetzt überflüssig geworden waren.

»Dann – bis gleich!«

Magdalene hängte den Hörer ein, steckte ihr Portmonee wieder in ihre Tasche zurück, nahm ihre Handschuhe und verließ langsam die Zelle.

Ihre Erregung war abgeklungen und hatte einer eisigen, fast gleichgültigen Ruhe Platz gemacht. Als sie ihren Mann anrief, war sie noch entschlossen gewesen, ihm alles zu erzählen – die ganze Wahrheit über ihre Vergangenheit, die sie ihm bis heute verschwiegen hatte.

Jetzt plötzlich schien ihr diese Idee Wahnsinn. Sie musste den Verstand verloren haben, mit einem solchen Gedanken auch nur zu spielen. Ja, sie hatte den Kopf verloren. In der ersten Panik war sie sogar nahe daran gewesen, Frau Hilgert gegenüber ihre entsetzliche Vermutung auszusprechen. Wie gut, dass sie geschwiegen hatte! Magdalene atmete tief. Sie hatte das Gefühl, noch einmal davongekommen zu sein.

Aber während der Rückfahrt nach Bonn konnte sie ihre Gedanken nicht eine Sekunde von der Eröffnung abwenden, die ihr Frau Hilgert gemacht hatte. Doch sie betrachtete sie jetzt nicht mehr durch den Nebel aufgewühlter Gefühle, sondern ganz klar mit ruhigem Verstand.

Hans Hilgert war nicht der Sohn der Schneiderin. Sie hatte ihn als ungefähr Dreijährigen von Flüchtlingen übernommen, die ihn in Königsberg gefunden hatten. Er war völlig verstört gewesen, hatte seinen Namen nicht gewusst, nichts über sich aussagen können.

Alles stimmte. Hans Hilgert, der Mann, den ihre Tochter Evelyn liebte, war Udo, ihr Sohn – oder zumindest bestand eine starke Wahrscheinlichkeit, dass er es war.

Deshalb nur hatte sich Evelyn so Hals über Kopf in ihn verliebt, weil sie die blutsmäßige Verwandtschaft spürte, von der sie nichts ahnen konnte. Deshalb war er auch ihr, Magdalene, vom ersten Moment an so ungewöhnlich sympathisch gewesen.

Evelyn und Udo waren Halbgeschwister. Sie durften nicht heiraten, unter gar keinen Umständen, ja, sie durften sich nicht einmal wiedersehen.

Aber gab es nicht andere Mittel, diese unglückselige Liebe zu zerstören, als sich zu einer Wahrheit zu bekennen, die wahrscheinlich ihre eigene Ehe vernichten würde?

Als Magdalene im »Kranzler« eintraf, war ihr Mann noch nicht erschienen. Sie setzte sich in den Vorraum, bestellte einen Kognak, den sie in kleinen Schlucken trank.

Noch war die schreckliche Gefahr nicht gebannt, aber Magdalene fühlte sich ruhiger als seit Monaten.

Singh Ree, ihr indischer Berater, hatte ihr eine Katastrophe vorausgesagt, eine schwere Prüfung, die sie nur mit Aufbietung aller Kräfte würde überwinden können. Der Gedanke an diese Drohung hatte beklemmende Angst in ihr wachgerufen. Oft war sie nachts aus dem Schlaf geschreckt und hatte sich in den grausigsten Farben ausgemalt, was sie erwarten konnte.

Jetzt, da sie die Gefahr kannte, schien es ihr, wenn sie schon halb gebannt wäre.

Oberst Rott erschien. Als seine Augen die ihren trafen, spürte sie die Liebe zu ihm wie eine mächtige erlösende Welle. Blut strömte ihr in die Wangen.

Er kam mit raschen Schritten auf sie zu, beugte sich über ihre Hand. »Wie schön du bist«, sagte er, »wie ein ganz junges Mädchen.«

Sie erwiderte sein Lächeln, aber ihre Augen blieben ernst. »Ich bin froh, dass du gekommen bist.«

»Wollen wir erst mal essen gehen? Oder ist es wichtig, dass …«

»Es ist sehr wichtig. Ich fürchte, ich könnte kein Bissen hinunterbringen, bevor ich nicht mit dir gesprochen habe.«

»Gut, wie du willst.«

Ein Page kam, nahm Oberst Rott Mantel und Mütze ab. Er setzte sich neben seine Frau in einen der tiefen Sessel. »Du erlaubst, dass ich rauche.«

»Aber ja«, sagte sie gerührt und gleichzeitig ungeduldig, weil er sie nach all den Jahren ihrer Ehe immer noch um ihr Einverständnis bat, bevor er sich eine Zigarette anzündete.

Erst als seine Zigarette brannte, fragte er: »Also, was gibt's?«

»Ich weiß jetzt, wer der junge Mann ist, in den Evelyn sich verliebt hat. Hans Hilgert heißt er. Ein ganz einfacher Junge. Fliegerunteroffizier. Er hat uns übrigens seinerzeit mit auf dem Flughafen Köln-Wahn abgeholt. Daher seine Bekanntschaft mit Evelyn. Es ist den beiden ernst, noch ernster, als wir glaubten. Sie wollen heiraten. Je eher, desto besser, meinen sie.«

»Das hast du ihnen hoffentlich ausgeredet.«

»Ich habe noch mehr getan. Ich war heute bei seiner Mutter. Natürlich hatte ich nicht viel erwartet. Aber was ich tatsächlich erlebte, übertraf meine schlimmsten Befürchtungen. Sie ist Schneiderin und scheint ganz gut zu verdienen. Aber das Milieu ist von einer Primitivität …«

Er schnitt ihr das Wort ab. »Du hättest …« Dann erst fiel ihm auf, dass er sie unterbrochen hatte. »Entschuldige. Bitte, erzähl' ruhig weiter.«

»Was wolltest du sagen?« fragte sie.

»Dass du dir diesen Weg hättest sparen können. Selbst wenn der junge Mann aus unseren Kreisen stammen würde, hätte ich ihm niemals die Erlaubnis gegeben, meine kaum siebzehnjährige Tochter zu heiraten.« Er streifte die Asche seiner Zigarette ab. »Ein solches Ansinnen hätte ein Mann normalerweise ja auch wohl kaum gestellt.«

»Du bist also dagegen?« Sie konnte ihre Erleichterung nicht verbergen.

»Aber selbstverständlich. Was hattest du denn erwartet? Kennst du mich so schlecht?«

»Ich kenne dich als einen sehr verliebten Vater«, sagte sie tastend, »der bisher jeden Wunsch seiner schönen Tochter erfüllt hat …«

»Hier geht es doch nicht um ein Spiel. Vielleicht gibt es junge Menschen, die mit siebzehn schon die nötige Reife für eine Ehe mitbringen. Evelyn jedenfalls nicht.«

»Das musst du nicht mir erzählen«, sagte Marlene, bemüht, ihre Genugtuung nicht allzu deutlich werden zu lassen. »Sprich mit Evelyn.«

»Nein. Das halte ich für wirkungslos. Ich werde mir den Burschen – wie heißt er noch gleich?«

»Hans Hilgert. Er ist Fliegerunteroffizier.«

»Also, ich werde mir diesen Hans Hilgert persönlich vorknöpfen. Bin doch mal gespannt, ob ich ihn nicht zur Vernunft bringen kann.«

»Er macht einen sehr sympathischen Eindruck«, gab Magdalene vorsichtig zu bedenken. Sie fürchtete, dass sich ihr Mann wie sie selber von Hilgerts guter Haltung beeindrucken lassen würde.

Oberst Rott drückte seine Zigarette aus. »Wäre ja noch schöner, wenn es nicht˙so wäre. Ich habe niemals angenommen, dass meine Tochter sich in ein Ekel verliebt. Bist du jetzt einverstanden, dass wir essen gehen?«

Magdalene erhob sich. »Du musst es behutsam anfangen, Herbert! Du weißt, was uns der Arzt über Evelyns Gesundheit gesagt hat …«

»Nein, Magda, ganz falsch. Hier muss hart durchgegriffen werden. Ein rascher, entschlossener Schritt ist besser als eine unnötig verlängerte Qual.« Er trat neben sie, schob seinen Arm unter ihren Ellbogen »Mach dir nicht zu viel Gedanken, Magda, ich weiß schon, wie ich es anpacken muss. Kümmere du dich jetzt mal um Flugverbindungen und so weiter. Ich denke, wenn alles vorbei ist, werde ich euch beide an die Côte d'Azur schicken. Das wolltest du doch schon immer, nicht wahr, Liebling?«

4

Schon am späten Nachmittag desselben Tages erschien Unteroffizier Hans Hilgert im Verteidigungsministerium. Er hatte den Befehl erhalten, sich bei Oberst Rott zu melden. Er trat ein, die Mütze unter dem Arm, ging drei Schritte auf den

Schreibtisch zu, schlug die Hacken zusammen und machte Meldung.

Oberst Rott blickte von seinem Schreibtisch auf. »Rühren!« sagte er, machte aber keine Anstalten, selber aufzustehen oder dem jungen Mann einen Platz anzubieten.

»Zu Befehl, Herr Oberst!«

»Sie wissen, weshalb ich Sie habe kommen lassen?«

»Jawohl, Herr Oberst!«

Jetzt sah Oberst Rott den jungen Mann genauer an. Wie er da vor ihm stand, sehr gerade, mit offenem Blick, spürte er plötzlich so etwas wie Mitgefühl und Verständnis. »Sagen Sie mal, was haben Sie sich eigentlich dabei gedacht, sich ausgerechnet an meine Tochter heranzumachen? Wussten Sie denn nicht, dass sie erst siebzehn ist?«

»Entschuldigen Sie, Herr Oberst, aber ich habe mich nicht an Evelyn herangemacht.«

»Nicht? Soll das heißen, dass ich falsch informiert bin?«

»Vielleicht haben Sie vergessen, Herr Oberst, dass mich Major Bodungen Ihrem Fräulein Tochter vorgestellt hat.«

»Ach ja, richtig. Aber daraus konnten Sie doch nicht das Recht ableiten, dem Mädchen den Kopf zu verdrehen.«

»Evelyn und ich lieben uns, Herr Oberst.«

»Na eben, das meine ich ja.«

Hans Hilgert nahm Haltung an. »Ich möchte Sie bitten, Herr Oberst, Evelyn heiraten zu dürfen.«

»Sollte man es für möglich halten!« Oberst Rott erhob sich. »Sagen Sie mal, das ist doch nicht Ihr Ernst?«

»Doch, Herr Oberst.«

»Also wahrhaftig, langsam beginne ich, an meinem gesunden Menschenverstand zu zweifeln. Sie wollen meine Tochter heiraten?«

»Jawohl, Herr Oberst.«

»Und Sie bilden sich ein, ich werde das zulassen?«

»Ich hatte es gehofft, Herr Oberst.«

»Ja, begreifen Sie denn nicht, dass das eine Unverschämtheit ist?«

»Nein, Herr Oberst. Meine Führungszeugnisse …«

»Gehen Sie mir weg mit Ihren Führungszeugnissen! Wie alt sind Sie eigentlich? Zwanzig?«

»Einundzwanzig, Herr Oberst.«

»Da sollten Sie eigentlich Vernunft genug haben, um zu begreifen, dass es so nicht geht!«

»Ich werde versuchen, in die Offizierslaufbahn zu kommen …«

»Jetzt passen Sie mal auf, Hilgert. Mir scheint, Sie halten mich für einen Menschen mit antiquierten Vorurteilen. Stimmt aber nicht. Selbst wenn Sie Offizier wären, würde ich Ihnen meine Tochter nicht geben. Sie ist ja noch ein halbes Kind. Haben das denn nicht selbst gemerkt?«

»Nein, Herr Oberst.«

»Das beweist nur Ihre eigene Unreife. Nein, Hilgert, schlagen Sie sich diesen Plan aus dem Kopf. Bitte schön, ich will Ihnen keine unlauteren Motive unterstellen. Aber so geht das wirklich nicht.«

Oberst Rott begann mit großen Schritten in dem spartanisch eingerichteten Büroraum auf und ab zu gehen. »Ich muss von Ihnen verlangen – mit allem Nachdruck verlangen –, dass Sie meine Tochter nicht mehr wiedersehen. Haben Sie mich verstanden?«

»Jawohl, Herr Oberst!«

»Ich kann mich also auf Ihr Wort verlassen?«

»Ich habe Ihnen nichts versprochen, Herr Oberst.«

»Zum Teufel noch mal, verlangen Sie, dass ich noch massiver werde? Ich verbiete Ihnen den Umgang mit meiner Tochter als Evelyns Vater und als Ihr Vorgesetzter. Evelyn ist nicht mündig. Ich kann Sie vor Gericht zitieren, wenn Sie sich meinem ausdrücklichen Verbot widersetzen.«

»Wir haben nichts Unrechtes getan …«

»Das will ich hoffen! Stark hoffen will ich das. Gerade deshalb muss ich eingreifen – jetzt, solange noch Zeit ist.«

Unteroffizier Hans Hilgert stand stumm, ohne sich zu rühren.

»Sie werden mir also Ihr Versprechen geben?« Oberst Rott hielt dem jungen Mann seine ausgestreckte Hand hin.

»Ich kann nicht«, sagte Hans Hilgert, »es wäre – Verrat an Evelyn.«

Oberst Rott sah ihn einen Augenblick nachdenklich an, zog dann langsam seine Hand zurück, sagte: »Na, vielleicht ist's besser so. Ich will Ihnen kein Versprechen abverlangen, das Sie nicht halten können oder nicht halten wollen. Ich werde es Ihnen leichter machen.« Er trat hinter seinen Schreibtisch zurück, nahm Platz. »Setzen Sie sich!« Er wies mit der ausgestreckten Hand auf den Sessel vor dem Schreibtisch.

»Danke, Herr Oberst!« Hans Hilgert setzte sich, mit geradem Rücken, die Füße dicht nebeneinander.

»Ich werde es Ihnen – wie gesagt – leichter machen. Passen Sie auf. Ich schicke Sie zu einem Fliegerfortbildungslehrgang nach den USA. Damit nehme ich Ihnen die Verantwortung ab, und die Trennung zwischen Ihnen und Evelyn ist zwangsläufig.«

»Tut mir Leid, Herr Oberst. Aber ich habe mich entschlossen, die Fliegerei aufzugeben. Ich habe mich zum Bodenpersonal gemeldet.«

»Warum?«

»Evelyn ist sehr zart. Ich möchte ihr unnötige Aufregungen ersparen.«

Oberst Rott starrte den jungen Mann einen Atemzug lang an, als ob er ihn plötzlich mit ganz anderen Augen sähe. Dann sagte er, und tiefer Unglaube war in seiner Stimme: »So weit seid ihr also schon? Ich muss sagen, Sie legen ein beachtliches Tempo vor, Hilgert.«

Hans Hilgert schwieg. Sein schmales Gesicht mit den zusammengepressten Lippen, dem vorgeschobenen Kinn drückte eine Entschlossenheit aus, die mehr als Trotz war.

»Ja, Menschenskind«, sagte Oberst Rott und spürte selbst, dass seine Worte keine Kraft hatten, »haben Sie denn gar keinen Ehrgeiz?«

Der junge Mann öffnete die Lippen, sein Ausdruck wurde plötzlich weicher, entspannt. »Es gibt Werte, die wesentlicher sind als Ehrgeiz.«

Oberst Rott versuchte, aufsteigende Unsicherheit hinter Grobheit zu verbergen. »Zum Donnerwetter! Sie maßen sich doch wohl nicht an, mir Lehren über Wert und Unwert menschlicher Verhaltensweisen zu geben?«

»Nein, Herr Oberst«, erklärte Hans Hilgert mit der gleichen Ruhe, die er von Beginn des Gespräches an gezeigt hatte.

»Soll ich Ihnen mal sagen, was Sie sind?« polterte er. »Ein unreifer, verbohrter Junge! Verguckt sich in ein kleines Mädchen,

46

ein halbes Kind, und glaubt, es muss die große Liebe sein! Sie sollten erst einmal trocken hinter den Ohren werden, bevor Sie ans Heiraten überhaupt denken! Haben Sie mich verstanden?«

»Jawohl, Herr Oberst!«

»Und dass Sie die Fliegerei aufgeben wollen, möchte ich nicht gehört haben! Ein fähiger junger Mensch wie Sie – ich habe mir Ihre Beurteilungen angesehen – darf einfach nicht alle Zukunftspläne über den Haufen werfen, bloß weil ihm ein hübsches Mädchen über den Weg gelaufen ist. Sie werden an diesem Fortbildungslehrgang in Minneapolis teilnehmen.«

Unteroffizier Hilgert war aufgesprungen. »Bedaure, Herr Oberst, aber das muss ich ablehnen.«

»Verdammt!« Auch Oberst Rott stand mit einem Ruck auf. Sein kluges, sonst so gelassenes Gesicht hatte sich mit einer dunklen Röte überzogen. Er öffnete den Mund, als ob er losbrüllen wollte, holte aber nur tief Atem und sagte dann mit kalter, gefährlicher Ruhe: »Unteroffizier Hilgert, mein letzter Vorschlag: Sie erhalten noch heute Marschbefehl nach dem Fliegerhorst Fürstenfeldbruck. Das ist keine Strafversetzung, Unteroffizier – noch nicht! Aber wenn Sie sich weigern, diesen Befehl anzuerkennen, werde ich einen Strafbefehl gegen Sie durchdrücken. Und kommen Sie mir jetzt nur nicht, dass sie Ihren Dienst quittieren wollen. Das können Sie nämlich gar nicht. Sie haben sich für zehn Jahre verpflichtet. Oder wollen Sie etwa auf eine unehrenhafte Entlassung aus der Bundeswehr hinarbeiten?«

»Nein, Herr Oberst.«

»Das habe ich auch nicht von Ihnen erwartet. Für wann sind Sie mit meiner Tochter verabredet?«

»Darüber verweigere ich die Auskunft, Herr Oberst.«

Oberst Rott verlor nicht noch einmal die Beherrschung. »Wirklich?« fragte er kühl, fast amüsiert. »Sehr interessant. Dann werde ich mich gleich mal mit Ihrem Kommandeur in Verbindung setzen …« Er nahm den Telefonhörer ab, wählte die Nummer der Zentrale.

Hans Hilgert spürte, dass es kein Bluff war. »Wir sind nicht verabredet«, sagte er rasch. »Evelyn erwartet meinen Anruf.«

Oberst Rott hängte ein. »Schön«, sagte er. »Also, jetzt setzen Sie sich raus ins Vorzimmer und schreiben ihr einen Brief, dass Sie nicht mehr anrufen konnten, weil Sie Richtung Süden abrückten. Was schauen Sie mich so an? Ich verlange nichts Unbilliges von Ihnen. Oder wollen Sie das arme Mädchen tatsächlich ohne Nachricht lassen?«

Hans Hilgert zögerte. »Ich möchte lieber versuchen, sie vor meiner Abreise doch noch anzurufen.«

»Damit werden Sie kein Glück haben. Ich habe schon vorsichtshalber bei der Telefonzentrale des Hotels angeordnet, dass kein Anruf an meine Tochter weitergeleitet wird.«

Hans Hilgert zögerte immer noch, biss sich nachdenklich auf die Unterlippe.

»Na los! Entschließen Sie sich schon! Sie können ihr schreiben, was Sie wollen, – dass Sie sie lieben, dass sie auf Sie warten soll – ganz nach Belieben. Natürlich behalte ich mir vor, Ihr Schreiben durchzulesen. Dieses Recht werden Sie mir als Evelyns Vater wohl zugestehen.«

»Jawohl, Herr Oberst«, sagte Hans Hilgert mit geistesabwesendem Gesicht.

»Also, wie ist es? Ich denke, wir haben uns darauf geeinigt, dass Sie mir Gewaltmaßnahmen ersparen wollen.« Plötzlich glaubte der Oberst fast körperlich die Auflehnung des äußerlich so beherrschten jungen Mannes zu spüren. »Kopf hoch!« sagte er. »Nehmen Sie es nicht so tragisch, Hilgert, eine Trennung wird Ihnen beiden gut tun. Werden Sie ein richtiger Mann, versuchen Sie, beruflich vorwärts zu kommen. Wer weiß, in zwei, drei Jahren …« Er ließ den Satz unausgesprochen, um die Möglichkeiten der Hoffnung noch zu vergrößern.

»Danke, Herr Oberst«, sagte Hans Hilgert mit einem bitteren Lächeln. »Ich habe durchaus verstanden.« Er nahm Haltung an, drehte sich um und verließ das Zimmer.

Evelyn Rott erhielt den Brief Hans Hilgerts am nächsten Morgen, als sie mit ihrer Mutter am Frühstückstisch saß.

Magdalene, die auf diesen Moment gewartet hatte, bemühte sich, ihre Aufmerksamkeit zu verbergen, während sie doch ihre Tochter keine Sekunde aus den Augen ließ.

Evelyn hielt den Brief in zitternden Händen, betrachtete lange, während ihre Zungenspitze die Lippen benetzte, die jungenhafte Handschrift. Sie nahm ein sauberes Messer, wie um den Umschlag aufzuschneiden. Dann aber besann sie sich plötzlich anders.

»Entschuldige mich bitte, Mama«, sagte sie, stand auf und verließ mit hastigen Schritten das Frühstückszimmer.

Magdalene verstand, dass sie bei der Lektüre des Briefes allein sein wollte. Ahnte Evelyn schon etwas? Magdalenes Herz wurde schwer, als sie daran dachte, welche Eröffnung ihrem Kind in den nächsten Minuten bevorstand.

Bereuen konnte Magdalene das, was sie getan hatte, nicht. Es war der einzige Weg, Evelyn vor unsagbarem Elend zu bewahren.

Obwohl sie sich an der Entwicklung der Dinge völlig unschuldig fühlte – sie hatte unter dem Zwang eines drohenden Schicksals gehandelt –, war sie vor Angst und Mitgefühl wie gelähmt.

Sie spürte nicht, wie die Zeit verging, bemerkte nicht, wie der Frühstückssaal sich nach und nach leerte. Erst als die Kellner begannen, die weißen Tischdecken abzunehmen, kehrte ihr das Bewusstsein für Zeit und Raum wieder.

Sie warf einen Blick auf ihre kleine brillantengeschmückte Armbanduhr. Es war eine halbe Stunde vergangen, seit Evelyn den Raum verlassen hatte.

Sie stand hastig auf, ohne darauf zu achten, dass ihre Serviette zu Boden fiel, raffte ihre Handtasche an sich und eilte aus dem Zimmer.

Erst als sie die Halle betrat, registrierte ihr Unterbewusstsein, dass man sie ansah.

Sie stieg mit damenhafter Haltung die breite Treppe aus dem Vestibül zum ersten Stock hinauf. Sie klopfte leise an, drückte fast gleichzeitig die Klinke nieder. Mit Erleichterung stellte sie fest, dass Evelyn wenigstens nicht abgeschlossen hatte.

Sie trat ein, aber das Bild, das sich ihr bot, war ganz anders, als sie es sich vorgestellt hatte. Früher, wenn man ihr einen Wunsch versagte, pflegte sich Evelyn bäuchlings über ihr Bett zu werfen und Kummer und Zorn in hemmungslosem

Schluchzen abzureagieren. Oft hatte sie sich dabei in eine solch krankhafte Erregung hineingesteigert, dass die Eltern sich ernsthaft um ihre Gesundheit sorgen mussten.

Evelyn saß vor ihrem kleinen Toilettentisch in gerader, fast starrer Haltung, den Brief, den sie nun schon auswendig kennen musste, hatte sie immer noch in den Händen.

Als die Mutter eintrat, wandte sie ihr das Gesicht zu – ein totenblasses, aber ganz gefasstes Gesicht. Sie hatte nicht geweint.

»Evelyn«, sagte Magdalene hilflos, »Liebes!«

»Willst du dich überzeugen, ob eure Medizin gewirkt hat?« fragte Evelyn mit spröder Stimme.

»Ich verstehe dich nicht …«

»Hältst du mich wirklich für so dumm, dass ich deine Intrige nicht durchschaue?«

»Aber Evelyn!«

»Du hattest es von Anfang an darauf abgesehen, Hans und mich zu trennen. Jetzt kannst du dir gratulieren: Du hast es geschafft!«

Evelyn erhob sich wie eine Schlafwandlerin, kam auf Magdalene zu – aber plötzlich schienen die Knie unter ihr nachzugeben.

Sie sackte zusammen und schlug zu Boden.

Als der Arzt eine halbe Stunde später eintraf, war Evelyn wieder bei Bewusstsein. Aber sie fieberte, hielt die Augen krampfhaft geschlossen, antworte nicht, wenn man sie fragte.

Magdalene hatte sie mit Hilfe des Stubenmädchens in das große Doppelzimmer gebettet, das sie mit ihrem Mann bewohnt hatte. Sie wagte es nicht mehr, ihre Tochter auch nur eine Minute alleinzulassen.

Dr. Böninger, der Hotelarzt, untersuchte Evely lange und sehr gründlich, während Magdalene mit mühsam verhaltener Erregung danebenstand. Dann gab er dem jungen Mädchen eine Spritze.

»Das war zur Beruhigung«, sagte er zu Magdalene gewandt. »Sie wird jetzt bald einschlafen. Sie brauchen sich also keine Sorgen zu machen.« Er erhob sich. »Wenn Sie es wünschen, kann ich natürlich gerne heute Abend noch einmal hereinschauen.«

»Ja, bitte, tun Sie das!«

Er trat zum Fenster, holte seinen Rezeptblock aus der Arzttasche. »Die Kleine scheint einen ziemlichen Schock erlitten zu haben …«

»Ja«, sagte Magdalene und rang unwillkürlich die Hände, »ja, so ist es wohl gewesen.«

»Sie ist nervlich sehr labil«, sagte Dr. Böninger. »Haben Sie früher schon einmal Schwierigkeiten ähnlicher Art mit ihr gehabt?«

»Nicht so wie heute, aber wir sind ihretwegen von Indien fortgegangen. Sie konnte das Klima nicht vertragen. Ihr Herz …«

»Ich glaube nicht, dass ihre Anfälligkeit etwas mit dem Herzen zu tun hat. Ich denke da eher an die Schilddrüse.«

»Aber unser Arzt in Bombay sagte ausdrücklich, dass Evelyn unter einer schweren Herzneurose leide.«

»Nun ja. Neurose. Das nehme ich hin. Zu einer ganz exakten Diagnose reicht eine Untersuchung im Hotelzimmer natürlich nicht aus. Wenn Sie sich entschließen würden, Ihre Tochter in eine Klinik zu überführen?«

»Ist es denn so schlimm?«

»Ich möchte sagen, es ist einer jener verhältnismäßig seltenen Fälle, in denen die Grenze zwischen seelischen und körperlichen Leiden nur sehr schwer zu ziehen ist. Eine wirklich organische Erkrankung scheint mir jedenfalls nicht gegeben. Sie wollen mir nichts über den Anlass dieses – hm – Zusammenbruchs mitteilen?«

»Doch«, sagte Magdalene mit deutlichem Zögern, »warum nicht? Sie werden ja mit niemandem darüber sprechen, Herr Doktor?«

Dr. Böninger lächelte ein wenig. »Selbstverständlich nicht, gnädige Frau. Als Arzt stehe ich unter strenger Schweigepflicht. Ich frage auch nicht aus persönlicher Neugier, sondern nur – es wäre ja immerhin möglich, dass sich aus dem Anlass irgendwelche Schlüsse ziehen ließen.«

»Evelyn hat sich – sie wollte heiraten«, sagte Magdalene mit Überwindung.

Dr. Böninger schüttelte schmunzelnd den Kopf. »Sieh einer an! Diese jungen Leute!« Er reichte Magdalene das Rezept.

»Ich habe Ihnen da etwas aufgeschrieben, ein sehr gutes Medikament. Ihr Fräulein Tochter sollte es aber nicht nur jetzt nehmen, sondern auf längere Zeit. Das Präparat regelt die Funktionen der Schilddrüse.«

»Sie meinen, wir hätten es nicht verhindern sollen?« fragte Magdalene unvermittelt.

Dr. Böninger verstand sie sofort. »Diese Heiratspläne? Aber selbstverständlich, gnädige Frau. Sie waren in vollem Recht. Ihr Fräulein Tochter ist rein körperlich einer Ehe noch keinesfalls gewachsen. Über die geistige Reife kann ich natürlich nichts sagen. Aber Sie werden ja selber wissen, dass sie bei den meisten jungen Leuten heutzutage noch ein beträchtliches Stück nachzuhinken pflegt.«

»Ich bin sehr froh, dass Sie das sagen. Ich hatte schon Skrupel …«

»Ganz zu Unrecht. Diese – ich möchte fast sagen – Kinderehen enden meist mit einer Katastrophe.«

»Aber das ist es ja gerade! Wir mussten ihr eine Enttäuschung bereiten, um sie vor Schlimmerem zu behüten.«

»Ich verstehe Ihre Sorge durchaus, gnädige Frau. Aber Sie sollten sich nicht allzu viele Gedanken machen. Ein paar Tage absolute Ruhe, gewisse Medikamente, und ich bin sicher, sie wird diesen Schmerz bald überwunden haben.«

Es sah so aus, als sollte Dr. Böninger Recht behalten.

Evelyn erholte sich sehr rasch. Schon acht Tage nach ihrem Zusammenbruch war ihr äußerlich nichts mehr anzumerken. Dennoch schien es Magdalene, als ob eine Wandlung mit ihrer Tochter vor sich gegangen sei.

Evelyn gab sich ganz unbefangen. Sie sprach wie früher, lachte wie früher, und doch bemerkte Magdalene manchmal, und gerade dann, wenn sich das junge Mädchen unbeobachtet glaubte, einen seltsam abwesenden Ausdruck in ihren Augen. Von Hans Hilgert wurde nicht gesprochen.

Einmal – sie waren schon dabei, ihre Koffer für ihre Reise an die Riviera zu packen – konnte Magdalene sich nicht länger zurückhalten. Sie tastete sich vorsichtig an das Thema heran.

»Sicher wirst du jetzt eine Menge netter junger Männer kennen lernen«, sagte sie. Evelyn schwieg, sie schien ganz damit

52

beschäftigt, eine weiße Spitzenbluse sorgsam zusammenzu-
legen. »In ein paar Wochen«, sagte Magdalene, »wirst du sicher selbst nicht mehr verstehen, was du an diesem Hans Hilgert gefunden hast.«

Evelyn hob den Kopf und sah ihre Mutter an. »Bitte, Mama!«
sagte sie nur.

»Du solltest die Dinge nicht so tragisch nehmen, Liebes.
Wenn du erst einmal etwas älter bist ...«

»Ich tue, was ihr von mir verlangt. Musst du mich auch noch
quälen?«

»Aber Evelyn!« Magdalene erschrak. »So habe ich das doch
nicht gemeint. Ich wollte dich nur trösten.«

»Danke. Darauf kann ich verzichten.«

»Bist du mir denn immer noch böse?«

»Böse? Nein. Du tust mir nur Leid.« Evelyn schloss mit einer
so endgültigen Bewegung den Koffer, dass Magdalene es für
besser hielt, das Thema fallen zu lassen.

Sie begriff, dass Evelyn nur äußerlich über ihre Enttäuschung
hinweggekommen war. Innerlich rebellierte es noch in ihr.
Aber das war wohl kaum ein Grund zur Beunruhigung. Die
Zeit und der räumliche Abstand würden Evelyns Schmerz
heilen.

5

Magdalene Rott und ihre Tochter stiegen im »Résidence« ab,
einem gepflegten kleinen Hotel auf Cap d'Antibes, das ganz
und gar Magdalenes Erwartungen entsprach. Das Hotel war
im maurischen Stil errichtet und hatte zwei schöne Innenhö-
fe, in denen die Springbrunnen Tag und Nacht sprudelten.
Von der Terrasse aus, auf der die Mahlzeiten eingenommen
wurden, hatte man einen weiten Blick auf die weiß-silberne
Küste und das azurblaue Mittelmeer. Palmen säumten die
Promenade.

Sie fanden rasch Anschluss, und Magdalene beglückte es, wie
fröhlich und unbefangen Evelyn mit gleichaltrigen jungen
Leuten verkehrte. In der ersten Zeit hielt sie es noch für nötig,
Evelyn auf Schritt und Tritt zu beobachten, aber bald legte
sich ihr Argwohn. Es war offensichtlich, dass Brian, ein junger

Engländer, sich bis über beide Ohren in Evelyn verliebt hatte, und Evelyn schien diesen Flirt zu genießen. Magdalene zweifelte nicht daran, dass sie ihre erste Enttäuschung überwunden hatte.

Die jungen Leute unternahmen gemeinsame Segelpartien und Motorbootfahrten. Brian und sein Bruder Mike versuchten, Evelyn die Grundbegriffe des Wasserskiings beizubringen, sie spielten miteinander Tennis, und jedesmal kam Evelyn müde, hungrig und mit blanken Augen ins Hotel zurück.

Magdalene zögerte keinen Augenblick, die Erlaubnis zu geben, als Brian und Mike sie baten, mit Evelyn zum Tanztee nach Nizza ins »Hotel Negresco« zu dürfen. Sie selber blieb im Hotel und verbrachte mit einem englischen Ehepaar und einer Amerikanerin den Nachmittag beim Bridge. Auch als die jungen Leute zum Abendessen nicht zurück waren, sah sie keinen Grund zur Beunruhigung.

Kurz nach neun Uhr erschienen Brian und Mike. Allein. Jetzt erst wurde Magdalene stutzig. »Wo habt ihr Evelyn gelassen?« fragte sie, immer noch mehr scherzhaft als erschrocken.

»Aber Madam«, sagte Mike verblüfft, »wir dachten, Evelyn wäre mit Ihnen verabredet gewesen.«

Magdalene spürte, wie ihr Herz einen Schlag lang aussetzte. »Was sagen Sie da?«

»Stimmt es etwa nicht?« fragte Brian. »Um fünf Uhr hat Evelyn uns verlassen. Sie hatte es sehr eilig. Sie wollte Sie auf der Promenade des Anglais treffen. Sie sagte, sie wollte mit ihrer Mutter shopping gehen. Dazu brauchte sie keine männliche Begleitung.«

Schon in dieser Sekunde begriff Magdalene: Evelyn hatte ihre Begleiter abgeschüttelt und war geflohen.

Aber wohin? Wohin konnte sie sich ohne Koffer, ohne Geld, ohne Hilfe von irgendeiner Seite gewandt haben?

In der folgenden Nacht schlief Magdalene nicht. Evelyn blieb verschwunden!

Gegen sechs Uhr früh meldete Magdalene Rott ein Ferngespräch nach Bad Godesberg an. Übermüdet, mit brennenden Augen saß Magdalene in ihrem Zimmer, starrte auf den kleinen weißen Telefonapparat und wartete.

Als es endlich läutete, zitterte Magdalenes Hand, als sie den Hörer abnahm.

Und dann hörte sie die Stimme ihres Mannes, verschlafen und ein wenig unwirsch, aber so deutlich, als ob er nicht aus einer so entfernten Stadt spräche, sondern aus nächster Nähe.

»Herbert«, sagte Magdalene, »bitte, erschrick nicht …«

Er war mit einem Schlag hellwach. »Ist etwas passiert?«

Sie hatte das Gefühl, als könnte sie sehen, wie er sich mit einem Ruck im Bett aufrichtete. »Ich rufe wegen Evelyn an«, sagte sie, immer noch bemüht, den Schock zu mildern.

»Was ist mit ihr? Sprich doch endlich! Was ist schehen?«

Magdalene holte tief Atem. »Sie ist verschwunden. Seit gestern Abend. Ich habe die ganze Nacht gewartet. Aber sie ist nicht zurückgekommen.«

Eine Weile blieb es am anderen Ende der Leitung still. Dann sagte Oberst Rott: »Wie war das möglich, Magda?« In seiner Stimme lag mehr Verständnislosigkeit als Vorwurf.

Dennoch versuchte sie verzweifelt, sich zu verteidigen. »Ich weiß, es ist meine Schuld, Herbert, ich hätte besser auf sie aufpassen müssen. Aber sie hat mich getäuscht. Ich schrieb dir ja, wie fröhlich und unbefangen sie sich gab. Ich konnte nicht ahnen, dass sie das alles nur …«

Er unterbrach sie. »Gib mir Einzelheiten.«

Sie hörte das Rascheln von Papier, begriff, dass er sich Notizen machen wollte. »Ich hatte ihr erlaubt, mit Mike und Brian – das sind die beiden jungen Engländer hier im Hotel – zum Tanztee nach Nizza zu fahren. Evelyn schüttelte sie ab, behauptete, dass sie mit mir zum Einkaufen verabredet wäre. Erst um neun, als die jungen Männer zurückkamen, erfuhr ich es. Meinst du, ich hätte sofort die Polizei benachrichtigen müssen?«

»Nicht die Polizei, Magda. Wir müssen jeden Skandal vermeiden.«

»Kommt es denn darauf jetzt noch an?« sagte sie bitter.

»Doch, Magda. Auch um Evelyns willen. Wenn etwas davon in die Öffentlichkeit kommt, ist ihr guter Ruf vernichtet. Ihr Ruf und möglicherweise ihre Zukunft.«

»Aber etwas müssen wir doch tun, Herbert!«

»Hatte sie Geld bei sich?«

»Nein. Höchstens ein paar Franc.«

»Hast du nachgesehen, ob dir nichts fehlt?«

»Ja, natürlich. Auch ihre Kleider. Ich habe alles kontrolliert, aber – es ist unfassbar, Herbert. Sie kann nur das bei sich haben, was sie auf dem Leib hatte, als sie das Hotel verließ, ihr kleines dunkles Kostüm. Nicht einmal einen Mantel hatte sie dabei.«

»Irgendeine Nachricht hat sie nicht hinterlassen?«

»Natürlich nicht. Das hätte ich dir doch gleich gesagt.« Sie bemühte sich krampfhaft, ihre Stimme in der Gewalt zu halten. »Herbert, meinst du …«

»Was?« fragte er ungeduldig.

»Dass sie sich etwas angetan hat?«

»Nein. Ausgeschlossen. Mach dich nicht völlig durcheinander, Magda.«

»Aber wo kann sie denn hin sein? Ohne Kleider, ohne Koffer, ohne Geld!«

»Trug sie Schmuck?«

Magdalene zwang sich, nachzudenken. »Ja«, sagte sie dann, »die Brosche mit den Brillanten und Saphiren.«

»Und das hast du ihr erlaubt?«

»Aber, Herbert, sie gehört doch Evelyn. Und dann – zum Tanztee im ›Hotel Negresco‹, das war wirklich eine Gelegenheit, wo sie sie tragen konnte.«

»Ich denke, sie wird sie zu etwas ganz anderem benutzt haben.«

»Wieso? Herbert, ich verstehe nicht …«

»Versuch doch bitte, einen Augenblick ruhig nachzudenken! Evelyn hat diese Brosche natürlich verkauft.«

»Das kann sie doch gar nicht! Sie ist noch nicht mündig!«

»Stimmt. Aber viele Käufer sind nicht so korrekt, wie du glaubst. Ich bin meiner Sache ganz sicher. Sie hat die Brosche verkauft und ist mit dem Geld zu ihrem Unteroffizier gefahren.«

»Zu Hans Hilgert?« sagte Magdalene tödlich erschrocken.

»Warum entsetzt du dich so? Gewiss, es ist nicht angenehm. Aber immerhin doch noch viel besser als wenn sie sich unter einen Zug gestürzt hätte, nicht wahr?«

»Sie dürfen nicht zusammenkommen, Herbert«, rief Magdalene laut, »du musst das verhindern, hörst du? Sie dürfen nicht …?«

»Aber Magda, werde jetzt bitte nicht hysterisch. Natürlich schalte ich mich sofort ein. Ich rufe dich an, sobald ich etwas erreicht habe.«

»Ich soll hierbleiben?«

»Du musst. Für den Fall, dass meine Theorie falsch ist. Außerdem – wer weiß davon, dass Evelyn fort ist?«

»Alle. Das ganze Hotel. Es tut mir Leid, Herbert …«

Er fiel ihr ins Wort. »Du musst das in Ordnung bringen, hörst du? Sag ihnen, dass Evelyn angerufen hätte. Erzähl ihnen irgendetwas, vielleicht, dass sie zu mir gefahren ist. Irgendetwas Glaubwürdiges wird dir schon einfallen.«

»Aber wenn die Polizei sie findet?«

»Wir dürfen nicht an das Schlimmste denken, Magda. Kopf hoch! Ich rufe dich spätestens heute Abend an.«

Als Magdalene den Hörer auf die Gabel gelegt hatte, saß sie eine Weile wie gelähmt. Das Schlimmste, dachte sie, was ist das Schlimmste? Mein Versagen, mein völliges Versagen! Ich hätte mich überwinden, ich hätte es Evelyn sagen müssen – wenigstens Evelyn. Sie musste wissen, dass Hans Hilgert wahrscheinlich ihr Halbbruder ist. Ich hätte sie retten können, wenn ich den Mut gehabt hätte. Aber ich habe nur an mich gedacht, an meine Ehe, an mein Glück.

Kaltes Entsetzen griff nach ihr.

Oberst Rott hatte richtig kombiniert. Evelyn hatte ihre Flucht seit langer Zeit geplant, genauer gesagt, seit dem Moment, als sie erfahren hatte, dass sie mit der Mutter verreisen musste. Aber sie hatte gewusst, dass sie nichts überstürzen durfte. Ehe sie ihre Mutter nicht in Sicherheit gewiegt hatte, war an ein Entkommen nicht zu denken.

So hatte sie denn von früh bis spät Theater gespielt, und seltsamerweise war es ihr nicht einmal schwer gefallen. Sie stürzte sich jeden Morgen wieder mit einem kleinen prickelnden Glücksgefühl in die Fluten des unwahrscheinlich blauen Mittelmeers, genoss die linde Luft, die zauberische Atmosphäre.

Sie war aufrichtig gern mit den beiden jungen Engländern zusammen – und doch vergaß sie keine Sekunde, dass man sie wider ihren Willen hierher schleppt hatte. Selbst in Momenten, in denen sie sich fast gelöst fühlte, war ihre Sehnsucht nach Hans Hilgert stark wie ein körperlicher Schmerz – sie musste zu ihm!

Der Tanztee im »Negresco«, den sie ohne die Mutter besuchen durfte, bot ihr endlich die gewünschte Gelegenheit. Sie wollte an einem Freitagnachmittag dorthin, und auch das war günstig. Die Chance, dass Hans Hilgert übers Wochenende Urlaub bekommen würde, war gegeben.

In einer unbewachten Minute rief sie am Tag zuvor am Flughafen an und ließ sich einen Platz für die Maschine der Lufthansa reservieren, die Freitagabend um siebzehn Uhr zwanzig nach Frankfurt flog. Dort hatte sie um zwanzig Uhr fünfzig Anschluss nach München. Es war ihr schon früher unauffällig gelungen, sich mit den Flugplänen vertraut zu machen.

Nun galt es nur noch, sich das Geld für die Flugkarte zu beschaffen.

Als Evelyn vor vier Uhr mit Mike und Brian im »Negresco« eintraf, hatte der Tanztee noch nicht begonnen. Es war nicht auffällig, dass sie sich zurückzog, um sich zu frisieren. Die beiden jungen Männer fanden auch nichts dabei, dass sie gute zwanzig Minuten fortblieb.

Tatsächlich verließ Evelyn in dieser Zeit das weitläufige Gebäude durch einen Hinterausgang, der durch den Hof und die Wagenausfahrt auf die Straße führte. Sie kannte ihr Ziel, das von hier aus in wenigen Minuten zu erreichen war, einen kleinen Juwelierladen in der Rue des Ponchettes. Dieser Juwelier war ihr bei einem Spaziergang mit der Mutter aufgefallen, weil in seinem Schaufenster einige meist altmodisch gefasste Schmuckgegenstände ein Schildchen mit der Aufschrift »Occasion« trugen.

»Hier scheinen sich die Spieler Bargeld zu beschaffen, die in Monte Carlo ihr Reisegeld verloren haben«, hatte Magdalene lächelnd gesagt, ohne zu ahnen, was sie mit dieser Bemerkung anrichten würde.

Während Evelyn in die Rue des Ponchettes eilte, steckte sie ihren goldenen Ring mit dem Lapislazuli von der linken an die rechte Hand, drehte ihn um, sodass der Stein nach innen zeigte. Das Schmuckstück wirkte jetzt wie ein schmaler Ehereif, Evelyn hatte es ausprobiert.

Vor der Tür des Juwelierladens warf sie noch einmal einen Blick auf das Schaufenster mit den Gelegenheitsverkäufen und auf das Ladenschild über der Tür. Sie spürte keinerlei Hemmungen, wäre am liebsten sofort eingetreten, aber sie wusste, es war besser, sich zurückzuhalten, bis sie wieder bei Atem war. Sie zog den kleinen Spiegel aus der schwarzen Lackledertasche, betrachtete sekundenlang ihr glühendes Gesicht, bedauerte, dass sie keine Gelegenheit gehabt hatte, ihr schulterlanges Haar hochzustecken – eine Frisur, die sie, wie sie aus Erfahrung wusste, um Jahre älter machte. Aber jetzt war keine Zeit mehr zu langen Überlegungen.

Ein melodisches kleines Läutwerk begleitete ihren Eintritt. Ein Vorhang im Hintergrund des dämmrigen Raumes schob sich auseinander, und ein gebückter, weißhaariger alter Herr schlurfte hinter den Ladentisch.

»Good afternoon«, sagte Evelyn – es schien ihr besser, sich als Engländerin auszugeben.

Der alte Herr hob die buschigen weißen Augenbrauen und murmelte etwas Unverständliches.

»I hope, you speak English?« sagte Evelyn und legte ihre rechte Hand mit dem schmalen Goldreif auf die Glasplatte der Theke, sodass er sie unbedingt sehen musste.

»Yes, Madame«, sagte der alte Herr, »mais – but I am sorry – not so good.«

»Never mind«, sagte Evelyn und fügte in einem gewollt schlechten Französisch hinzu: »Das macht nichts!« – Tatsächlich war es ihr ganz recht, wenn die Verhandlung zwischen ihr und dem Juwelier auf sprachliche Schwierigkeiten stieß. Desto weniger würde es auffallen, wenn sie sich in Widersprüche verwickelte oder einige wichtige Punkte unklar lassen musste.

Sie nestelte an dem Aufschlag ihres Kostüms. »Ich möchte etwas verkaufen«, sagte sie.

»La broche?«

»Ja.« Evelyn hatte den Verschluss gelöst und legte die funkelnde Brosche auf die Samtunterlage, die der Juwelier ihr zuschob.

Er knipste eine kleine Hängelampe an, zog sie tiefer, nahm eine Lupe aus seiner Westentasche. »Gehört sie Ihnen?«

»Certainly! Würde ich sie sonst verkaufen wollen?«

Der Juwelier betrachtete Evelyn mit einem seltsam prüfenden Blick, unter dem ihr sehr unbehaglich zumute wurde.

»Sehr schön«, sagte er nach einer langen Pause, »sehr schön.«

»Wie viel können Sie mir dafür geben?« fragte Evelyn hastig.

»Geben? Ich weiß nicht recht. Ich möchte es in Kommission nehmen, verstehen Sie?«

»Aber das geht nicht – ich meine, das nutzt mir nichts. Ich brauche Geld – Bargeld – sofort.«

»Würden Sie mir, bitte, zeigen Ihr Passeport?«

Evelyn öffnete ihre Tasche, als ob sie ihren Pass suchen wollte, sagte dann mit einem Erschrecken, das zu spielen ihr nicht schwerfiel:

»Oh, I am sorry – ich habe meinen Pass im Hotel gelassen.«

»Sie können ihn aber doch holen?«

»Monsieur, bitte! Warum verlangen Sie das von mir? Ich wohne in Monte Carlo und …«

»Es ist Vorschrift, Madame.«

Evelyn wusste nichts zu sagen, biss sich verzweifelt auf die Lippen.

»Sie müssen doch einen Pass haben«, sagte der Juwelier, »oder fürchten Sie, ich könnte irgendjemandem Ihren Namen preisgeben? Ein Juwelier ist fast wie ein Beichtvater, Madame.«

»Mein Mann hat den Pass«, sagte Evelyn stockend. Sie warf mit einer überraschenden Bewegung den Kopf zurück und sah dem alten Herrn in die Augen. »Wenn ich ihn darum bitten würde, würde er etwas merken, aber das darf er nicht. Sonst wäre alles umsonst. Er darf nichts merken, sonst – sonst bringe ich mich um.«

Evelyns Ausbruch hatte sehr glaubhaft gewirkt, denn wenn auch die Einzelheiten reine Fantasie waren, so war ihre Verzweiflung doch echt. Dennoch verlor der Blick des Juweliers – halb versteckt unter den buschigen Brauen – nichts von seiner schlauen Kälte.

»Madame sind in Schwierigkeiten?« fragte er.

»Ja, natürlich! Es ist kein Kunststück, das zu erraten. Sonst würde ich es doch nicht über mich bringen ...«, sie nahm das Schmuckstück mit einer zärtlichen Bewegung in die Hand, »... mich hiervon zu trennen. Diese Brosche bedeutet mir weit mehr noch als den materiellen Wert, den sie darstellt. Sie ist das Hochzeitsgeschenk meines Mannes, ein altes Familienerbstück.«

»Und warum müssen Sie es verkaufen?« forschte der Juwelier hartnäckig.

»Weil ...« Blitzschnell schossen verschiedene Gedanken durch Evelyns Kopf. Sie hatte eigentlich vorgehabt, dem Juwelier etwas von einer Spielschuld zu erzählen, von der ihr Mann nichts wissen durfte. Jetzt fiel ihr plötzlich etwas Besseres ein. »Ich werde erpresst«, sagte sie.

»Von wem?«

»Mehr kann und will ich Ihnen nicht verraten« sagte Evelyn mit einer Härte, die sie selber verblüffte, »entweder helfen Sie mir – oder ich muss es anderswo versuchen.«

»Wie viel brauchen Sie?«

Evelyn legte die Brosche wieder auf den Ladentisch zurück. Nur mit Mühe unterdrückte sie ein Aufatmen. An dem sachlich feilschenden Ton des Mannes hatte sie gemerkt, dass es jetzt ernst wurde.

»Die Brosche ist Fünftausend wert«, sagte sie. »Fünftausend Neue Francs.«

»Was sie wert ist, weiß ich besser als Sie. Beantworten Sie mir bitte meine Frage, Madame: Wie viel brauchen Sie?«

»Tausend«, sagte Evelyn leise.

Jetzt, zum ersten Mal, schien der alte Herr überrascht. Evelyn wagte nicht, ihn anzusehen. Sie zitterte innerlich davor, dass er versuchen würde, den Preis noch weiter herabzudrücken. Tausend war das Mindeste, was sie brauchte.

Aber der Juwelier reagierte anders, als Evelyn erwartet hatte. »Sie sind eine sehr vernünftige junge Frau«, sagte er nach einer Pause. »Sie wissen, dass ein Risiko auch bezahlt werden muss.« Er öffnete eine Schublade, nahm zehn abgegriffene Hundertfrancnoten heraus und gab sie Evelyn in die Hand. Dann griff er nach der wertvollen Brosche und sagte mit erhobenem Zeigefinger: »Sie brauchen mir nichts zu unterschreiben, und ich unterschreibe Ihnen nichts – so ist's das Beste für uns beide, Madame.« Schweigend steckte Evelyn das Geld in ihre Lackledertasche.

Er trat hinter dem Ladentisch hervor, ging zur Tür. »Au revoir, Madame.«

»Monsieur …« Evelyn zögerte eine Sekunde, als sie dem Juwelier zwischen Tür und Angel gegenüberstand, »ich habe noch eine Bitte.«

»Ja?«

»Verkaufen Sie die Brosche nicht zu rasch«, sagte Evelyn. »Vielleicht habe ich selber die Möglichkeit …«

»Seien Sie unbesorgt, Madame«, unterbrach sie der alte Herr. »Es werden Monate vergehen, bis ich dieses Stück zum Verkauf anbiete.«

Fünf Minuten später war Evelyn wieder im Hotel.

Während Hans Hilgert in seinem schon etwas altersschwachen Volkswagen Richtung München fuhr, hatte er sich alles zurechtgelegt, was er Evelyn sagen würde – es waren sehr vernünftige, verantwortungsbewusste Worte.

Gestern Abend am Telefon hatte er sich von Evelyn überfahren lassen. Ihr Anruf war so überraschend gekommen, dass er zu keiner Überlegung fähig gewesen war. Er hatte einfach getan, was sie von ihm verlangt hatte, Urlaub genommen und sich heute früh in den Wagen gesetzt, um zu ihr zu fahren. Aber jetzt, schon auf dem Weg zu ihr wurde ihm klar, was für eine Dummheit das Ganze war.

Sieh mal an, Evi, wollte er ihr sagen, so geht es nicht. Natürlich, ich liebe dich mehr, als du denkst. Aber das ist doch kein Grund, solche Dummheiten zu machen. Du bist noch so jung, und deine Eltern meinen es gut mit dir. Denkst du denn nicht daran, was sie sich für Sorgen um dich machen werden. Also, sei ein vernünftiges Mädchen. Wir fahren zusammen zum Bahnhof, und du fährst mit dem nächsten Zug nach Hause. Ja, es muss sein, Evi. Ich will nicht, dass du dir meinetwegen womöglich dein ganzes Leben verpatzt. Ich weiß, dass du mich liebst. Aber es gibt doch so viele nette Männer in deinen Kreisen. Du wirst mich bestimmt vergessen, wenn du erst mal … Aber dann sah er sie. Sie stand wie verabredet an der Einfahrt zur Stadt, sehr schmal in dem eleganten schwarzen Kostüm. Ihr blondes Haar schimmerte im Licht der Morgensonne, sie hob die Hand, als sie seinen Wagen erkannte, sah ihn an, ohne ein Lächeln, sondern mit einem tiefen Ernst.

Im gleichen Moment waren alle seine vernünftigen Gedanken wie weggeweht. Nichts blieb mehr übrig als seine große Liebe, die sich nicht unterdrücken oder wegdiskutieren ließ.

Er fuhr den Wagen an den Straßenrand, stieg aus – und eine Sekunde später lag Evelyn in seinen Armen. Sie erwiderte seinen Kuss mit einer Leidenschaft, die ihm den letzten Rest klarer Überlegung raubte.

»Evi«, stammelte er, »dass du gekommen bist.«

Sie lächelte zum ersten Mal. »Hast du geglaubt, ich ließe mich von dir trennen?«

Er zog sie wieder an sich. »Wenn du wüsstest, was für eine Sehnsucht ich nach dir gehabt habe.«

»Jetzt bin ich ja bei dir, Hans«, sagte sie fast mütterlich, »jetzt ist alles gut.« Sie hob den Kopf und sah ihn an. » Komm, fahren wir los.«

»Ja, Evi, irgendwohin aufs Land, wo uns niemand kennt.« Er hatte ihre Hand genommen, wollte sie zu seinem Wagen führen.

Sie sträubte sich unerwartet. »Das genügt nicht.«

»Was? Wovon redest du?«

»Du musst mich kompromittieren.«

Als sie sein Befremden sah, fügte sie drängend hinzu: »Sonst erlauben sie es uns nie. Wir müssen meine Eltern zwingen, uns die Heiratserlaubnis zu geben.«

»Und wenn sie es trotzdem nicht tun?«

»Was haben wir denn zu verlieren?«

Er zögerte den Bruchteil einer Sekunde, dann fragte er: »Was hast du vor?«

»Nichts Schlimmes. Wir telegrafieren hier von München aus, damit sie uns nicht finden. Telegrafieren, dass wir zusammen sind. Und dass wir zusammenbleiben werden. Einen ganzen Urlaub lang.«

»Ist das alles?« fragte er aufatmend.

»Was hattest du denn erwartet?«

»Dass du sie herbestellen würdest.«

Ihre Augen wurden groß. »Das wäre gar keine schlechte Idee. Dann könnten sie sich mit eigenen Augen überzeugen, dass …«

»Evi!«

Sie lachte und wirkte auf einmal wieder wie ein unbeschwertes glückliches Mädchen. »Keine Angst, Hans, das werden wir doch nicht tun. Diese vierzehn Tage gehören uns, und ich lasse sie mir durch niemand verderben.«

Er zog sie, unbekümmert um das Aufsehen, das sie bereits erregten, noch einmal in die Arme. »Ich bekomme langsam das Gefühl, als ob ich dir nicht gewachsen sei.«

Sie lachte schelmisch. »Das sagt Mama auch immer.« Dann wurde sie plötzlich wieder ernst. »Komm, lass uns meinen Eltern telegrafieren.«

Während sie in die Stadt hineinfuhren, lag ihre schmale Hand auf seiner Rechten, die mit festem Griff das Steuer umfasst hielt.

6

Am Sonntagmorgen flog Magdalene Rott über Frankfurt nach Köln zurück. Nachdem sie Evelyns Telegramm bekommen hatte, hielt sie nichts mehr in Cap d'Antibes.

Oberst Rott erwartete sie auf dem Flughafen Köln-Wahn. Er brachte sie und ihr Gepäck ins »Hotel Adler« nach Bad Godesberg zurück.

Unterwegs sprachen sie wenig. Sie berührten das Problem, das ihnen beiden auf der Seele brannte, mit keiner Silbe. Oberst Rott berichtete, dass er einen Mietvertrag für eine Altbauwohnung in Bonn unterschrieben hatte, in die sie einziehen konnten, sobald der jetzige Mieter ausgezogen war.

»Eine wirklich gute Wohnung, ruhige Gegend, alles, was du dir wünschen kannst«, sagte Oberst Rott. »Allerdings, wenn ich die Entwicklung der Dinge vorausgesehen hätte …« Er sprach den Satz nicht zu Ende.

Aber sie hakte sofort ein. »Wie meinst du das?«

»Nun, ich meine, unter den gegebenen Umständen dürfte eine Fünfzimmerwohnung vielleicht doch zu groß sein.«

Magdalene war alarmiert. »Du willst doch nicht etwa zulassen, dass Evelyn diesen Jungen heiratet?«

Er ging nicht darauf ein. »Entschuldige, Magda, aber ich möchte jetzt nicht darüber sprechen. Später, im Hotel.«

»Warum nicht jetzt? Glaubst du, dass sich die Situation in einer halben Stunde geändert haben könnte?«

»Nein, aber ich hoffe, dass du dann ruhiger geworden bist.« Er spürte, wie sie zusammenzuckte. »Du bist übernervös, Magda, ich kann das verstehen. Aber wir können die Lage jetzt nur noch mit größter Ruhe meistern.«

»Herbert …«, begann sie.

Er ließ sie nicht weitersprechen. »Heute Abend ist übrigens ein Empfang. Der englische Botschafter geht nach London zurück. Er gibt eine Abschiedsparty.«

»Du erwartest doch wohl nicht, dass ich heute noch in die englische Botschaft gehe?«

»Ich möchte dir selbstverständlich keine Vorschriften machen. Aber ich persönlich hielte es für eine gute Gelegenheit, den Gerüchten über deine unerwartete Rückkehr entgegenzutreten.«

»Soll das heißen, dass man schon darüber spricht?«

»Noch nicht. Aber morgen bestimmt, wenn wir nicht alles Gerede im Keim ersticken. Es muss auffallen, dass du ohne Evelyn zurückgekommen bist.«

»Aber wir können doch einfach sagen …«

Er unterbrach sie wieder. »Sehr richtig. Eine plausible Erklärung wird uns schon einfallen. Aber wir müssen sie unter die Leute bringen. Und da wäre gerade heute Abend eine günstige Gelegenheit.«

Oberst Rott parkte den Wagen vor dem Hotel. Magdalene hatte dasselbe Zimmer, das sie vor ihrer Abreise bewohnt hatte.

Ihr Mann steckte den Kopf zur Tür herein. »Ich will dich nicht stören, Magda«, sagte er, »lass dir Zeit. Hast du alles, was du brauchst?«

»Bitte, komm herein.«

»Ja?« sagte er und schloss die Tür hinter sich.

»Herbert«, sagte sie, »wir müssen miteinander reden. Jetzt und hier. Wie hast du es dir denn vorgestellt, dass es weitergehen soll?«

Oberst Rott trat, zwischen unausgepackten Koffern hindurch, tiefer ins Zimmer. »Evelyn hat uns die Entscheidung abgenommen«, sagte er mit starrem Gesicht, »uns bleibt keine Wahl.«

Magdalene sah ihn mit weit aufgerissenen Augen an. »Aber wir dürfen es nicht zulassen, Herbert«, rief sie verzweifelt.

»Hör auf, die Geschichte noch unnötig zu dramatisieren«, sagte er kalt. »Schließlich ist dieser Hilgert doch gar kein übler Bursche. Im Gegenteil, ich muss zugeben, auf mich hat er einen durchaus günstigen Eindruck gemacht.«

Sie presste, ohne es selber zu merken, die Hand aufs Herz. »Soll das heißen, du bist plötzlich für diese Heirat?«

»Nein, Magda«, sagte er mit der Geduld eines Erwachsenen, der zu einem begriffsstutzigen Kind spricht. »Ich bin nach wie vor dagegen. Aber ich versuche, mich mit den Tatsachen abzufinden. Unser Protest kommt zu spät, Magda. Begreif das doch endlich.«

»Nein, gerade das begreife ich eben nicht. Was ist denn geschehen? Sie ist mit diesem Jungen verreist. So etwas kommt doch tausendmal vor, das ist doch kein Grund …«

»Doch, Magda. Ich habe jetzt keine Möglichkeit mehr, die beiden zu trennen. Genau darauf hat deine Tochter spekuliert.«

»Meine Tochter?«

»Entschuldige, Magda, das ist mir nur so herausgerutscht. Ein ziemlich primitiver Versuch des Unterbewussten, die Verantwortung von sich zu schieben. Natürlich ist Evelyn unsere Tochter. Verzeih.«

»Ich verstehe dich nicht, Herbert«, sagte Magdalene, »du hast doch noch alle Mittel in der Hand. Ich will jetzt gar nicht davon sprechen, dass er Unteroffizier ist – aber du könntest ihn wegen Entführung einer Minderjährigen belangen. Nicht wahr, so nennt man das doch? Ich habe erst neulich in einer Zeitung gelesen …«

»Ja, ja, ich weiß«, unterbrach er sie ungeduldig, »das Recht steht auf unserer Seite. Aber was nützt uns das? Was wäre damit erreicht, wenn ich ihn womöglich ins Gefängnis bringen würde?«

»Alles, Herbert, verstehst du denn nicht? Er könnte Evelyn nicht heiraten. Er würde einsehen, dass er sie aufgeben muss!«

Oberst Rott schüttelte den Kopf. »Ganz falsch, Magda. Nachdem es nun mal so weit gekommen ist, bleibt uns nichts anderes übrig, als den beiden die Erlaubnis zum Heiraten zu geben. Ich fürchte …«, er zog eine unwillige Grimasse, »… wir müssen froh sein, wenn der Junge jetzt überhaupt noch Wert darauf legt.«

»Herbert!«

»Es nutzt nichts, wenn du mich anschreist«, sagte er. »Du hättest lieber auf deine – pardon – auf unsere Tochter aufpassen sollen.«

»Willst du Evelyn wegen dieses unüberlegten Fehltritts für ihr ganzes Leben unglücklich machen?«

»Im Gegenteil. Ich versuche zu retten, was noch zu retten ist. Äußerste Diskretion, eine kleine unauffällige Hochzeit. Mehr ist nicht zu machen.«

Er trat dicht auf seine Frau zu. »Magda, willst du denn nicht begreifen, um was es hier geht? Wer wird sie nach dieser Geschichte denn noch heiraten wollen?«

»Jemand, der sie wirklich liebt.«

»Hans Hilgert liebt sie. Davon bin ich fest überzeugt. Wenn du nichts weiter willst als das …«

»Nein, nein, nein!« rief Magdalene. »Er darf sie nicht heiraten! Verstehst du denn nicht? Du darfst das nicht zulassen!«

Er betrachtete sie erstaunt, mit zusammengekniffenen Augen. »Langsam kommt mir deine Abneigung gegen diesen Jungen geradezu krankhaft vor. Gewiss, ich habe mir den zukünftigen Mann unseres einzigen Kindes auch anders vorgestellt. Aber dieser Hans Hilgert ist doch weder ein Windhund noch ein Verbrecher.«

Magdalene spürte, dass sie jetzt sprechen musste. Sie musste ihrem Mann alles gestehen, wenn sie sich nicht in noch tiefere Schuld verstricken wollte. »Herbert …«, begann sie mit spröder Stimme.

Er wurde aufmerksam. »Ja? Was ist? Fühlst du dich nicht wohl?«

Tatsächlich schienen die Knie unter ihr nachzugeben. Sie schwankte. Mit einem Schritt war er bei ihr, führte sie zu einem Stuhl, ließ sie niedersitzen. »Magda!« sagte er besorgt. »Ich wusste es. Dieses Gespräch ist zu viel für dich.«

Sie nahm alle Kraft zusammen. »Bitte, lass es nicht zu, dass unsere Evelyn diesen Hans Hilgert heiratet! Können wir ihr nicht einen anderen Mann suchen? Es gibt so viele Junggesellen in Bonn …«

»Weniger, als du denkst, Magda. Und selbst wenn Frauenmangel herrschte, wie in Australien – es wird sie niemand nehmen, nach dem, was geschehen ist. Jedenfalls niemand aus unseren Kreisen.«

»Ist es denn so schlimm, was sie getan hat?«

»Schlimm? Ich bin Evelyns Vater, nicht ihr Richter. Jedenfalls war es dumm und leichtsinnig. Auch ein sehr großzügiger Mann würde niemals auf ihre Treue vertrauen können.«

»Müssten wir es ihm denn sagen?«

»Magda, du verlierst dich in Spekulationen! Der Schwiegersohn, an den du denkst, existiert ja gar nicht.«

» Und ich sage dir, dass ich ihn finden werde!«

»Nein, Magda. Du verrennst dich in Hirngespinste. Man kann eine Ehe nicht auf einer Lüge aufbauen. Das wäre schlimmer, als wenn Evelyn diesen jungen Mann heiraten würde.«

»Herbert …«, begann sie, wieder und wieder brachte sie das entscheidende Wort nicht über Lippen.

Er beugte sich zu ihr. »Was wolltest du sagen?«

»Herbert, hättest du mich auch nicht geheiratet – ich meine, wenn ich vor der Ehe …«

»Aber du hast es ja nicht getan.«

»Du hast mich doch von Anfang an geliebt, nicht wahr, Herbert?«

»Was soll diese Frage?«

»Hättest du mich trotzdem nicht geheiratet, wenn ich …« Sie war unfähig, den Satz zu Ende zu sprechen.

Er richtete sich auf. »Nein, Magda, ich hätte es nicht getan. Denn dann wärst du nicht die gewesen, die du warst, und

ich hätte dich also nicht geliebt.« Er lächelte, plötzlich in Erinnerung versunken. »Mein Gott, ich sehe dich noch vor mir in diesem grauen unförmigen Rock und der alten Soldatenjacke. Und dennoch ging etwas so Sauberes von dir aus, etwas so Anständiges, von allem Bösen jener Zeit Unberührtes …«
Er sah sie an und hielt erschrocken inne. »Magda, aber warum weinst du denn? Magda, was hast du?«
Er nahm sie in die Arme, sprach tröstend auf sie ein. Ihr Körper wurde von Schluchzen geschüttelt. Sie spürte seine Zärtlichkeiten nicht, war taub für seine Worte.
Sie fühlte nichts als abgrundtiefe Verzweiflung.

Es gab nur einen Menschen, mit dem Magdalene reden konnte: Helga Gärtner. Sie war die Einzige, die die Zusammenhänge kannte und die ihr vielleicht raten und helfen würde.
Helga Gärtner wohnte im vierzehnten Stock eines neu errichteten Hochhauses am Rhein.
Das Wohnzimmer, in das sie Magdalene führte, war modern, aber keineswegs nüchtern eingerichtet. Es gab schöne, bequeme Sessel auf einem dicken roten Teppich. Der Schreibtisch stand mit dem Blick zu dem riesigen französischen Fenster. Ein Barockengel, eine alte Petroleumlampe, ein paar kupferne Gefäße gaben dem Raum Atmosphäre.
Helga hatte Magdalenes anerkennenden Blick bemerkt. »Gefällt es dir?« fragte sie.
»Sehr. Du bist wirklich zu beneiden.«
»Leider komme ich nicht sehr oft dazu, mein trautes Heim zu genießen, und es in Ordnung zu halten, ist ein Problem für sich. Soll ich uns Kaffee kochen?«
»Danke, ich …« Magdalene rang nervös die Hände.
»Dann trinken wir einen Whisky.« Helga Gärtner ging auf die Tür zur Küche zu, wandte sich im Gehen noch einmal zurück, sagte: »Es dauert wirklich nur eine Sekunde.«
Tatsächlich war sie sofort mit den Gläsern, einer Schale mit Eiswürfeln, einer Karaffe mit Wasser und einer angebrochenen Whiskyflasche zurück. Sie schenkte drei Finger hoch Whisky in die breiten handgeschliffenen Gläser, tat in jedes einen

Eiswürfel, goss nicht allzu viel Wasser dazu. Noch im Stehen hob sie ihr Glas. »Prost!«

Magdalene nahm einen kleinen Schluck, spürte, wie die milde Kraft des Getränkes ihr wohltat.

Helga Gärtner hatte sich ihr gegenüber in einen der tiefen Sessel fallen lassen, sie schlug die langen Beine übereinander und zündete sich eine Zigarette an. »Na, wo brennts denn?« fragte sie, ohne Magdalene anzusehen.

»Du versprichst mir, dass du mit niemandem – mit keinem Menschen je darüber reden wirst?«

Helga Gärtner lächelte mit gutmütigem Spott. »Wie oft willst du dir das eigentlich noch von mir versichern lassen? Entweder du vertraust mir oder nicht. Worte bedeuten da gar nichts.«

»Du hast natürlich Recht«, sagte Magdalene zögernd.

»Na also. Sag schon, was du auf dem Herzen hast.« Und als Magdalene schwieg, fügte sie drängend hinzu: »Oder – wenn's dir so schwer fällt – soll ich mal raten?«

»Das kannst du nicht erraten.«

»Vielleicht doch. Lass mich's versuchen.« Helga Gärtner schwenkte nachdenklich ihren Whisky, dass der Eiswürfel klirrend gegen das Glas stieß »Du hast deine Tochter nicht bei der befreundeten französischen Familie gelassen, sondern ...« Sie hob unvermittelt den Kopf. »Ist sie dir ausgerissen?«

Magdalene erschrak. »Wie kommst du darauf?«

Helga Gärtner lächelte, nicht ohne Selbstgefälligkeit. »Kombination, nichts weiter. Du brauchst mich nicht zu bewundern. Schließlich lebe ich davon.«

»Du hast Recht«, sagte Magdalene, »sie ist geflohen.«

»Mit wem?«

»Allein. Sie ist allein fort. Erinnerst du dich an den jungen Mann – einen Fliegerunteroffizier – , der dabei war, als Major Bodungen uns damals vom Flughafen abholte?«

»Schwach«, sagte Helga Gärtner. »Es war irgend so ein Knabe dabei. Aber wie er aussah – ich habe ihn überhaupt nicht beachtet.«

»Dafür aber Evelyn«, sagte Magdalene bitter. »Sie hat sich sogar Hals über Kopf in ihn verliebt. Als wir dahinterkamen, ließ mein Mann ihn nach Fürstenfeldbruck versetzen, und ich fuhr mit Evelyn an die Côte.«

»Aber sie ist dir entwischt?«

»Ja. Ich war zu vertrauensselig.«

»Nun erzähl mir bloß nicht, dass dieses kleine Mädchen mutterseelenallein nach Fürstenfeldbruck gefahren ist.«

»Doch. Sie muss geflogen sein. Geld hatte sie nicht. Mein Mann meint, sie hätte ihren Schmuck verkauft.«

Helga Gärtner runzelte die Stirn. »Hör mal, das klingt mir alles reichlich abenteuerlich. Seid ihr auch sicher?«

»Völlig.« Magdalene zögerte wieder, dann gab sie sich einen Ruck. »Sie hat uns ein Telegramm geschickt. Von München aus. Darin steht es klipp und klar, auch dass sie mit ihrem Hans Hilgert zusammen ist.«

Helga Gärtner lachte. »So etwas. Ich muss schon sagen, das Mädchen hat Courage. Will sie die Ehe erzwingen?«

»Ja. Genau das. Die beiden sind entschlossen, zu heiraten. Natürlich waren mein Mann und ich dagegen.«

»Also weißt du, Magdalene, ich verstehe, dass das Ganze nicht angenehm für dich ist. Aber eine Tragödie solltest du auch nicht daraus machen. Eine moderne Liebesgeschichte. Ich finde das, ehrlich gestanden, ganz wundervoll. Romeo und Julia in Bonn – ich habe nicht gedacht, dass es heutzutage noch so etwas gäbe.«

»Helga, du verstehst nicht …«

»Und ob. Ich kann mir deine Gedanken genau vorstellen. Der junge Mann ist nicht standesgemäß, hat nichts, wahrscheinlich sogar noch eine miese Familie. Trotzdem, Magdalene, sei großzügig. Gib den beiden deinen Segen. Ein echtes Gefühl hat in unserer Zeit so selten eine Chance.«

»Aber darum geht es ja nicht«, sagte Magdalene gequält.

»Nicht? Dann versteh' ich gar nichts mehr.«

»Ich war bei Frau Hilgert …«, begann Magdalene, unterbrach sich aber gleich wieder und flehte: »Aber du darfst niemand ein Wort davon erzählen. Hörst du?«

»Natürlich nicht«, sagte Helga Gärtner mit Nachdruck.

»Er ist gar nicht ihr Sohn!« stieß Magdalene hervor. »Er ist ein Findelkind!«

»Ausgerechnet!« Jetzt war auch Helga Gärtner alarmiert. »Nun sag bloß noch, sie hat ihn in Königsberg gefunden.«

»Nein, sie nicht. Sie hat ihn von einer Familie bekommen, die ihn in Königsberg aufgelesen hat. Mein Gott, Helga, verstehst du jetzt? Was soll ich denn bloß tun?«

Die Journalistin hatte ihre Zigarette ausgedrückt, zündete sich gleich darauf eine neue an. »Zuerst einmal: Reg dich nicht auf«, sagte sie, »es ist unsinnig, gleich das Schlimmste anzunehmen! Das wäre doch ein solcher Zufall, dass … Nein, Magda, wirklich, ich bin der festen Überzeugung, dass dein schlechtes Gewissen dir einen Streich spielt.«

»Aber es passt doch alles zusammen! Erinnerst du dich? Am 17. Januar ist es passiert. Das war der Abend, an dem wir den Jungen aus den Augen verloren. Und am 17. Januar hat ihn auch die Familie, die ihn später Frau Hilgert übergeben hat, gefunden!«

»Stimmt schon nicht«, sagte Helga Gärtner mit erzwungener Ruhe. »Um elf Uhr abends hattest du Udo ja noch bei dir. Dann versuchtest du zur Brotverteilung vorzudringen, und in dem Gedränge hast du ihn dann verloren. So hast du es mir jedenfalls damals erzählt. Ich habe ja die ganze Zeit um Schiffsplätze für uns gekämpft.«

»Ja, so war es auch, aber ich verstehe nicht …«

»Wenn du Udo wirklich erst gegen elf Uhr verloren hast, wie kann ihn dann diese unbekannte Familie noch am gleichen Tag zu sich genommen haben? Erinnere dich! Wir haben ja noch bis in die frühen Morgen des nächsten Tages nach ihm gesucht!«

»Vielleicht konnten wir ihn gerade deshalb nicht finden, weil diese Familie schon mit ihm fort war.«

»Entschuldige, aber das klingt doch reichlich konstruiert. Man nimmt ein fremdes Kind nur zu sich, wenn man ganz sicher sein kann, dass seine Angehörigen nicht aufzufinden sind. Selbst in einer solch verworrenen Situation, wie sie damals unter den Flüchtlingen herrschte. Hast du denn noch andere Anhaltspunkte? Ich meine, wie war der Junge gekleidet?«

»Danach konnte ich doch nicht fragen!«

»Na, ohne das zu wissen …« Helga Gärtner streifte die Asche ihrer Zigarette ab. »Soll ich mal zu dieser Frau gehen? Vorsichtig Erkundigungen einziehen?«

»Unmöglich! Vergiss nicht, sie hat selber eine Höllenangst, dass alles herauskommt. Sie hat das Kind als ihr eigenes ausgegeben.«

»Das nenne ich aber ein starkes Stück.«

»Ich kann es verstehen«, sagte Magdalene leise. »Sieh mal, sie war nur ein paar Monate verheiratet, als ihr Mann fiel. Der Krieg hatte ihr das Liebste genommen. Sie fühlte sich moralisch im Recht, das verlassene Kind zu sich zu nehmen.«

»Schön und gut. Aber hat sie keinen Augenblick an die wirkliche Mutter gedacht, die es womöglich all die Jahre seit dem Krieg vergeblich gesucht hat?«

»Die wirkliche Mutter«, sagte Magdalene und blickte die Freundin fest an, »bin ich.«

»Einbildung!«

»Nein, Helga. So etwas fühlt man einfach. Deshalb war mir der Junge auch auf Anhieb so sympathisch. Deshalb nur hat sich auch Evelyn sofort in ihn vernarrt. Sie hat die Blutsverwandtschaft gespürt, ohne natürlich zu ahnen …«

»Hat er denn Ähnlichkeit mit dir?« fragte die Journalistin nach einer kleinen Pause.

»Nein. Er ist ein ganz anderer Typ. Braunes Haar, braune Augen …«

»Also kommt er auch nicht auf Jan Mirsky heraus. Denn der hatte doch lackschwarzes Haar, helle Haut und grüne Augen, nicht wahr?«

»Ähnlichkeit ist ja nicht immer entscheidend.«

»Natürlich nicht. Wenn man ein Kind bekommt, das weder Vater noch Mutter gleicht, so sagt man sich eben, dass es nach den Großeltern oder einem Urgroßelternteil schlägt. Aber wenn man von einem wildfremden Menschen annehmen will, dass er das eigene Kind ist, dann braucht's doch schon ein bisschen mehr Beweise als das bloße Gefühl.«

»Vielleicht hast du Recht«, sagte Magdalene nachdenklich, »vielleicht ist er es wirklich nicht. Vielleicht bilde ich mir alles nur ein. Aber eines wirst du doch zugeben – er könnte es sein. Begreifst du denn nicht, dass dieser Gedanke schon genügt, mich an den Rand des Wahnsinns zu treiben?«

»Du musst dir Gewissheit verschaffen«, sagte Helga Gärtner mit Nachdruck.

»Aber wie soll ich das, wie kann ich das denn?«

»Du könntest offen und ehrlich mit Frau Hilgert sprechen.«

»Unmöglich. Ich würde mich damit in die Hand eines völlig fremden Menschen geben.«

»Vergiss nicht, dass sie genauso unkorrekt gehandelt hat wie du.«

»Aber sie ist nur sich selber verantwortlich. Nein, das geht nicht, Helga.«

»Dann gib gar nichts zu, sondern setze sie nur unter Druck. Sag ihr, dass du die Einwilligung zur Heirat deiner Tochter nicht geben kannst, bevor du nicht wirklich weißt, wer der junge Mann ist. Zwing sie, Nachforschungen anzustellen.«

»Auch daran habe ich schon gedacht. Aber es würde zu nichts führen. Wenn er wirklich mein Sohn ist, können die Nachforschungen nichts ergeben. Vergiss nicht, dass ich niemals eine Suchanzeige aufgegeben habe.«

»Aber unter Umständen würden sich eben doch die richtigen Eltern finden, und du hättest Gewissheit.«

»Unter Umständen, ja. Aber wenn nicht? Dann wäre ich genauso klug wie zuvor – im Gegenteil, ich wäre noch schlimmer dran. Ich hätte mich exponiert, ohne irgendetwas damit verbessert zu haben.«

Einen Augenblick lang saßen sich die beiden Frauen nachdenklich gegenüber. Helga Gärtner nahm einen kräftigen Schluck Whisky. Magdalene sah verzweifelt ins Leere.

»Warum sprichst du nicht mit deinem Mann darüber? Wenn er die Verantwortung mit dir teilen würde …«

»Aber glaubst du denn, ich hätte es nicht versucht?« Auf Magdalenes Wangen bildeten sich hektische Flecke. »Ich wollte es ja, ich wollte es immer wieder. Aber es geht einfach nicht. Ich – ich bringe es nicht über die Lippen.«

Helga Gärtner drückte ihre Zigarette in der kupfernen Aschenschale aus, stand auf, trat ans Fenster und sagte, mit dem Rücken zum Zimmer: »Dann bleibt dir nichts anderes übrig, als zu schweigen.« Sie drehte sich um. »Je mehr ich es überlege, desto richtiger scheint mir das überhaupt. Was ist denn geschehen? Deine Tochter hat sich in einen Mann verliebt, dessen Eltern unbekannt sind. Die Wahrscheinlichkeit, dass es sich um deinen Sohn handelt, ist minimal …«

Auch Magdalene erhob sich »Nein, Helga, solange auch nur der Schatten einer Möglichkeit besteht, dass sie Geschwister sind, dürfen sie nicht heiraten. Ich muss es verhindern.«

»Aber wie? Ich begreife nicht, wie du dir das vorstellst.«

»Ich muss mit Evelyn sprechen. Sie ist eine Frau. Sie wird mich nicht verdammen.«

7

Acht Tage später tauchte Evelyn wieder in Bad Godesberg auf. Sie kam unangemeldet und unerwartet, ihre schwarze Lacktasche in der Hand, das schimmernde blonde Haar mit einer Schleife zusammengerafft. Magdalene Rott saß mit einigen Damen in der Halle des Hotels »Adler«, als ein Page an sie herantrat und ihr das Eintreffen ihrer Tochter meldete. Ihr erster Gedanke war unendliche Erleichterung, sie glaubte, dass Evelyn sich mit Hans Hilgert überworfen hatte.

Dann aber, als sie aufstand und sich umdrehte – Evelyn kam lächelnd vom Empfang zu ihr herüber –, begriff sie, dass sie sich geirrt hatte. Evelyns strahlende Augen verrieten, wie glücklich sie war.

Magdalene bewahrte Haltung. »Meine Tochter«, sagte sie zu den anderen Damen, »bitte, entschuldigen Sie mich eine Sekunde. Sie ist gerade aus Frankreich zurückgekehrt.«

»Oh, bitte lassen Sie sie doch hier. Wie gut sie aussieht, unsere kleine Evelyn«, sagte die Gattin des Majors Bodungen.

Magdalene wehrte lächelnd ab. »Später dann«, sagte sie, »später. Ich werde sie erst nach oben schicken, damit sie sich ein wenig frisch machen kann.«

Mit ruhigen Schritten durchquerte sie die Halle an Evelyns Seite. Das junge Mädchen trug ein einfaches helles Kleid, das es in einem Kaufhaus erstanden hatte. Aber es stand ihr besser als die teuren Modelle, die sie sonst zu tragen pflegte. Noch niemals zuvor hatte sie so bezaubernd und so blühend ausgesehen.

»Mama«, sagte sie und legte einen Arm um ihre Mutter, »bitte schimpf nicht mit mir! Wenn du wüsstest, wie glücklich ich bin!«

»Du hast uns große Sorgen gemacht«, sagte Magdalene und empfand selbst, dass diese Bemerkung kleinlich und der Situation nicht angemessen war.

Evelyn ließ den Arm sinken. »Verzeih, Mama«, sagte sie kühl.

»Bitte, geh jetzt nach oben«, sagte Magdalene an der Treppe. »Ich komme nach, sobald ich hier weg kann.«

Wortlos wollte Evelyn die Treppe hinaufgehen.

Magdalene war mit wenigen Schritten wieder neben ihr. »Ich weiß«, sagte sie, »du hältst mich für eine unduldsame, unerbittliche Frau …«

»Keineswegs!« Evelyn lächelte fast spitzbübisch.

»Wirklich nicht?«

»Ich glaube eher – bei dir und Papa kommt alles daher, dass ihr nicht wisst, was wirkliche Liebe ist!«

Magdalene blieb stehen und sah ihrer Tochter nach, wie sie elastisch die Treppe hinaufstieg. Der Rock war sehr kurz und gab wippend ihre Kniekehlen frei. Sie wirkte sehr kindlich.

Die Damen verabschiedeten sich eine halbe Stunde später – eine halbe Stunde, die Magdalene als qualvolle Galgenfrist empfand. Sie sehnte sich danach, endlich mit ihrer Tochter allein zu sein, und gleichzeitig wünschte sie, dass dieses oberflächliche Geplauder nie ein Ende nehmen würde.

Dann war es so weit. Nichts und niemand hinderte Magdalene mehr daran, nun mit ihrer Tochter zu sprechen – endlich das zu sagen, was sie sich in langen schlaflosen Nächten immer wieder Wort für Wort zurechtgelegt hatte.

Aber schon, als sie in Evelyns Zimmer trat, war alles anders, als sie erwartet hatte. Evelyn saß am kleinen Tisch, einen Teller mit einer Portion Rührei mit Schinken und Bratkartoffeln und eine Kanne Tee vor sich.

Sie sah den Blick ihrer Mutter und lachte unbekümmert. »Ich musste mir was zu essen bestellen, Mama. Ich bin ja halb verhungert.«

Magdalene biss die Zähne aufeinander. Sie wusste, wenn sie das notwendige Geständnis noch einmal hinausschob, würde sie niemals mehr den Mut zur Wahrheit finden.

»Evelyn«, sagte sie, »kannst du mir zuhören? Ich muss etwas sehr Ernsthaftes mit dir besprechen.«

»Mach's doch nicht so geheimnisvoll, Mama! Als ob ich nicht wüsste, was du mir sagen willst! Dass Hans Hilgert nicht der richtige Mann für mich ist, und dass du trotz allem der Meinung bist – und so weiter und so fort.«

»Du irrst dich, Evelyn, ich …«

»Soll das heißen, du bist jetzt mit unserer Heirat einverstanden?«

»Nein.«

»Na also. Dann lass mich jetzt erst mal reden. Bevor du nicht alles weißt …« Sie brachte ihre Mutter mit einer energischen Handbewegung zum Schweigen. »Ich bekomme ein Kind, Mama«, sagte sie mit strahlendem Stolz. »Du ahnst ja nicht, wie ich mich freue!«

In der Nacht, die auf Evelyns überraschende Rückkehr und ihr Geständnis folgte, kämpfte Magdalene Rott mit dem Wunsch, aus dem Leben zu gehen.

Sie fühlte sich in den Mittelpunkt tragischer Verwicklungen gerissen, aus denen sie kein Entrinnen mehr sah. Sie glaubte, das Verhängnis, das auf sie, ihre Tochter und damit auch auf ihren Mann zukam, fast körperlich zu spüren. Wie eine riesige schwarze Wolke senkte es sich tiefer und tiefer auf sie alle herab, und es gab kein Ausweichen mehr, kein Verstecken, keine Rettung.

Am nächsten Morgen fühlte sich Magdalene von der durchwachten Nacht wie zerschlagen. Sie blieb bis Mittag erschöpft im Bett liegen. Beim Mittagessen, das sie mit Evelyn einnahm, drängte ihre Tochter. »Hast du schon mit Papa gesprochen? Jetzt werdet ihr mir doch erlauben, dass ich heirate, nicht wahr?«

»Papa war schockiert«, sagte Magdalene, und das entsprach durchaus der Wahrheit. Es war für Oberst Rott fast unvorstellbar, dass seine Tochter sich so weit vergessen haben sollte.

»Glaube ich dir«, erwiderte Evelyn ungerührt, »aber gerade deshalb wird er nachgeben.« Sie zwinkerte mit den Augen. »Stell dir doch mal vor, die Schande!«

»Evelyn!« sagte Magdalene entsetzt. »Ich kenne dich gar nicht wieder. Du bist ja direkt zynisch.«

»Nicht dir Spur. Ich nenne die Dinge nur beim Namen.«

Magdalene unterdrückte eine scharfe Zurechtweisung, sie bemerkte ruhig: »Aber wenn du kein Kind bekommst, bist du dann bereit, bis zum nächsten Frühjahr zu warten?«

»Gern, Mama. Aber freu dich nicht zu früh. Dieses Versprechen nutzt dir nichts. Ich weiß, dass ich ein Kind erwarte.« Sie legte den hübschen Kopf schräg und lächelte ihre Mutter strahlend an.

»In ein paar Tagen werde ich dir das Ergebnis schwarz auf weiß zeigen, Mama. Wirst du dann endlich einverstanden sein?«

Acht Tage später erhielt Frau Hilgert einen Brief aus Fürstenfeldbruck. Sie steckte ihn in die Tasche ihres Schneiderkittels und nahm sich vor, ihn während der Mittagspause in aller Ruhe zu lesen.

Dann aber hielt sie es doch nicht länger aus und zog sich in der ersten, ein wenig ruhigeren Minute aus dem Zuschneideraum in ihr Wohnzimmer zurück, schnitt den Umschlag auf. Sie las im Stehen.

Liebe Mutter!

Eine große Neuigkeit – Oberst Rott hat eingewilligt, dass Evelyn und ich heiraten, und zwar soll die Hochzeit so bald wie möglich sein. Du kannst Dir vorstellen, wie glücklich wir sind. Einzelheiten sind noch nicht besprochen. Ich soll Rotts zum nächsten Wochenende in München treffen, damit alles festgelegt wird. Eins steht fest: Ich bleibe beim Bodenpersonal. Du weißt, Mutter, dass mir dieser Entschluss nicht leicht fällt. Aber ich muss jetzt Rücksicht nehmen. Evelyn ist so zart, und dann zweite große Neuigkeit – sie erwartet ein Baby.

Du warst immer so eine vernünftige Frau, deshalb weiß ich, Du wirst nicht entsetzt darüber sein. Es hätte auch keinen Zweck mehr, wenn Du jetzt sagen würdest, wir hätten uns anders verhalten sollen. Es war sicher nicht korrekt. Du weißt aber auch, wie sehr Evelyns Eltern gegen diese Ehe waren. Gott sei Dank scheint sich alles zum Guten zu wenden.

Jetzt muss Du unbedingt Evelyn kennen lernen, Mutter. Ich habe ihr geschrieben, dass sie Dich anrufen soll. Bitte, lade sie ein und sei nett zu ihr. Du wirst sie bestimmt lieb gewinnen. Ich kann

Dir gar nicht sagen, wie viel sie mir bedeutet. Übrigens sind auch ihre Eltern in Ordnung. Ich kann ihnen nicht mal übel nehmen, dass sie sich einen anderen Schwiegersohn für ihre Tochter gewünscht hatten. Aber ich werde sie schon überzeugen, dass ich der Richtige bin. Ich habe mir fest vorgenommen, sehr gut zu Evelyn zu sein, Jetzt kann ich mir überhaupt erst vorstellen, wie schrecklich es damals für Dich war, als Du die Nachricht erhalten hast, dass mein Vater gefallen war. Er hat Dich sicher genauso geliebt wie ich Evelyn. Du sagst ja immer, ich wäre ihm ähnlich.
Ich habe jetzt nur noch einen Wunsch – dass Du es Evelyn nicht schwer machst!

Dein Hans

Als sie in der Mitte dieses Briefes angekommen war, hatte Frau Hilgert sich, ohne es selbst zu merken, gesetzt. Jetzt zündete sie sich eine Zigarette an, las ihn noch einmal vom Anfang bis zum Ende.

Sie hatte sich bisher immer für eine großzügige, alles verstehende Frau gehalten. Doch nun machte sie die überraschende und schockierende Entdeckung, dass sie sich in sich getäuscht hatte.

Sie war durchaus nicht bereit, dem Schicksal seinen Lauf zu lassen. Diese hochnäsigen Rotts, diese verwöhnte Evelyn hatten ihren Sohn in eine Falle gelockt. Sie waren drauf und dran, ihn fertig zu machen. Aber das würde sie nicht zulassen! Sie war bereit, mit allen Mitteln zu kämpfen.

Ehe sie noch die Zigarette aufgeraucht hatte, war ihr Entschluss gefasst. Sie rief das Reisebüro an und erkundigte sich nach der schnellsten Verbindung nach Fürstenfeldbruck.

Sie hatte sich fest vorgenommen, ihrem Jungen alles zu sagen – dass sie ihn nicht geboren, sondern erst aufgenommen hatte, als er drei Jahre alt gewesen war. Dass sie nicht wusste, wer seine Eltern waren. Dass sie ihn fälschlich für ihren Sohn ausgegeben hatte. Dass seine Papiere nicht in Ordnung waren, und dass er deshalb nicht heiraten konnte.

Aber als er ihr am nächsten Tag im Kasino des Flugplatzes Fürstenfeldbruck gegenüberstand, wurde ihr klar, dass alles noch viel, viel schwerer war, als sie es sich vorgestellt hatte.

Schon seine Begrüßung hatte sie in ihrem Entschluss wankend gemacht. Er hatte sie fest in die Arme genommen, hochgehoben und durch die Luft geschwenkt, ohne sich um das Grinsen seiner Kameraden zu kümmern.

Er liebte sie, weil er sie für seine Mutter hielt – musste sich sein Verhältnis zu ihr nicht grundlegend ändern, wenn er erfuhr, dass sie ihn von klein auf betrogen hatte?

»Wie geht's Evelyn?« fragte er. »War sie schon bei dir?«

»Nein. Ich bin losgefahren, gleich nachdem ich deinen Brief bekommen hatte.«

»Nur um zu gratulieren? Mutter, von der Seite kenne ich dich ja gar nicht«, sagte er lachend. »Du hast wahrhaftig deinen Betrieb im Stich gelassen?«

»Du warst mir immer sehr viel wichtiger als die Schneiderei«, sagte sie ernst.

»Ach so«, sagte er und sah sie an – mit einem seltsam abschätzenden Blick, als wäre sie plötzlich eine Fremde für ihn geworden. »Du bist auch gegen Evelyn und mich. Das hätte ich mir denken können.«

Hanna Hilgert setzte sich. »Du tust mir Unrecht, sagte sie mit erzwungener Ruhe. »Wie könnte ich denn gegen Evelyn sein? Ich kenne sie ja gar nicht.«

»Aber du bist voreingenommen.«

»Ich bin einfach der Meinung, dass du noch zu jung bist, ein so junges Mädchen zu heiraten.«

Er nahm ihr gegenüber Platz, beugte sich vor und sah sie unter seinen kräftigen Brauen her zwingend an. »Ein Flugzeug zu steuern, dafür bin ich in deinen Augen nicht zu jung, wie?«

»Ich habe dir nur sehr ungern die Erlaubnis gegeben, Flieger zu werden«, sagte sie und nahm nervös einen Schluck von dem Kaffee, der gerade gebracht wurde.

»Gerade deshalb«, sagte er, »war ich fest überzeugt, du wärest froh, dass ich mich zum Bodenpersonal habe versetzen lassen.«

»Für mich warst du nicht bereit, dieses Opfer zu bringen!« entgegnete sie.

Er lachte plötzlich auf in jener herzlichen Art, die sie schon so geliebt hatte, als er noch ein ganz kleiner Junge war. »Mutter«, sagte er, und in seinen braunen Augen tanzten fröhliche Pünktchen, »du bist doch nicht etwa eifersüchtig?«

Sie fühlte sich mit einem mal sehr alt und sehr müde. »Ach, Hans, warum verstehst du mich nicht?«

»Ich verstehe dich ja! Endlich verstehe ich dich. Du bildest dir ein, du bedeutest mir nichts mehr, seit ich Evelyn liebe! Aber das stimmt nicht! Dich werde ich immer lieben, was auch geschieht. Du bist ja meine Mutter.«

Sie nahm noch einen Anlauf. »Hans – und wenn es nun gar nicht wahr wäre?«

»Was?« Seine Augen zeigten Verständnislosigkeit.

»Wenn ich dir jetzt gestehen würde, dass ich nicht deine Mutter wäre?«

Er sagte arglos: »Was für eine Idee!«

»Würdest du mich dann nicht mehr lieb haben?«

»Natürlich nicht. Denn das wäre doch wahrhaftig ein starkes Stück. Willst du mir jetzt etwa einreden, du hast mich als Baby entführt?«

»Nein, Hans, ich …« Sie stockte.

»Na also. Ich wusste ja, dass es Unsinn ist. Du wärst zu so was gar nicht fähig – mich anzulügen all die Jahre!«

»Ich könnte dich doch adoptiert haben!«

»Hast du es getan – ja oder nein?« Seine Stimme war kalt und sehr ärgerlich geworden.

Sie fühlte, wie das letzte Fünkchen Mut in ihr erlosch. »Nein …«

»Na also. Warum willst du mich jetzt mit so etwas unsicher machen? Damit ich dich um deiner selbst willen liebe, wie es so schön heißt? Ich habe dich gern, weil du meine Mutter bist, kannst du das denn nicht verstehen? Und Evelyn liebe ich, weil sie meine Braut ist. Ich bin nicht bereit, eine von euch beiden aufzugeben.«

»Hans«, sagte sie mühsam, »begreifst du denn nicht? Ich will dir doch nur helfen! Ich war bereit, jede Schwiegertochter, die du mir bringen würdest, mit offenen Armen aufzunehmen …«

Er fiel ihr ins Wort. »Dann tu's doch. Was anderes hatte ich von dir auch gar nicht erwartet.«

»Nur nicht diese Evelyn, Hans! Sie passt nicht zu dir. Und du passt nicht in ihre Familie – nein, ich kenne Evelyn nicht, dafür aber ihre Mutter. Hast du denn immer noch nicht gemerkt, dass diese Rotts eine hochnäsige Gesellschaft sind?«

»Danke. Das genügt.« Hans stand auf, machte eine knappe Verbeugung vor seiner Mutter und wandte sich zum Gehen.

»Hans!« rief sie entsetzt.

Er drehte sich zu ihr herum. »Nicht so laut!« sagte er kalt. »Wir sind hier nicht allein!«

»Verzeih«, sagte Hanna leise, »aber bitte, du darfst so nicht gehen! Setz dich!«

Hans Hilgert machte eine nachdrückliche Handbewegung. »Nur wenn du mir versprichst ...«

»Ja, ja, ich werde kein Wort mehr über die Familie Rott verlieren.«

Er nahm wieder Platz, saß abwartend und sehr gelassen da. Sie wusste plötzlich nichts mehr zu sagen. Es entstand ein langes, unbehagliches Schweigen.

Hans Hilgert war es, der als Erster sprach. »Du hast mit allem, was du über Evelyn und ihre Familie denkst, Unrecht. Glaub mir das, Mutter. Aber selbst wenn es anders wäre, es gibt kein Zurück mehr für mich. Evelyn ist jetzt schon meine Frau – nicht vor den Leuten –, aber für mein Verantwortungsgefühl. Und keine Macht der Welt wird es mehr fertig bringen, uns voneinander zu trennen.«

»Es ist zu spät, Magda«, sagte Helga Gärtner. »Du kannst jetzt nichts mehr unternehmen, gar nichts!«

Es war gegen fünf Uhr nachmittags. Die beiden Damen saßen auf der Rheinterrasse des Hotels »Dreesen« und tranken Tee. Helga Gärtner war wie immer sportlich gekleidet, sie trug ein hellgraues Schneiderkostüm. Mit leichtem Neid betrachtete sie die Freundin, die in einem Kleid aus weicher, fließender Seide, einem breitrandigen schwarzen Hut, der ihre glatte Stirn und die tiefblauen Augen sanft beschattete, schöner denn je aussah. Magdalenes Hand zitterte, als sie die Tasse auf den Unterteller zurückstellte. »Aber ich kann das doch nicht zulassen«, sagte sie. »Ich kann doch nicht einfach mit ansehen ...«

»Das hättest du dir früher überlegen müssen«, unterbrach sie die Freundin kühler, als sie beabsichtigt hatte. »Jetzt ist es jedenfalls zu spät.« Als Magdalene leise seufzte, fügte sie freundlicher hinzu: »Im Übrigen habe ich dir ja schon so oft gesagt, du siehst Gespenster. Hans Hilgert ist nicht Udo. Solche Zufälle gibt's ja gar nicht.«

»Aber er könnte es sein!«

»Müssen wir das Ganze noch einmal aufrollen? Ich glaube, wir haben ausgiebig genug darüber gesprochen! Ja, er könnte dein Sohn sein – mit einem Minimum von Wahrscheinlichkeit. Aber da es niemand außer dir und mir weiß, und wir beide unverbrüchlich schweigen werden …«

»Und seine Mutter? Hanna Hilgert meine ich.«

»Was für ein Interesse sollte sie daran haben, plötzlich zu reden?«

»Um diese Ehe zu verhindern!«

»Jetzt verstehe ich dich wirklich nicht mehr. Wie kann man nur so unlogisch sein! Das ist es doch gerade, was du willst, dass diese Ehe verhindert wird!«

»Ja«, sagte Magdalene. »Aber doch nicht so!«

»Nun nimm mal Vernunft an! Was weiß diese Hanna Hilgert denn wirklich? Dass der Junge nicht ihr Sohn ist. Dass sie ihn widerrechtlich angenommen und unter ihrem Namen großgezogen hat. Es schadet dir doch nicht im Geringsten, wenn sie diese Sache jetzt aufdeckt! Im Gegenteil, etwas Günstigeres kann ja gar nicht passieren. Dann wird sich nämlich höchstwahrscheinlich herausstellen, wer die wirklichen Eltern des jungen Mannes sind, und du bist all deine Sorgen los! Hör mal, jetzt kommt mir überhaupt eine Idee: Wende dich an diese Frau und verlange von ihr, dass sie die Karten auf den Tisch legt! Zumindest kannst du dadurch die Heirat hinauszögern …«

Helga Gärtner hatte sich in Eifer geredet. Ihre Augen blitzten, sie streckte kampflustig ihr kräftiges, wohl geformtes Kinn vor. Aber Magdalenes Gesicht hatte sich nicht belebt, sie sah die Freundin trostlos an. »Wenn die Heirat nicht bald stattfindet, ist ein Skandal ebenfalls unvermeidlich.«

»Du weißt eben selbst nicht, was du willst!« konterte Helga Gärtner heftig. Dann zuckte sie die Achseln, fügte in verändertem Ton hinzu: »Aber du hast Recht. Es ist genau, wie ich vorhin gesagt habe: zu spät. Ich bleibe bei meinem alten Rat: Finde dich ab, vergiss es, schweige.«

»Aber wenn sie wirklich …«, Magdalene scheute sich, das verhängnisvolle Wort »Geschwister« auszusprechen, sagte statt dessen, »verwandt sind, kann dann Evelyn überhaupt ein gesundes Kind bekommen?«

»Warum nicht? Das solltest du doch wissen: Die guten und die schlechten Eigenschaften verdoppeln sich. Eine einfache Rechnung.«

»Ich habe gehört«, sagte Magdalene mit einem unfrohen Lächeln, »Verwandtenehen führen zur Degeneration. Bringen Schwachsinnige hervor, Idioten, Verbrecher!«

»Nicht unbedingt!«

»Aber Bruder und Schwester – wenn auch von verschiedenen Vätern –, das ist doch eine schreckliche Sünde.«

»Du weißt nicht, ob sie es wirklich sind! Und die beiden selbst ahnen es nicht einmal. Warum gebrauchst du dann so harte Worte: Langsam bekomme ich den Eindruck, dass du dich absichtlich quälst. Du scheinst es geradezu zu genießen.« Mit einer zornigen, abgehackten Bewegung nahm die Journalistin eine Zigarette, zündete sie an.

»Ach, Helga!« Magdalene starrte mit leeren Augen auf den breiten Strom hinab, über den gerade ein schneeweißes Dampfschiff mit fröhlichen Menschen vorbeiglitt. Die Klänge des Schiffsorchesters drangen zum Hotel hinauf.

Helga Gärtner blies den Rauch durch die Nase. »Gibt es denn gar nichts, woran du Udo wiedererkennen könntest? Besondere Kennzeichen, wie es so schön in unseren Pässen heißt?«

Magdalene dachte nach. »Du weißt doch, er hatte ein kleines herzförmiges Muttermal zwischen den Schulterblättern …«

»Na also! Vergewissere dich, ob Hans Hilgert das hat. Wenn nicht, bist du all deine Sorgen los.«

»Aber wie könnte ich denn das? Soll ich ihm sagen: Ziehen Sie sich aus, ich möchte mal Ihren Rücken sehen?«

»Du brauchst nur ganz harmlos das Gespräch auf diese Dinge zu bringen. Sicher weiß auch Evelyn …«

»Ich habe bisher nicht umsonst gezögert. Denn wenn es stimmt? Wenn ich den Beweis habe, dass er es wirklich ist?«

Magdalene schwieg. Ihre Hände hatten sich verkrampft.

Helga Gärtner streifte die Asche ihrer Zigarette ab. »Das Leben besteht aus Kompromissen«, sagte sie nachdenklich. »Du bist eigentlich alt genug, das zu wissen, Magda. Wenn man jung ist, stellt man Ansprüche. Man möchte die ganz große Liebe erleben, die ganze Wahrheit erfahren. Man schwört sich, niemals zu heucheln und zu lügen. Aber allmählich kommt man dahinter, dass man manchmal beide Augen schließen muss, um glücklich zu sein. Sei doch ehrlich! Deine Ehe ist auf einer Lüge aufgebaut. War sie deshalb bisher schlecht? Du hast nicht den Mut gehabt, zu reden, hab' jetzt wenigstens die Kraft, zu schweigen.«

»Ich will es versuchen«, sagte Magdalene leise.

8

Die Trauung von Evelyn Rott und Hans Hilgert wurde am 30. August in München vollzogen. Es war eine sehr kleine Gesellschaft, nur die engsten Angehörigen, die sich anschließend in einem Extrazimmer des Hotels »Vierjahreszeiten« zusammenfanden: das Hochzeitspaar, Oberst Rott und seine Frau, Hanna Hilgert. Man hatte es in Anbetracht der Umstände für richtig befunden, keine Einladungen zu versenden. Dennoch waren Glückwünsche, Telegramme, Blumen und Geschenke in reicher Zahl aus dem Rheinland und aus dem Bekannten- und Freundeskreis der Rotts eingetroffen.

Evelyn – zauberhaft anzusehen in einem kurzen weißen Spitzenkleid mit schmaler Taille und weit abstehendem Rock, einen kleinen Schleier auf den blonden Locken – strahlte vor Glück. Hans Hilgert, eine angenehme männliche Erscheinung in seiner gut sitzenden Uniform, ließ seine junge Frau kaum eine Sekunde aus den Augen. Die beiden jungen Leute waren ein schönes Paar, und die Schwiegermütter hatten während der Trauungszeremonie reichlich Tränen vergossen.

Und plötzlich war es Magdalene Rott, als ob sie aus einem Albtraum erwachte. Es war, als ob die Tränen ihren Blick geklärt hätten. Sie sah die Wirklichkeit, sie war ohne Angst, ohne Qual, ohne dieses furchtbare Schuldbewusstsein, das ihr in den letzten Monaten keine Ruhe gelassen hatte.

Was war denn nun wirklich geschehen? Nichts weiter, als dass ihre Tochter Evelyn sich in einen jungen Mann unbekannter Herkunft verliebt und es durchgesetzt hatte, ihn zu heiraten – einen jungen Mann, aus dessen offenem Blick Anstand, Zuverlässigkeit und Liebe sprachen.

Die Erleichterung fuhr wie ein glühender Strom durch ihr Herz. Hans Hilgert war nicht ihr Sohn, er war ein gänzlich fremder Mensch. Es war ihr eigenes Schuldgefühl gewesen, das die entsetzlichen Gespenster in ihrer Fantasie heraufbeschworen hatte.

Jetzt endlich, nachdem die Entscheidung gefallen war, konnte sie wieder frei atmen. Evelyn, ihre verwöhnte strahlende Evelyn, war zum Glück geboren. Unmöglich, dass das Verhängnis seine würgenden Finger nach ihr ausstrecken konnte.

Magdalenes Befreiung war so deutlich – sie lachte, plauderte, scherzte mit einer Unbefangenheit wie seit langem nicht mehr. Sogar Evelyn fragte ganz erstaunt: »Was ist los mit dir, Mama? Macht das der Sekt? Du bist ja ganz und gar verändert.«

Oberst Rott nahm die Hand seiner Frau. »Das hat nichts mit dem Sekt zu tun, Evelyn«, sagte er lächelnd, »Mama und ich sind einfach froh, dass wir dich unter der Haube haben. Doch, wirklich, es ist so! Jetzt hat dein Mann die Verantwortung für dich übernommen, und ich wünsche, dass du ihm nicht so viele Rätsel zu lösen gibst wie uns!«

»Nur keine Sorge, Papa«, sagte Hans Hilgert lachend, »ich werde Evi schon zähmen.«

»Tu das, mein Junge! Und wir beide«, Oberst Rott wandte sich an seine Frau, »werden sehen, dass wir recht bald wieder in die weite Welt hinauskommen.«

»Ist das dein Ernst?« fragte Magdalene verwundert.

»Aber ja! Ich dachte, das wäre immer dein Wunsch gewesen …«

»Doch, Herbert, nur – ich bin überrascht.«

»Warum? Nachdem Evelyn uns verlassen hat, gib es für uns doch keinen Grund, länger in Deutschland zu bleiben. Ich habe schon mein Gesuch auf Versetzung eingereicht.«

»Und mir nichts davon gesagt.«

»Es sollte eine Überraschung werden. Ich habe sie mir extra für den heutigen Tag aufgehoben. Allerdings – so schnell, wie du wahrscheinlich vermutest, wird es nicht gehen. Nächstes Frühjahr vielleicht …«

»Das wäre gerade richtig! Mein Enkelkind möcht ich ja unbedingt sofort kennen lernen.«

Alle lachten. Oberst Rott ließ die Gläser wieder füllen, brachte einen Trinkspruch auf den künftigen Stammhalter aus.

»Wieso Stammhalter?« sagte Evelyn. »Ich bekomme ein Mädchen!«

»Ist dein Mann damit einverstanden?« fragte der Oberst augenzwinkernd.

»Mir ist alles recht«, erklärte Hans Hilgert, »wenn Evi es nur gut übersteht.«

»Also trinken wir auf Evelyns Kind«, sagte Magda. »Junge oder Mädchen, uns soll beides willkommen sein.«

Während der nächsten Wochen und Monate hielt Magdalenes Hochgefühl an.

Das junge Paar war gleich nach der Hochzeit abgereist, um seine Flitterwochen in Venedig zu verleben. Oberst Rott brachte seine Frau und Hanna Hilgert mit dem Auto ins Rheinland zurück. Zu Hause gab es viel zu tun. Magdalene stürzte sich mit Energie und Umsicht in die Aufgaben, die auf sie warteten. Es glückte ihr, für Evelyn und Hans Hilgert eine kleine Wohnung in Köln-Lindenthal zu finden. Die Wohnung, die Oberst Rott in Bonn gemietet hatte, konnte noch für eine weniger geräumige umgetauscht werden.

Als Evelyn von der Hochzeitsreise zurückkam, half sie begeistert beim Einrichten.

Eines Vormittags, als Evelyn und ihre Mutter durch Köln bummelten, um Vorhänge auszusuchen, trafen sie Helga Gärtner. Die Begegnung berührte Magdalene unangenehm, aber sie ließ es sich nicht anmerken.

Als Evelyn in einem Geschäft verschwand, um ein weißes, besticktes Kinderkleid zu kaufen, stellte Helga Gärtner die Frage, die Magdalene erwartet hatte.

»Ist alles in Ordnung?«

»Durchaus«, erwiderte Magdalene kurz angebunden.

»Soll das heißen, du hast herausbekommen …« Die Journalistin ließ das Ende ihrer Frage in der Luft hängen.

»Ich weiß jetzt, dass ich mich geirrt habe«, erklärte Magdalene mit Nachdruck. »Hans Hilgert ist nicht mein Sohn.«

»Na also. Das habe ich dir ja immer gesagt.«

»Und ich wäre dir dankbar, wenn du all den Unsinn, den ich zusammengeredet habe, vergessen würdest.«

»Es war wirklich Unsinn«, sagte Helga Gärtner arglos. »Mach dir keine Gedanken. Ich habe das alles nie ernst genommen.«

Trotz dieser beruhigenden Erklärung war Magdalene froh, als sich die Mitwisserin ihrer Ängste verabschiedete. Diese Begegnung hatte alle unguten Erinnerungen in ihr wieder zum Leben erweckt.

Es dauerte eine Weile, bis sie ihr mühsam errungenes Gleichgewicht zurückfand.

Ende November zogen Evelyn und Hans Hilgert in ihre neue Wohnung ein.

Der Oberst hatte nachgeholfen, dass der junge Unteroffizier nach Köln zurückversetzt wurde. Hans Hilgert hatte die Pilotenlaufbahn endgültig an den Nagel gehängt. Er machte jetzt einen Ausbildungskurs als Radarspezialist mit.

Evelyn zog sich ganz von ihren Eltern zurück. Sie lebte nur noch für ihren Mann und das Kind, das sie unter ihrem Herzen trug. Es kam vor, dass sie sich wochenlang nicht bei ihrer Mutter meldete, und Magdalene wollte sich nicht aufdrängen. Tatsächlich war sie über diese Entwicklung fast erleichtert. Es schien ihr den Schlussstrich, den sie unter die Vergangenheit gezogen hatte, noch zu verstärken. Das Verhältnis zu ihrem Mann hatte einen unerwarteten Auftrieb bekommen. Jetzt, da sie wieder allein waren, hatten beide das Gefühl, in einem neuen Lebensabschnitt zu stehen.

Magdalene blühte unter der Fürsorge und Zärtlichkeit ihres Mannes auf.

Am 10. Januar fand der alljährliche große Bonner Presseball statt. Magdalene Rott trug an diesem Abend ein sehr schön geschnittenes Pariser Modellkleid aus veilchenblauer Seide, das das dunkle Blau ihrer Augen auf geheimnisvolle Weise verstärkte. Dieses Abendkleid hatte ein großes Dekolleté, das ihren geraden schlanken Hals und die schön geschwungenen, immer noch makellosen Schultern freigab. Das schimmernd blonde Haar hatte sie hochgekämmt, in den kleinen Ohren trug sie prächtige, in Brillanten gefasste Saphire. Sie war sehr schön, und sie wusste es.

Lächelnd bemerkte ihr Mann, wie seine Frau von Arm zu Arm glitt. Er war selbst ein guter Tänzer, aber er hatte kaum Gelegenheit, sich seiner Frau zu widmen. Er führte die Frauen von Kollegen und Vorgesetzten zum Tanz, kümmerte sich um die Mauerblümchen, die auch hier, wie auf jedem Ball, vertreten waren. Aber oft trafen sich die Blicke des Ehepaares über die Schultern ihrer Zufallspartner hinweg in stillem, glücklichem Einverständnis.

Es dauerte eine ganze Weile, bis Magdalene bemerkte, dass Helga Gärtner sie beobachtete. Magdalene lächelte ihr zu, grüßte leicht mit der Hand.

Aber Helga Gärtners Gesicht blieb ernst. In ihren Augen stand ein seltsamer Ausdruck, den Magdalene nicht zu deuten wusste. Sie beneidet mich, schoss es ihr durch den Kopf, sie missgönnt mir meine Erfolge! – Fast gleichzeitig schämte sie sich ihrer Gedanken. Es war zwar wahr: Helga Gärtner hatte immer in ihrem Schatten gestanden, schon damals, als sie beide noch junge Mädchen waren. Aber niemals hatte sie ihr einen Anlass gegeben, an ihrer freundschaftlichen Gesinnung zu zweifeln.

Aus dem warmen Gefühl heraus, wiedergutmachen zu wollen, dirigierte Magdalene ihren Tänzer, einen jungen mexikanischen Diplomaten, unbemerkt dorthin, wo Helga Gärtner, an eine Säule gelehnt, stand und sich in Gedanken Notizen über den Ablauf des Festes zu machen schien.

»Schön, dich mal wiederzusehen, Helga!« rief Magdalene ihr zu, als sie mit ihrem Partner vorübertanzte. Helgas Lippen formten einen Satz, der von einem Schlagzeugwirbel der Musikband übertönt wurde.

»Einen Augenblick, bitte«, sagte Magdalene zu ihrem Tänzer und blieb stehen. »Ich bin gleich wieder da.«

Sie ging die wenigen Schritte zu Helga zurück, fragte: »Was hast du gesagt?«

»Er ist da!«

Ein eisiger Schreck durchfuhr Magdalene. Dennoch fragte sie, als ob sie nicht begriffen hätte: »Wer? Von wem sprichst du?«

»Von Jan Mirsky!«

Magdalenes erster Gedanke war Flucht. Aber eine Stimme in ihrem Innern kämpfte dagegen.

Sie warf den Kopf in den Nacken. »Und wenn! Was gewesen ist, ist vorbei.«

»Gut, dass du es so siehst«, sagte die Journalistin. »Ich wollte dich nur warnen!«

»Danke, Helga!« Magdalene wunderte sich über sich selber, dass sie ihre Lippen zu einem Lächeln zwingen konnte. »Aber ich bin sicher, er wird mich nicht mehr erkennen.«

Sie wandte sich zur Tanzfläche, wollte zu ihrem Partner zurück – da kam Jan Mirsky auf sie zu, groß, schlank, dunkel, mit einem Bärtchen auf der Oberlippe.

Ehe Magdalene noch einen Schritt tun konnte, verbeugte er sich vor ihr. Formvollendet und doch mit unübersehbarer Ironie. »Gnädige Frau, darf ich bitten?«

»Tut mir Leid«, sagte Magdalene mit brüchiger Stimme, »mein Tänzer wartet.«

Er fasste sie leicht unter den Ellbogen. »Lassen wir ihn warten. Jetzt bin ich an der Reihe!«

Jan Mirsky war ein guter Tänzer. Mit lächelnder Überlegenheit zwang er Magdalene Rott, sich dem Rhythmus seiner Schritte anzupassen.

»Du scheinst dich nicht zu freuen«, sagte er dicht an ihrem Ohr.

Sie brachte kein Wort über die Lippen.

»Ich hatte gehofft, dir hier zu begegnen«, fuhr er im leichten Konversationston fort. »Allerdings …«, ohne dass sie ihn ansah, wusste sie, dass sein Lächeln sich jetzt vertiefte, »… auf die Gefahr hin, dass du mich für einen Narren hältst, muss ich zugeben – ich hatte doch ein wenig Angst vor diesem Wiedersehen.«

Er schien jetzt eine Frage zu erwarten, aber sie schwieg weiter.

Er fuhr unbefangen fort: »Ich hatte die törichte Furcht, du könntest alt geworden sein, dick, völlig verändert – nicht mehr das schöne Mädchen, das ich so geliebt habe. Aber ich darf dir ein Kompliment machen ...«, seine Lippen streiften ihre Wange, »du bist schöner denn je, Magda!«

Er hatte gemerkt, dass sie vor ihm zurückgezuckt war, aber statt seinen Griff zu lockern, zog er sie nur noch enger an sich: »Bist du glücklich, Magda?«

Jetzt endlich fand sie die Kraft, ihm zu antworten. »Ja!« Sie zwang sich, ihn anzusehen.

»Wie schön für dich!« sagte er mit unverhohlener Ironie. »Tatsächlich hast du ja einen bemerkenswert gut aussehenden Mann! Würdest du so freundlich sein, mich Oberst Rott nachher vorzustellen?

»Dazu sehe ich keinen Anlass«, erwiderte sie kalt.

Er änderte sofort seine Taktik. »Entschuldige«, sagte er nachgiebig. »Aber du musst verstehen, es macht mich eifersüchtig, dich so glücklich zu sehen.«

»Hattest du gedacht, ich würde auf dich warten?« sagte sie.

»Warum nicht? Immerhin habe ich dir doch einmal viel bedeutet.«

»Damals war ich siebzehn.«

»Was besagt das? Du hast mir oft und oft versichert, dass deine Gefühle sich niemals ändern würden.«

»Du scheinst vergessen zu haben, dass du es warst, der ...« Sie brach ab. » Was soll das alles?«

»Du hast mir sehr viel bedeutet, Magda«, sagte er noch einmal mit plötzlichem Ernst.

»Um so schändlicher dein Verhalten!«

Er hob die Schultern, ließ sie mit einer resignierenden Bewegung fallen. »Ich gebe zu, ich habe mich damals nicht anständig benommen. Aber die Umstände ...«

»Deine Erklärungen interessieren mich nicht mehr.«

»Schön. Wie du willst. Ich hatte mir das Wiedersehen zwar anders vorgestellt, aber ...« Er unterbrach sich, weil ihre Augen sich vor Zorn verdunkelt hatten. »Du wirst mir wenigstens erlauben, mich nach unserem Kind zu erkundigen?«

Das war die Frage, vor der sie gezittert hatte. Aber obwohl sie darauf vorbereitet gewesen war, wusste sie keine Antwort. »Unser Kind?« wiederholte sie, um Zeit zu gewinnen.

»Sehr richtig. So weit ich mich erinnere, erwartetest du doch ein Kind, als wir uns trennten. Willst du etwa behaupten, es wäre nicht geboren worden?«

Fast hätte sie den Strohhalm ergriffen, den er ihr zuwarf, in der Hoffnung, damit seine weiteren Fragen im Keim zu ersticken. Aber ein Funkeln in seinen Augen machte sie stutzig.

»Es hat sich alles arrangieren lassen«, sagte sie, »es war ein Junge. Ich habe ihn in ein Heim gegeben.«

»Was? Du sprichst, als ob er gestorben wäre.«

»Ja. Auf der Flucht. Ich wollte ihn mit in den Westen nehmen. Aber er hat die Strapazen nicht durchgestanden.«

»Welch günstiger Zufall«, sagte er mit seinem zynischen Lächeln.

In diesem Moment klang der Walzer aus.

Sie gab sich keine Mühe, ihre Erleichterung zu verbergen.

»Verzeih«, sagte sie hastig, »ich werde erwartet …« Sie löste sich aus seinen Armen, eilte über die Tanzfläche zu ihrem Tisch zurück.

Oberst Rott, der den letzten Tanz pausiert hatte, erhob sich.

»Herbert«, sagte Magdalene, »bitte! Ich bin sehr müde. Würdest du mir ein Taxi bestellen?«

»Ich bringe dich selbstverständlich nach Hause.«

Jan Mirsky hatte den Presseball noch nicht verlassen. Das Wiedersehen mit Magdalene Rott war nicht das Einzige, was er sich vorgenommen hatte. Jetzt suchte er Helga Gärtner.

Er fand sie endlich in der Bar, mitten in einem Rudel Journalisten.

Sie saß, ohne seine Nähe zu bemerken, mit dem Rücken zu ihm und unterhielt sich.

Mit einer selbstverständlichen, besitzergreifenden Geste legte er seine Hand um ihren Nacken.

Sie fuhr herum. »Was soll das …«, begann sie, aber der Satz erstarb auf ihren Lippen.

»Helga!« sagte er lächelnd. »Tu nicht so, als ob du mich nicht mehr kennst!«

Mit einer heftigen Bewegung schüttelte Helga Gärtner die Hand ab, die noch immer auf ihrem Nacken lag. „Ich weiß, wer Sie sind, Herr Mirsky«, sagte sie mit schmalen Augen.

»Aber das gibt Ihnen kein Recht, unverschämt zu sein.«
Er lächelte ungerührt, ohne den Blick seiner kühlen Augen von ihr zu lassen. »Sieh einer an! Immer noch dieselbe kleine Kratzbürste.«
Helga Gärtner wandte sich von ihm ab, winkte dem Mixer. »Ich möchte zahlen, bitte.«
»Du willst schon gehen?« sagte er. »Eine gute Idee. In diesem Gewühl kann man doch kein vernünftiges Wort miteinander sprechen.«
»Ich lege auf eine Unterhaltung mit Ihnen nicht den geringsten Wert.«
Er schnalzte ironisch mit der Zunge. »Das sind nun die vielgepriesenen Manieren der westlichen Damen.«
Helga Gärtner hatte den Geldschein schon in der Hand, aber sie kam nicht dazu, zu zahlen. Der Mixer war am anderen Ende der Bar beschäftigt. »Was wollen Sie eigentlich von mir?«
»Dir sagen, wie schön du geworden bist. Noch schöner als damals.«
Unwillkürlich warf Helga Gärtner einen Blick auf die schimmernde Spiegelwand hinter der Bar. Sie stellte fest, dass sie wirklich sehr gut aussah mit ihrer bräunlichen Haut, dem dunklen, kurz geschnittenen Haar, den orangefarbenen Lippen.
Jan Mirsky merkte sofort, dass sein Kompliment nicht ohne Wirkung geblieben.war. Auch seine Augen suchten ihr Spiegelbild, und ihre Blicke begegneten sich im Spiegel. »Wollen wir nicht das Kriegsbeil begraben«, bat er herzlich. »Helga, wenn du wüsstest, wie sehr ich mich auf dieses Wiedersehen gefreut habe.«
Sie runzelte die Stirn. »Warum?« Es sollte ablehnend klingen, aber der kleine warme Unterton von Überraschung war nicht zu überhören.
»Du hast mir viel bedeutet, Helga. Mehr, als du je geahnt hast«, sagte er ernsthaft und verriet mit keinem Wimpernzucken, dass er den gleichen Satz noch vor kaum einer Stunde zu einer anderen Frau gesagt hatte.
Jetzt wandte sich der Mixer Helga Gärtner zu. »Sie möchten zahlen, gnädige Frau?«

»Irrtum«, sagte Jan Mirsky rasch. »Bitte, geben Sie uns noch zwei Whisky.« Mit Genugtuung sah er, dass die Journalistin den Geldschein wieder in ihre schwarze Lackledertasche versenkte.

»Seit Jahren habe ich mich bemüht, in den Westen zu kommen – deinetwegen, Helga«, raunte er dicht an ihrem Ohr.

»Das soll ich dir glauben?«

»Es ist die Wahrheit.«

»Ich hätte nicht geglaubt, dass du auch nur einen einzigen Gedanken an Magda oder mich verschwendet hättest.«

Sein Gesicht verschloss sich. »Bitte, lass Magda aus dem Spiel.«

»Warum? Um sie ist es dir doch immer gegangen.«

»Du täuschst dich, Helga, du täuschst dich ganz entschieden.«

Helga Gärtner lächelte nicht ohne Bosheit. »Anscheinend ist euer Gespräch nicht sehr befriedigend für dich verlaufen. Wundert es dich im Ernst, dass sie dich hat abblitzen lassen?«

»Du siehst die Dinge ganz falsch …«

Jan rutschte von seinem Hocker, nahm beide Gläser. »Komm! Da hinten in der Ecke ist ein Tisch freigeworden. Hier kann man ja sein eigenes Wort nicht verstehen.«

Sie folgte ihm ohne Widerrede, schlug, nachdem sie sich gesetzt hatte, die langen, schlanken Beine übereinander und sah ihn prüfend an. »Worauf willst du eigentlich hinaus?«

»Ist das so schwer zu verstehen?« sagte er vielsagend.

»Ehrlich gestanden – ja.«

»Ich habe Magda nie geliebt.«

»Warum hast du sie dann verführt?« sagte sie mit erzwungener Kühle.

»Weil ich die, auf die es mir ankam, nicht bekommen konnte.«

»Auch eine Erklärung, wenn auch keine sehr glaubhafte.« Sie zog eine Zigarettenschachtel aus ihrer Tasche.

Er nahm ihr die Schachtel aus der Hand und bot ihr sein Päckchen an. Sie zog sich eine Zigarette heraus, sagte mit gespielter Verwunderung: »Amerikanische Zigaretten und Whisky – wie verträgt sich das mit deiner Weltanschauung?«

»Ich habe nicht vor, mit dir über Politik zu sprechen«, sagte er ärgerlich und strich ein Streichholz an.

Sie zog an ihrer Zigarette, beobachtete ihn durch den Rauch hindurch. »Warum eigentlich nicht?«

»Bei jeder anderen Gelegenheit. Aber nicht jetzt und nicht hier.«

Er hatte sich selber eine Zigarette angezündet, warf das Streichholz in die Aschenschale. »Wenn du glaubst, dass du irgendetwas dadurch gewinnst, indem du mir ausweichst. Helga, hör mich doch einmal an. Was hast du eigentlich gegen mich?«

»Willst du das wirklich wissen?«

»Ja.«

»Bitte. Aber reg dich nicht auf, wenn dir meine Antwort nicht passt: Du hast dich Magda gegenüber wie ein Schuft benommen.«

Der Vorwurf glitt an ihm ab.

»Ich war jung, und ich war leichtsinnig«, sagte er gelassen. »Ja. Das gebe ich zu. Aber ich kenne keinen Mann, der sich anders verhalten hätte. Magda hat es mir sehr leicht gemacht. Und sie war ein schönes Mädchen. Welcher Mann hätte dieses Abenteuer nicht mitgenommen? Und nachher, als sie zu mir kam und mir eröffnete, dass sie ein Kind erwartete – was hätte ich denn machen sollen? Sie heiraten? Du vergisst meine Situation. Was konnte ich ihr denn bieten: ein Leben als Partisanin?«

»So hast du damals nicht gesprochen.«

»Es ist mir wahrhaftig nicht leicht gefallen, so brutal zu sein.«

»Hast du das alles auch Magda erzählt?«

»Ich hatte nicht die Absicht, mich vor ihr zu rechtfertigen.«

»Nein?« fragte Helga Gärtner und spürte selber, dass ihr der Spott misslang.

»Es ist mir immer nur auf dich angekommen, Helga.«

»Davon habe ich aber nichts gemerkt.«

»Weil du unnahbar warst.«

Helga Gärtner versuchte sich zu erinnern, aber es gelang ihr schlecht. War es möglich, dass sie diesen Eindruck gemacht hatte? Zumindest aber war eine solche Unterstellung sehr schmeichelhaft.

Jan Mirsky, der spürte, dass er Eindruck gemacht hatte, stieß nach: »Ich habe nur aus einem einzigen Grund heute Abend mit ihr getanzt: Weil ich wollte, was aus meinem Sohn geworden ist. Erzähl du es mir, Helga, ganz ehrlich.«

Helga Gärtner war sofort wieder auf der Hut. »Hat sie es dir nicht gesagt?«

„Ich möchte es von dir wissen.«

Helga Gärtner drückte ihre Zigarette aus. – Zu töricht, dass Magda und sie nicht abgesprochen hatten, was sie auf eine solche Frage antworten wollten.

»Glaubst du ihr nicht?« fragte sie zögernd.

»Ich bin ziemlich sicher, dass sie mich belogen hat.«

„Nun, sie ist die Mutter, also hat sie auch das Recht …«

Er unterbrach sie. »Na schön. Wenn du mir nicht antworten willst, dann lass es. Ich werde die Wahrheit auch auf andere Weise herauskriegen. Sprechen wir von etwas anderem.«

Helga Gärtner war zu einem Entschluss gekommen. »Er ist tot«, sagte sie, »er ist auf der Flucht umgekommen.«

»Bist du ganz sicher?«

»Ich muss es wohl sein. Ich war ja dabei.«

Er stellte keine weitere Frage.

9

Die ersten Wehen setzten bei Evelyn am Abend des 3. Februar ein. Zum Glück war Hans Hilgert zu Hause und brachte sie gleich ins Krankenhaus.

Er fühlte sich so elend wie nie zuvor in seinem Leben. Er biss die Zähne zusammen, um sich den vorübereilenden Schwestern gegenüber nichts merken zu lassen. Aber alle paar Minuten musste er sich den kalten Schweiß von der Stirn wischen.

Ein junger Assistenzarzt bot ihm eine Zigarette an, wollte ihn mit ein paar kameradschaftlichen Worten aufmuntern. Aber Angst um Leben und Gesundheit seiner jungen Frau füllten Hans Hilgert so aus, dass kein anderer Gedanke daneben Platz hatte.

»Wenn ich Ihnen einen guten Rat geben darf«, sagte der Arzt, »gehen Sie nach Hause. Strecken Sie sich lang. Niemand kann Ihnen sagen, wann es bei Ihrer Frau so weit sein wird.«

Hans Hilgert schüttelte den Kopf, sagte mühsam: »Ich – nein, ich kann es nicht.«

»Aber natürlich, Sie können es schon. Wenn Sie wünschen, werde ich Ihnen ein starkes Schlafmittel verschreiben.«

»Nein, danke.«

»Na ja, vielleicht ist eine Flasche Kognak in diesem Fall überhaupt mehr zu empfehlen«, lachte der Arzt.

Hans Hilgert bekam nur mühsam die Zähne auseinander. »Ich brauche nichts.«

»Gut, wie Sie wollen. Aber glauben Sie mir: Alles ist halb so schlimm. Morgen früh werden Sie über Ihre Ängste lachen.«

Hans Hilgert blickte auf die große Wanduhr am Ende des Flurs. Es war gerade acht vorbei. »Morgen früh?« fragte er entsetzt.

Der Arzt lachte wieder. »Was hatten Sie denn gedacht? Eine Geburt ist eine große Sache. Die braucht ihre Zeit.«

Hans Hilgert sagte nichts mehr.

Kurz vor Mitternacht. In der großen Klinik war es sehr still geworden, als eine ältliche Schwester auf ihn zukam.

»Herr Hilgert, bitte!«

Er fuhr hoch und sah sie aus weit geöffneten Augen an.

»Ihre Frau ...«

Er schluckte, fragte mit rauer Stimme: »Ist etwas passiert?«

»Ihre Frau hat ein kleines Mädchen bekommen.«

»Und sie selbst? Wie hat sie es überstanden?«

»Kommen Sie nur mit. Sie werden gleich selbst mit ihr sprechen können. Aber bitte, nur ganz kurz.«

Hans Hilgert folgte der Schwester durch den langen, stillen Gang. Er hatte ihre Worte gar nicht richtig erfasst.

Sie erreichte die Tür zum Kreißzimmer, als Evelyn gerade herausgeschoben wurde. Ihr Gesicht wirkte schmal, fast durchsichtig. Dunkle Ringe lagen unter ihren Augen. Aber ihr blasser Mund lächelte.

»Evi!« rief er und lief auf sie zu. Ohne sich um den Arzt, die Hebamme, das Pflegepersonal zu kümmern, beugte er sich über sie.

Sie fuhr ihm mit der Hand durch die zerwühlten Haare.

»Nimm dich doch zusammen, Hans, bitte! Es ist ja alles in Ordnung. Sieben Pfund schwer ist unser Baby und hat gleich geschrien. Es ist so süß.«

Er hob den Kopf. »Ach, Evi«, sagte er, »dass du nur gesund bist, dass du lachen kannst. Mein Gott, ich hatte solche Angst, dich zu verlieren.«

Acht Tage später wurden Mutter und Kind entlassen. Magdalene Rott besuchte sie jeden zweiten Tag, um Evelyn die Einkäufe und einige Hausarbeiten abzunehmen, denn sie war doch sehr geschwächt.

Magdalene hätte ihr am liebsten das Baden und Wickeln des Kindes abgenommen. Das wollte Evelyn nicht zulassen.

»Mein Baby gehört mir allein«, pflegte sie zu sagen. »Da lasse ich niemand anderen heran – höchstens seinen Vater.« Und sie hob das kleine Bündel hoch in die Luft.

Sie legte es auf den Wickeltisch und begann es auszupacken. »Als ich noch klein war, hast du mich ja auch ganz für dich gehabt, Mama.«

»Wir hatten eine Säuglingsschwester«, sagte Magdalene mit einem kleinen wehmütigen Lächeln.

»Schön dumm von euch«, erklärte Evelyn ungerührt. »Deshalb hast du jetzt auch den Babywickelkomplex. Aber bei meiner kleinen Kari kannst du ihn nicht austoben.« – Das Mädchen war auf den Namen Karina getauft worden, doch seine Eltern nannten es zärtlich Kari, manchmal sogar Karlchen oder Kerlchen.

Magdalene sah zu, wie Evelyn das Baby mit zärtlicher Sorgfalt an den kleinen Füßen hochhob, die beschmutzten Windeln entfernte, das Kind puderte.

»Wenn Kerlchen drei Monate alt ist«, sagte Evelyn, »fange ich mit dem Babyturnen an. Ich habe im Säuglingspflegekurs gelernt, wie man das macht. Ach, ich freue mich schon so. Wenn es erst krabbeln kann …« Sie kitzelte Karina mit dem Zeigefinger an der Nase, und das Baby verzog sein Gesicht zu einer komischen kleinen Grimasse.

»Sieh nur, Mama, es lacht!« rief Evelyn glücklich.

»Ach, Evelyn.«

»Erklär' mir jetzt bloß nicht, dass ich mir was einrede«, sagte Evelyn empört, ehe Magdalene überhaupt hatte aussprechen können. »Ich weiß ja selbst, dass ich das tue. Natürlich können so kleine Kinder noch nicht lächeln, das ist doch ganz klar. Aber warum soll ich nicht so tun als ob?«

Magdalene hatte das Gefühl, sich verteidigen zu müssen. »Das wollte ich ja gar nicht sagen …«

»Was denn? Du hast jedenfalls mit einem deiner vielsagenden Seufzer begonnen.«

»Ich habe nur gedacht – wenn man doch wissen könnte, ob es auch ganz gesund ist.«

Evelyn ließ die Hände sinken. »Wie meinst du das?«

»Wie ich es sage: dass alles mit ihm in Ordnung ist.«

»Was sollte denn nicht in Ordnung sein?«

»Ich weiß nicht. Irgendetwas. Es gibt so genannte Luxationen … Gehirnschäden …«

Evelyn sah ihre Mutter aus ungläubigen Augen an. »Sag mal, Mama, was redest du denn da?«

»Es ist mir nur so durch den Kopf gegangen.«

Evelyn wandte sich in Richtung Bad, rief mit lauter, vergnügter Stimme: »Hans! Bitte, komm doch mal. Ganz schnell!«

Hans Hilgert kam ins Zimmer, das Gesicht voll Rasierschaum, mit nacktem Oberkörper, ein Handtuch über den Schultern, den Rasierapparat noch in der Hand.

Er lächelte Evelyn zu, trat an den Wickeltisch. »Na, was gibt's?«

Evelyn holte tief Atem. »Stell dir vor: Mama glaubt, dass unsere Kari nicht gesund sein könnte.«

»Das hat sie bestimmt nicht so gesagt.«

»Doch.«

»Nein, ich habe nur …«, begann Magdalene.

Das Wort erstarb ihr im Mund.

Hans Hilgert hatte sich über sein Töchterchen gebeugt. Sie sah einen Teil seines braunen muskulösen Rückens. Unter dem Schulterblatt war ein herzförmiges Muttermal …

Als Magdalene Rott die Wohnungstür aufschloss, klingelte das Telefon.

Sie hastete, noch im Pelz, durch die Diele in das Arbeitszimmer ihres Mannes. Bevor sie den Hörer abnahm, holte sie tief Atem.

»Magda?« sagte eine dunkle, geschmeidige Männerstimme.

»Gut, dass du selber am Apparat bist.«

Sie erkannte Jan Mirsky, auch ohne dass er seinen Namen nannte. »Du?« sagte sie entsetzt.

»Ja, ich.« Seine Stimme verriet, dass er sich amüsierte. »Ich nehme doch an, du hast mit meinem Anruf gerechnet.«

»Nein.«

»Na, hör mal. Hast du ernsthaft geglaubt, ich wollte unsere endlich wieder aufgenommene Verbindung so sang- und klanglos abreißen lassen?« Ohne dass sie es selber merkte, bohrten sich ihre langen Fingernägel in die Handfläche. »Was willst du von mir?« fragte sie mühsam. »Du hast mich schon einmal ins Unglück gestürzt. Willst du mein Leben endgültig zerstören?«

Er lachte. »Du hast eine Art, die Dinge zu dramatisieren, Magda. Ich dachte, du wärst endlich erwachsen geworden.«

»Gut«, sagte sie mit plötzlichem Entschluss, »gut. Also dann komm her.«

»Ist das dein Ernst?« fragte er.

»Ich bin durchaus nicht in der Stimmung zu spaßen. Aber da du mich zwingst …«

»Von Zwang kann gar keine Rede sein«, fiel er ihr ins Wort.

Sie überhörte seinen Einwurf. »Vielleicht ist es auch besser so«, sagte sie mit erzwungener Ruhe. »Ich habe meinem Mann schon erzählt, woher und seit wann ich dich kenne. Nun muss ich ihm natürlich auch alles gestehen. Allerdings …«, sie machte eine kleine Pause, »glaube ich kaum, dass er danach noch Wert auf deine Bekanntschaft legt. Aber immerhin, du kannst dein Glück ja versuchen.«

Er schaltete blitzschnell um. »Ich fürchte, du hast mich völlig missverstanden, Magda. Du verrennst dich da in etwas. Man soll keine Geständnisse machen.«

»Möglich. Aber du hast es ja darauf angelegt.«

»Ein Missverständnis, Magda. Hör mal, wäre es nicht auch in deinem Sinn, wenn wir die Vergangenheit endgültig begraben würden?«

»Für mich ist sie bereits tot.«

»Ich muss dich trotzdem sehen, Magda. Nur ein einziges Mal noch. Wir müssen uns aussprechen.«

»Ja«, sagte Magdalene erschöpft, »ich bin bereit, dich zu treffen. Sag mir, wann und wo. Aber, bitte, ich möchte nicht in deiner Begleitung gesehen werden …«

Es war Vormittag, als Magdalene den Geliebten ihrer Mädchenzeit zum ersten Mal aufsuchte. Eine kalte Wintersonne stand am trüben Februarhimmel. Auf den Straßen der Regierungsstadt Bonn pulsierte das Alltagsleben.

Magdalene hatte sich ein Taxi genommen, ließ sich aber nur bis zum Damenklub bringen. Das war eine unverfängliche Adresse. Hier stieg sie aus, zahlte, wartete, bis das Taxi sich entfernt hatte, ging dann den Rest des Weges zu Fuß.

Jan Mirsky wohnte in der Akazienallee, einer vornehmen, stillen Villenstraße. Er hatte ihr den Weg am Telefon genau beschrieben. Sie erkannte das Haus mit den grünen Fensterläden sofort. Wahrscheinlich hatte er am Fenster gestanden und sie kommen sehen. Jedenfalls öffnete er die Haustür, noch ehe sie klingeln konnte. Er führte sie in ein großes, elegant möbliertes Zimmer im Erdgeschoss.

Jan Mirsky wirkte verändert an diesem Morgen, ungewöhnlich ernst, und sie hatte Mühe, ihre Angst zu verbergen. Sie setzte sich rasch, legte ihre Hände fest um die Handtasche, damit er nicht merkte, wie sie zitterten.

Vorsichtig tasteten sie sich gegenseitig mit Blicken ab, zwei Feinde, die sich belauerten. Jeder hoffte, bei dem anderen eine Blöße zu entdecken, eine schwache Stelle, an der er ihn treffen könnte. Jeder lauerte auf seinen Vorteil.

Jan Mirsky ging nervös im Zimmer auf und ab.

»Du siehst glänzend aus, Magda«, sagte er und beobachtete sie aus halb geschlossenen Augen.

»Du hast dich auch nicht zu deinem Nachteil verändert«, sagte sie mit dem verzweifelten Versuch, ihn durch diese Schmeichelei gnädig zu stimmen.

Er stand jetzt hinter ihr und schaute auf sie herab. »Ich weiß«, erwiderte er ohne Verlegenheit. »Ein Jammer, dass unser Sohn gestorben ist. Er müsste heute ein prächtiger junger Mann sein. Wem hat er eigentlich ähnlich gesehen?«

»Mir«, sagte sie rasch und bemühte sich, ihrer Stimme einen festen Klang zu geben.

Er sah sie plötzlich voll und beschwörend an. »Magda, ich will mich absetzen.«

Sie brauchte Zeit, um den Sinn seiner Worte zu erfassen. »Ich verstehe nicht«, sagte sie lahm.

»Ich habe Schwierigkeiten. Begreifst du jetzt?«

»Trotzdem hat man dich in die Bundesrepublik gelassen?«

»Ein Freund wollte mir eine Chance geben, damit ich fliehen kann. Aber ich weiß nicht, wie lange er noch für mich einstehen wird. Vielleicht werde ich nächsten Monat, in einer Woche, möglicherweise sogar schon morgen abberufen. Und dann ist es aus. Ich verschwinde in den Kerker. Wie schon viele vor mir.«

»Aber – das ist ja schrecklich«, sagte sie, von dem Ernst seiner Worte beeindruckt.

»Ich kenne hier niemand genauer. Außer dir, Magda. Du musst mir helfen.« Plötzlich lächelte er wieder, mit einer Verschlagenheit, die sie alarmierte. »Ich brauche Geld.«

»Ach so.« Ihr Mund war trocken, sie benetzte die Lippen mit der Zunge. »Erpressung. Das hätte ich mir denken können.«

Er stand auf, schob seinen Sessel zurück. »Erpressung! Ich vertraue mich dir an, bitte um deine Hilfe – und du sprichst von Erpressung.«

»Wie man es auch immer nennen will«, sagte sie und zwang sich zur Ruhe, »Ich kann dir das, was du verlangst, nicht geben.«

»Du willst mich im Stich lassen?«

»Ich habe nichts.«

»Magda! Du bist eine reiche Frau. Glaubst du, ich wüsste das nicht? Deine Eltern haben dir ein Vermögen hinterlassen. Du besitzt Aktien, Schmuck, Pelze …«

Sie unterbrach ihn: »Aber kein Bargeld.«

»Dann mach irgendetwas flüssig.«

»Jan«, sagte sie, »Jan – begreifst du denn nicht, dass das nicht geht? Die Aktien liegen bei einer Bank, mein Mann hat sie ständig unter Kontrolle. Ich kann nicht einfach ein Paket herausnehmen und verkaufen.«

»Schade«, sagte er, ohne sie anzusehen.

Sie stand auf. »Kann ich jetzt gehen?«

Er starrte sie an. »Du machst es dir sehr leicht, Magda. Du denkst: Soll er doch ruhig vor die Hunde gehen. Nicht wahr? Dann bin ich ihn los. Aber das eine sage ich dir: Wenn ich draufgehe, reiße ich dich mit. Ich lasse alles platzen, Magda – alles.«

Sie wagte nicht daran zu zweifeln, dass er es tödlich ernst meinte. »Wie viel brauchst du?« fragte sie schwach.

»Fünftausend.«

Sie presste die Lippen zusammen.

»Du wirst zugeben, das ist nicht die Welt«, sagte er eindringlich.

»Einer Frau in deiner Position müsste es doch möglich sein …«

»Ich sehe keinen Weg.«

»Vielleicht nicht jetzt, nicht im Augenblick. Aber du wirst ihn finden, verlasse dich darauf!«

Evelyn erwachte mitten in der Nacht. Sie wusste nicht, was sie aufgeschreckt hatte, aber sogleich setzte sie sich hoch, lauschte angestrengt in die Dunkelheit hinein.

Sie hörte die Atemzüge ihres Mannes.

Mit einem Satz hatte Evelyn sich erhoben, huschte auf nackten Sohlen zum Bett ihres Kindes. Karina lag mit fest geschlossenen Augen da, ein Fäustchen vor dem Mund. Evelyn musste sich tief niederbeugen, um die sanften Atemzüge zu hören.

Dann richtete sie sich wieder auf, strich die leichte Decke zurecht, tastete sich zu ihrem eigenen Bett zurück. Das Leuchtzifferblatt des Weckers zeigte ihr, dass es auf drei Uhr früh zuging.

»Ist etwas?« murmelte Hans Hilgert schlaftrunken.

»Nein«, sagte Evelyn, »alles in Ordnung. Schlaf nur weiter.«

Aber er war schon hellwach. »Was ist los mit dir?« fragte er. »Warum schläfst du nicht?«

»Ich – ich fürchte immer, es könnte etwas mit Kari sein.«

Er schaltete die Nachttischlampe an, betrachtete seine Frau. »Wie kommst du darauf?«

»Ich weiß selber nicht.« Sie lag in den Kissen, sehr schmal und rührend jung in dem weißen Spitzennachthemdchen, das ihr über eine Schulter herabgeglitten war.

103

Wieder spürte er so stark wie bei ihrer ersten Begegnung den Wunsch, sie vor aller Unbill des Lebens zu schützen. »Ich könnte deine Mutter verprügeln«, sagte er heftig. »Meinst du, ich wüsste nicht, dass sie dir diesen Floh ins Ohr gesetzt hat?«

Evelyn errötete. »Ach, daran denke ich gar nicht mehr«, behauptete sie.

»Doch. Du tust es, immerzu.«

»Du sollst nicht so böse auf meine Mutter sein. Sie hat es bestimmt nur aus Sorge gesagt. Ob Mama sehr taktvoll gewesen ist, darauf kommt's gar nicht an. Mir geht etwas ganz anderes im Kopf herum: Worüber ist sie so erschrocken? Hans, bitte, tu nicht so, als ob du es nicht gemerkt hättest – sie wäre ja um ein Haar in Ohnmacht gefallen.«

»Na ja«, sagte er zögernd, »sie hat sich sehr komisch benommen, das stimmt schon.«

»Komisch!« rief Evelyn. »Sie ist blass wie der Tod geworden, und das nennst du komisch.«

»Wenn schon! Wieso kommst du darauf, dass das ausgerechnet mit unserem Kerlchen zu tun haben muss?«

»Weil wir gerade darüber gesprochen hatten. Erinnerst du dich denn nicht? Ich rief dich aus dem Badezimmer, du beugtest dich über das Bettchen, und wir sahen alle Kari an, in diesem Augenblick …«

»Was war denn in diesem Augenblick? Ich habe Kari doch auch angesehen und nichts Ungewöhnliches an ihr entdeckt.«

Evelyn runzelte die Stirn. »Ich habe auch nichts gemerkt. Das ist es ja eben. Nur Mama!«

»Liebling«, sagte er, nahm sie zart in die Arme. »Bitte! Mach dich nicht selbst durcheinander. Kari ist völlig gesund. Wer weiß, was deine Mutter gehabt hat!«

Evelyn schmiegte sich an die Brust ihres Mannes. »Vielleicht hätte ich alles längst vergessen«, gestand sie leise, »wenn nicht … ist es dir nicht aufgefallen, wie lange Mama nicht mehr bei uns gewesen ist?«

»Hast du Sehnsucht nach ihr?«

»Sie ist seit damals nicht mehr gekommen. Genau seit dem Tag, als sie offenbar irgendetwas Erschreckendes entdeckt hat.«

»Du darfst dich nicht so quälen, Evi«, sagte er. »Ich bin überzeugt, alles, was du dir da ausdenkst, ist haltlos. Die einfachste Erklärung wäre doch, dass deine Mutter krank geworden ist, nicht wahr? Hast du daran noch gar nicht gedacht?«

»Ich habe sie vorgestern angerufen, und da hat sie nichts dergleichen gesagt.«

»Wahrscheinlich will sie dich nicht beunruhigen. Aber egal, wie es ist: Warum nimmst du Kari nicht einfach und gehst mit ihr zu Dr. Vogel? Der Kinderarzt wird dir doch sofort sagen können ...«

Sie klammerte sich an ihn. »Ich trau mich nicht, Hans, sonst wäre ich ja schon längst gegangen.«

»Dann werde ich dich begleiten. Ich werde versuchen, dass ich mir morgen freinehmen kann. Nachmittag wird's gehen. Du brauchst bloß Dr. Vogel anzurufen und ihm sagen, dass wir kommen.«

»Ja, Hans«, sagte sie mit einem tiefen befreiten Seufzer.

Kinderarzt Dr. Vogel war ein stattlicher Mann mit klugen, wissenden Augen. Sein Wesen strahlte Kraft und Güte aus, und Evelyns Nervosität schwand rasch, als sie seine Praxis betreten hatte. Sie trug die kleine Karina auf dem Arm. Hans Hilgert folgte ein wenig verlegen.

Die Sprechstundenhilfe nahm Evelyn das Kind ab, legte es auf den Untersuchungstisch und begann es auszuwickeln.

Dr. Vogel wandte sich an die Eltern, fragte: »Na, wo fehlt's denn bei unserer jungen Dame? Sie sagten mir am Telefon, dass Sie sich Sorgen machen.«

Evelyn und Hans Hilgert wechselten einen raschen Blick.

»Stimmt«, sagte Hans Hilgert dann, »meine Frau macht sich Gedanken ...«

»Nimmt die Kleine nicht zu, wie sie sollte?«

»Doch«, sagte Evelyn rasch, »das ist es nicht. Es ist überhaupt nichts Bestimmtes, nur – ich bin einfach nicht ganz sicher, ob auch alles bei ihr in Ordnung ist.«

Dr. Vogel lächelte. »Diese Bedenken scheinen mir durchaus verständlich. Schließlich ist es ja ihr erstes Kind. Warten Sie nur, beim dritten oder vierten Baby, da wissen Sie selbst ganz genau Bescheid.«

Er wandte sich zum Untersuchungstisch, wo die kleine Karina jetzt, mit den Fäustchen fuchtelnd, splitternackt lag. »Sieht prächtig aus«, sagte er anerkennend. »Na, dann wollen wir mal sehen …«

Er erwärmte das Stethoskop ein wenig mit der Handfläche, bevor er dann Herz und Lungen abhorchte. Dennoch begann die Kleine bei der ungewohnten kühlen Berührung laut zu schreien.

Evelyns Lippen zitterten. Hans Hilgert drückte beruhigend ihre Hand.

Der Arzt steckte das Stethoskop in die Brusttasche seines weißen Kittels, untersuchte den Mund, die Nase, die Ohren des Kindes. Dann bewegte er behutsam Arme und Beine.

Die Sprechstundenhilfe legte das Baby auf den Bauch. Dr. Vogel horchte mit dem Stethoskop den Rücken ab. Karina versuchte mit aller Kraft immer wieder, das Köpfchen zu heben.

Evelyn und Hans Hilgert warteten schweigen, mit gespannter Aufmerksamkeit.

Endlich richtete sich der Arzt auf. »Alles tadellos«, sagte er. »Ihr Kind ist ein wahres Prachtexemplar.«

Evelyn war von den beruhigenden Worten des Arztes noch nicht überzeugt.

»Verstehen Sie, bitte, ich möchte wissen – ist mein Kind ganz normal?«

»Geistig normal, meinen Sie?«

»Geistig und körperlich.«

Karina wurde von der Sprechstundenhilfe auf die Waage gelegt.

»Haben Sie irgendwelche bestimmten Bedenken?« fragte der Arzt.

»Meine Schwiegermutter hat meiner Frau einen Floh ins Ohr gesetzt«, erklärte Hans Hilgert. »Sie hat eine Bemerkung gemacht, als ob …«

»Gibt es irgendwelche gravierenden Krankheiten in ihrer Familie?« fragte Dr. Vogel.

»In meiner? Nein«, erwiderte Hans Hilgert ohne Zögern. Er sah Evelyn an.

»Wir sind auch ganz gesund, so weit ich es überblicken kann jedenfalls«, sagte seine Frau.

»Keine Geisteskranken? Keine Epilektiker?« wollte der Arzt wissen.

»Nichts dergleichen« , sagte Hans Hilgert.

»Na, dann wüsste ich wirklich nicht, warum Ihr Kind nicht gesund sein sollte.«

»Können Sie es denn nicht einwandfrei feststellen?« fragte Evelyn.

»Leider nein. Bei so einem kleinen Kind …« Er zuckte die Schultern. »Dass Arme und Beine, Finger und Zehen, Nase und Ohren in Ordnung sind, natürlich. Aber daran werden Sie ja selber nicht gezweifelt haben. Auch Herz und Lunge sind tadellos. Aber die geistigen Fähigkeiten eines Menschen entwickeln sich doch erst ganz allmählich. Natürlich sind sie schon von allem Anfang an vorhanden. Doch es gibt keine Methode, sie bei einem acht Wochen alten Kind zu testen.«

»Das ist …« Evelyn schluckte.

»Meine Frau glaubt, Herr Doktor«, sagte Hans Hilgert, »dass ihre Mutter irgendetwas Anomales bei Karina entdeckt haben könnte.«

»Unmöglich«, sagte Dr. Vogel sofort, »gänzlich ausgeschlossen. Schicken Sie Ihre Frau Mutter doch mal zu mir, damit ich mit ihr sprechen kann.«

Dr. Vogel sah Evelyn an. »Seien Sie froh, dass Sie so einen vernünftigen Mann haben und so ein Prachtexemplar von einer Tochter.«

10

Helga Gärtner war seit jenem denkwürdigen Presseball noch mehrmals mit Jan Mirsky zusammengekommen. Ohne es sich einzugestehen, genoss sie die beharrliche Werbung des gutaussehenden Mannes, in den sie einmal – vor vielen Jahren genau wie ihre Freundin Magdalene – verliebt gewesen war. Nur dass er sie – damals – kaum beachtet hatte. Um so beglückender empfand sie es heute, vorgezogen zu werden.

Dennoch war sie nicht mehr jung genug, um über einer jäh aufflammenden Leidenschaft den Kopf zu verlieren.

Zwei Tage nachdem Magda ihm, um seinen fordernden Telefonaten zu entgehen, den herrlichen Schmuck ihrer Mutter gegeben hatte, überreichte er Helga Gärtner zwei altmodische, aber wunderschöne Ohrgehänge. Sie fühlte sich so sehr als Frau angesprochen, dass sie beinahe bereit war, alle Bedenken über Bord zu werfen.

Sie waren in eine gemütliche holzgetäfelte Weinstube in der Kölner Altstadt gegangen. Er hatte ihr das Päckchen auf den Platz gelegt, als sie ihn nach dem Essen allein gelassen hatte, um sich frisch zu machen.

»Mein Gott, wie herrlich!« sagte sie beeindruckt, als sie das Geschmeide in der Hand hielt; ein warmes Rot war in ihre schmalen bräunlichen Wangen gestiegen. »Wie wunderschön!«

»Ich freue mich, dass sie dir gefallen«, sagte er zurückhaltend.

»Ich fürchtete schon, du würdest sie altmodisch finden.«

»Altmodisch? Aber das ist ja gerade das Zauberhafte! Wo hast du sie bloß aufgetrieben?«

»Ich habe sie von meiner Mutter geerbt.«

»Ach«, sagte sie irritiert und spürte ein seltsames Unbehagen. Sie sah ihn an und zwang sich zu einem Lächeln. »Das würde mich doch zu sehr verpflichten.«

Sein Gesicht verschloss sich. »Entschuldige bitte, wenn ich aufdringlich war«, sagte er steif. »Es lag nicht in meiner Absicht.«

Er zündete sich eine Zigarette an.

»Aber Jan, versteh mich doch nicht falsch ...«

Er unterbrach sie hart. »Schon gut. Vergessen wir es!« Er machte eine Bewegung, als ob er das Päckchen mit den Ohrringen wieder einstecken wollte.

Sie legte unwillkürlich ihre Hand darauf. »Bitte, es ist nur – so habe ich es nicht gemeint. Aber ...«

Wieder schnitt er ihr das Wort ab. »Ich wollte dir eine kleine Freude machen, aber du hast mich zurückgewiesen. Bitte, sprechen wir nicht mehr darüber.« Er steckte seine Zigarette in die Elfenbeinspitze.

»Eine kleine Freude, Jan? Die Freude war viel zu groß. Nur darum geht's.«

»Wenn's weiter nichts ist«, sagte er mit einem Lächeln, das sein Gesicht überraschend erhellte, »dann freu dich einfach ein bisschen weniger, Helga, und damit ist es ausgestanden. Oder ...«

Helga Gärtner tat einen tiefen Atemzug. »Ja«, sagte sie, »ich nehme sie. Nicht nur, um dich nicht zu kränken, nein, – lach mich bitte nicht aus – ich habe mir gerade solche Ohrringe schon seit Jahren gewünscht.«

»Wirklich?« sagte er. »Welch unerwartet romantische Ader bei einer so modernen Frau wie du.«

»Magdalene hat nämlich ähnliche«, sagte Helga Gärtner unbefangen. »Es ist ein kompletter Schmuck, mit Armband, Ring und Kette. Ich habe sie immer darum beneidet. Ich verstehe nicht, warum sie den Schmuck nie trägt.«

»Na«, sagte er, »demnächst kannst du ja mal deine Ohrringe mit denen von Magda vergleichen. Ich bin gespannt, wie das auslaufen wird.« Sein Lächeln war zynisch.

Helga Gärtner begriff nichts von den Zusammenhängen, sie war weit entfernt, zu vermuten, dass es Magdalenes Schmuck sein könnte, den sie in den Händen hielt. »Warum sagst du das so seltsam?« fragte sie.

Er wich ihrer Frage aus. »Probier sie doch mal an.«

Sie widerstand der Versuchung. »Jan«, sagte sie, »ich habe mir noch nie von einem Mann etwas schenken lassen. Ein Buch, Blumen, Pralinen, ja, aber niemals etwas so Persönliches.«

»Bei uns beiden«, sagte er und drückte seine Zigarette aus, »ist das auch etwas ganz anderes.« Er sah sie an, und unwillkürlich schlug sie vor seinem zwingenden Blick die Augen nieder. »Habe ich dir eigentlich schon einmal gesagt, dass ich dich liebe, Helga?«

Sie zwang sich, kühl zu bleiben. »Nein«, sagte sie, »und ich hoffe, dass du auch in Zukunft darauf verzichtest.«

»Was stört dich an mir? Wenn es irgend möglich ist, werde ich es korrigieren, Helga.«

»Ich mag nicht, wenn man mit mir spielt«, sagte sie mit spröder Stimme und nahm einen tiefen Schluck aus ihrem Glas. Sie zwang sich, ihn anzusehen. »Ich bin für einen Flirt nicht geeignet«, sagte sie mit einem verzerrten Lächeln.

»Helga, begreifst du denn nicht! Ich liebe dich. Ich wünsche mir nichts sehnlicher, als dich zu heiraten.«

Ihr Herz schlug so heftig, dass sie befürchtete, er könnte es hören. »Jan«, sagte sie, »was redest du denn da! Aus uns beiden kann doch niemals ein Paar werden.«

»Und warum nicht?«

»Als ob du das nicht wüsstest! Was würde geschehen, wenn du eine westliche Journalistin als deine Frau mit nach Hause brächtest.«

»Niemand kann mich zwingen, zurückzukehren.«

Eine Sekunde lang war sie starr. »Sprichst du im Ernst?« fragte sie ungläubig.

Er sprach jetzt sehr leise. »Ich kann hier nicht mit dir darüber sprechen.«

Sie vergaß alle Bedenken. »Komm. Fahren wir zu mir«, sagte sie impulsiv.

Sie steckte das Päckchen mit den Ohrringen in ihre Handtasche, während er bezahlte. Dann traten sie nebeneinander in die laue Frühlingsnacht hinaus. Sie duldete es, dass er mit einer besitzergreifenden Geste seine Hand unter ihren Ellbogen schob. Beide sprachen nicht, bis sie ihren Wagen erreicht hatten.

Erst als sie die Rhein-Ufer-Straße erreicht hatten, nahm sie das Gespräch wieder auf. »Brauchst du Hilfe?« fragte sie.

»Ja.«

»Ich habe gute Beziehungen. Aber wir müssen uns alles genau überlegen.«

»Wenn ich irgendetwas hätte, um denen zu Hause den Mund zu stopfen, ginge es ganz leicht.«

»Wie meinst du das?« Sie wandte den Kopf nicht von der Straße ab, die wie ein schwarzes schimmerndes Band vor ihnen lag.

»Wenn ich ihnen irgendetwas liefern könnte, interessante Nachrichten, so einen richtigen Knüller – so nennt ihr das doch? –, würden sie mich sicher gehen lassen.«

Jetzt warf sie ihm einen Seitenblick zu. »Haben sie dich aus diesem Grund hierhergeschickt?«

»Nein«, sagte er ein wenig zu rasch, »natürlich nicht.«

»Dann begreife ich nicht, wie du auf so etwas kommst.«

»Aber das ist doch nahe liegend!«

»Durchaus nicht. Es ist vielmehr der größte Unsinn, den ich je gehört habe. Wenn du ihnen Nachrichten beschaffst, werden sie dich bestimmt nie loslassen. Außerdem machst du dich mit so was im Westen unmöglich.«

Er begriff, dass er sie unterschätzt hatte und wollte das Thema abbiegen. »Wahrscheinlich hast du Recht«, sagte er hastig, »es war auch nur so eine Idee von mir.«

»Ich hätte dich für intelligenter gehalten«, sagte sie mit nachsichtigem Lächeln. »Sieh mal, die richtige Lösung bietet sich doch geradezu an: Du weißt bestimmt allerhand von drüben. Also, mach etwas damit! Bitte um Asyl und rück heraus mit der Sprache. Dann wird man dich hier aufnehmen.«

»Hältst du mich für einen Verräter?« fragte er schneidend.

»Nein«, sagte sie verwirrt, »ich dachte nur …«

»Schon gut.« Er warf einen Blick auf seine Armbanduhr. »Es tut mir übrigens Leid, ich kann nicht zu dir kommen …«

»Nicht?« Es gelang ihr kaum, ihre Enttäuschung zu verbergen. »Habe ich dich beleidigt?«

»Keineswegs«, sagte er geschmeidig, »was glaubst du denn, Helga! Es ist mir nur eingefallen, dass ich noch eine Verabredung habe.«

Jan Mirsky meldete sich eine volle Woche nicht mehr bei Helga Gärtner. Sie bedauerte es. Das quälende Gefühl, ihn verletzt und womöglich für immer verloren zu haben, machte ihr mehr zu schaffen, als sie sich selber eingestehen wollte.

Eines Abends saß sie noch gegen neun Uhr in ihrer Wohnung am Schreibtisch und arbeitete einen Artikel über das Für und Wider des europäischen Zusammenschlusses aus, als es klingelte.

Sie stand auf, nahm den Hörer der Sprechanlage ab, sagte abwartend: »Hallo …«

Ihr Herz tat ein paar heftige Schläge, als sie die metallische Stimme Jans erkannte. »Du hast mich einmal zu dir eingeladen«, sagte er, und sie konnte sich das Lächeln um seine Augen vorstellen, »darf ich jetzt kommen?«

»Ich bin – mitten in der Arbeit.«

»Schade«, sagte er sofort, »dann ein andermal ...«

»Nein«, sagte sie rasch, »du brauchst nicht zu gehen. Wenn du mir versprichst, nicht zu lange zu bleiben – warte, ich drücke dir auf!«

Während sie auf ihn wartete, lief sie hastig hin und her. Sie zog den Vorhang vor das riesige französische Fenster, hinter dem das nächtliche Bonn schimmerte, brachte die vollen Aschenbecher in die Küche, leerte sie aus und stellte die Lüftungsanlage ein.

Als es an der Wohnungstür klingelte, war sie noch dabei, ein paar Forsythienzweige in einer Bodenvase gefälliger zu ordnen. Erst als sie zur Wohnungstür lief, um zu öffnen, kam sie dazu, einen Blick in den Spiegel zu werfen. Sie trug einen dunkelgrünen bequemen Hausanzug aus Cordsamt, der ihre schlanke Figur zur Geltung brachte und sie jung machte. Ihr dunkles kurz geschnittenes Haar, in dem sie bei der Arbeit zu wühlen pflegte, war leicht zerzaust, aber ihr Make-up war noch in Ordnung. Sie vermied es, mit dem Kamm durch ihr Haar zu fahren – es lag ihr daran, natürlich und unbefangen zu wirken.

Sie riss die Wohnungstür auf. Da stand er, und ehe sie noch an Abwehr oder Vorbehalte denken konnte, nahm er sie in die Arme und küsste sie — mit einer leidenschaftlichen Zärtlichkeit, die sie schwindelig machte.

Helga Gärtner war nicht mehr jung. Sie hatte manche Männer in ihrem Leben geküsst – kameradschaftlich, zärtlich, verspielt und auch verliebt. Aber dieser Kuss, das gestand sie sich, als Jan Mirsky sie losließ, war anders als alles, was sie bisher erlebt hatte. Es war ihr, als ob sie der Erfüllung ihres Lebens plötzlich ganz nahe wäre.

Er sah ihr lächelnd in die Augen, sagte: »Ich habe mit mir gekämpft, Helga, und du siehst, ich habe verloren. Ich kann nicht ohne dich leben.«

»Ach, Jan ...«, war alles, was sie sagen konnte. Sie strich sich verwirrt über das Haar.

Er zog seinen Mantel aus, hängte ihn mit einer Selbstverständlichkeit auf, als ob er seit langem hier zu Hause wäre. »Es war ein weiter Weg zu dir, Helga«, sagte er und fasste sie mit einer gleichzeitig zärtlichen und besitzergreifenden Geste in den Nacken.

Sie ließ es sich wohlig gefallen. »Genauso hast du mich angesehen, damals auf dem Ball, bei unserem Wiedersehen, weißt du noch?«

»Ich habe nichts vergessen.«

Er ließ seinen Arm auf ihre Schulter herabsinken, nebeneinander traten sie in das geräumige Zimmer.

»Schön hast du's hier«, sagte er und ließ voller Anerkennung seinen Blick über die bequemen modernen Sessel, den dicken roten Teppich, die Barockkommode, den Engel, die alte Petroleumlampe schweifen.

»Und alles selber angeschafft«, sagte sie mit dem natürlichen Stolz einer berufstätigen Frau.

»Alle Achtung!« Er gab ihr einen flüchtigen Kuss auf die Stirn, ließ sie los.

Sie beeilte sich, es ihm gemütlich zu machen, holte die Whiskyflasche, einen Krug mit kaltem Wasser, Eis. Sie schenkte ein, stellte Zigaretten bereit.

Er setzte sich auf die breite Couch, zog Helga zu sich herunter. »Ich habe dir übrigens etwas verschwiegen«, sagte er, »dir und Magdalene. Aber es war eure eigene Schuld. Ihr habt mich nicht zu Wort kommen lassen.«

Unwillkürlich versuchte sie, seine Umarmung zu lockern. Er spürte es sofort, gab nach.

»Wovon sprichst du?« fragte sie, und ihre intelligenten Augen waren schon wieder ganz klar.

»Von meinem Sohn.«

Sie nahm rasch einen Schluck Whisky, um ihre Verlegenheit zu verbergen.

»Ihr habt behauptet, er wäre tot.«

»Das stimmt auch«, bestätigte sie rasch.

»Kannst du es beschwören?«

»Warum? Wenn du mich wirklich liebst – wie kann dir dann Magdas Kind noch so wichtig sein?«

»Gerade weil ich dich liebe. Hör mich an. Dieser Junge ist es nämlich, der mich mehr als alles andere an drüben bindet.«

»Ich verstehe nicht.« Sie angelte nach einer Zigarette.

Er gab ihr Feuer und fuhr fort. »Ich bin nicht ganz so herzlos, wie ihr geglaubt habt. Du und Magda!«

»Ich habe nie …«

»Still! Schwindle jetzt nicht. Hör mich in Ruhe an.« Auch er nahm sich eine Zigarette. »Ich habe gleich nach Kriegsende Nachforschungen angestellt. Ich wollte wissen, was aus meinem Sohn geworden ist. Ich nahm an, dass Magda ihn vielleicht nicht mit in den Westen genommen hat. Ich hätte das verstehen können.« Er machte eine kleine Pause und rauchte hastig.

»Und?« fragte sie voller Erwartung.

»Ich habe ihn gefunden. Jedenfalls einen Jungen, der in Udos Alter war und seine Papiere hatte. Erzählen konnte er noch nicht viel, außer dass er in einem Heim war. Gesehen hatte ich ihn nie zuvor. Ich nahm an, dass es mein Sohn war. Ich habe es bis heute angenommen. Er ist ein tüchtiger Junge, studiert Mathematik in Warschau. Ich glaubte, Magda würde sich darüber freuen. Aber zu meiner Überraschung sagte sie mir, dass ihr Junge tot wäre. Und du hast dasselbe behauptet.« Er sah sie nicht an, strich die Asche seiner Zigarette ab. »Was sagst du dazu?

»Ich bin überrascht!« Sie spürte selber, dass ihre Worte schwach klangen. »Ich meine, ich kann nur annehmen – da muss doch eine Verwechslung vorliegen.«

Helga Gärtner wusste nicht, wie sie sich verhalten sollte. Sie liebte Jan Mirsky, und sie wollte ihm glauben. Aber noch in diesem Augenblick dachte sie daran, dass sie Magda nicht in Gefahr bringen durfte.

»Hat der Junge, den du für deinen Sohn hältst, irgendwelche besondere Kennzeichen?« fragte sie.

»Wie meinst du das?«

»Nun, etwa – einen herzförmigen Leberfleck zwischen den Schulterblättern?«

»Ja. Den hat er.«

»Oh, Jan!« sagte sie überwältigt. »Dann ist er es. Mein Gott, bin ich froh! Wenn Magda das erfährt, dann kann sie endlich aufhören, sich Sorgen zu machen.«

»Sie hat sich Sorgen gemacht?« fragte er und konnte nur mit Mühe seine Neugier verbergen.

»Ja, den …« Helga Gärtner unterbrach sich mitten im Satz.

»Aber wozu soll ich dir das erzählen!«

Er sah sie an. »Ein wenig Vertrauen solltest du doch schon zu mir haben, Helga.«

»Natürlich, nur – es ist ja nicht mein Geheimnis.«

»Schon gut. Sprich nicht darüber. Der Junge ist also nie gestorben. Mehr wollte ich gar nicht wissen.« Sein Gesicht hatte sich verschlossen.

»Was ist denn nun schon wieder?« fragte sie erschrocken. »Bist du verärgert?«

»Nein. Nur traurig. Traurig und ziemlich enttäuscht.«

»Weil ich dich angeschwindelt habe? Aber da wusste ich ja noch nicht …«

»Jetzt weißt du es und kannst dich immer noch nicht entschließen, mir die volle Wahrheit zu sagen!«

»Aber das ist doch gar nicht mehr interessant. Wir haben den Jungen auf der Flucht verloren. In Königsberg. Dort hast du ihn wahrscheinlich auch gefunden, nicht wahr? Magda hat das als eine Fügung des Schicksals angesehen und später nicht mehr gewagt, nach ihm zu forschen.«

»Aber ich verstehe nicht, weshalb sie sich jetzt noch Sorgen gemacht hat.«

»Jan, das liegt doch auf der Hand. Sie hat immer befürchtet, er könnte plötzlich auftauchen …«

»Wieso befürchtet? Er würde sie doch niemals als seine Mutter erkannt haben!«

»Eben deshalb! Ach, Jan, können wir nun nicht von etwas anderem sprechen?« Sie sah ihn flehend an.

Plötzlich glaubte er, den Bogen zu überspannen. »Du hast Recht«, sagte er und zog sie zärtlich in seine Arme. »Du ahnst nicht, wie froh ich bin, dass alles klar ist zwischen uns.«

»Ja, Jan«, flüsterte sie. »Und deinen Sohn können wir doch später auch in den Westen holen, nicht wahr?«

»Denk nicht mehr daran«, bat er. »Wichtig sind jetzt nur noch wir beide und unsere Liebe!«

115

11

Evelyn hatte ihrer Mutter einen Brief geschrieben, einen langen, fröhlichen Brief, in dem sie sich ausführlich über die Entwicklung der kleinen Karina ausließ, dieses wunderbarsten Babys, dass es ihrer Ansicht nach je gegeben hat. Aber fast aus jeder Zeile klang auch Besorgnis um das Befinden Magdalenes.

Warum lässt Du Dich nicht mehr bei uns sehen, Mama? schrieb Evelyn zum Schluss. *Haben wir Dich gekränkt? Dann war es gewiss nicht unsere Absicht. Ich hätte Dich schon längst besucht, aber Du weißt ja, ich bin mit Kerlchen so angebunden. Wenn Du Dich aber nicht wohl fühlst und mich brauchst, werde ich es irgendwie möglich machen.*

Magdalene spürte den dringenden Appell, der von diesen Worten ausging. Es gab keinen Grund, den längst fälligen Besuch bei den jungen Eheleuten noch einmal aufzuschieben. So entschloss sie sich denn an einem milden Frühlingstag, nach Köln-Lindenthal hinauszufahren.

Evelyn begrüßte die Mutter mit überströmender Herzlichkeit. Wieder einmal fiel Magdalene schmerzlich auf, wie sehr sich ihre Tochter durch Ehe und Mutterschaft verändert hatte. Verschwunden war die hochmütige und doch zugleich empfindliche Haltung, die früher für sie charakteristisch gewesen war. Das Glück ihrer Ehe wirkte wie ein Kraftquell, der ihr ganzes Wesen mit Sicherheit und Wärme erfüllte. »Wie schön, dass du gekommen bist, Mama«, sagte Evelyn. »Hans wird sich riesig freuen. Er muss gleich da sein. Ich setze schon Teewasser auf.«

Während das Wasser sich erwärmte, packte Magdalene ihr Mitbringsel aus – eine reizende, mit Plüsch gefütterte zartrosa Ausgehgarnitur für Karina. Evelyn ließ sich nicht abhalten, sie sofort anzuprobieren. Ehe und Mutterschaft waren noch ein Spiel für sie, ein Spiel allerdings, das sie mit größter Ernsthaftigkeit betrieb. Sie war entschlossen, es darin zur Meisterschaft zu bringen.

Magdalene beobachtete die junge Mutter und ihr Kind, und der Gedanke, wie zerbrechlich dieses kostbare Glück war, schnitt ihr ins Herz.

Plötzlich – Karina war eingepackt, Evelyn hatte ihr sogar das Kapuzchen über den Kopf gestülpt – klingelte es an der Wohnungstür. Evelyn lief, das Kind auf dem Arm, hinaus.

Magdalene hörte Stimmengemurmel und glaubte, Hans sei nach Hause gekommen – da kehrte Evelyn zurück.

»Eine kleine Störung, Mama«, sagte sie, »ein Herr vom Landeslastenausgleichsamt in Godesberg will Hans sprechen.« Sie wandte sich um, öffnete die Tür weiter. »Kommen Sie doch herein!«

Der Herr, der dieser Aufforderung folgte, war Jan Mirsky.

Für Magdalene Rott war das Auftauchen Jan Mirskys in der Wohnung ihrer Tochter ein Wirklichkeit gewordener Albtraum. Sie wunderte sich später, dass sie in diesem Augenblick nicht hysterisch geworden war. Tatsächlich blieb sie äußerlich ganz ruhig, aber sie konnte nicht verhindern, dass alles Blut aus ihrem Gesicht wich.

Evelyn bemerkte es sofort. »Ist dir nicht gut, Mama?« fragte sie besorgt.

Eine Sekunde lang kämpfte Magdalene Rott mit der Versuchung, Übelkeit vorzuschützen, um sich zurückzuziehen. Der Wunsch, dieser unglaublichen Situation zu entfliehen, wurde fast übermächtig. Aber sie tat es nicht, konnte es nicht tun. Der einzige Gedanke, der ihr in dieser Verwirrung der Empfindungen ganz klar vor Augen stand, war: Ich darf Evelyn nicht mit ihm allein lassen.

So log sie denn mit bebendem Herzen: »Aber nein, Evelyn! Wie kommst du darauf? Mit mir ist alles in Ordnung.«

»Ich dachte nur – du bist so blass geworden.«

»Bestimmt nicht«, sagte Magdalene Rott und brachte mit unendlicher Überwindung sogar ein Lächeln zustande, »das ist dir nur so vorgekommen!«

Evelyn sah ihre Mutter prüfend an, dann wandte sie sich Jan Mirsky zu. »Bitte setzen Sie sich doch!« sagte sie. »Ich bin gleich wieder da, ich will nur noch eben mein Kind zu Bett bringen.«

»Wenn ich ungelegen komme ...« Jan Mirsky blickte mit einem Lächeln falscher Bescheidenheit von Mutter zu Tochter.

»O nein, keineswegs!« beeilte sich Evelyn zu versichern. »Sie kommen gerade recht! Ich hoffe, Sie trinken eine Tasse Tee mit uns?«

Wie aufs Stichwort begann in der Küche der Wasserkessel zu pfeifen, und Evelyn eilte – die kleine Karina in ihrer neuen Ausgehgarnitur noch immer auf dem Arm – aus dem Zimmer.

Jan Mirsky hatte seinen Mantel schon draußen in der Flurgarderobe abgelegt. Jetzt setzte er sich, schlug die langen Beine übereinander. »Eine zauberhafte junge Mutter«, sagte er zynisch, »wahrhaftig, Magda, du kannst stolz auf sie sein!«

Magdalene stand noch immer. Sie umklammerte die Lehne eines Sessels, an dem sie sich stützte, mit solcher Kraft, dass ihre Knöchel weiß durch ihre Haut schimmerten. »Verschwinde!« sagte sie mit leidenschaftlichem Hass. »Verschwinde hier! Aber sofort! Sonst …« Sie stockte.

»Was – sonst?« wiederholte er gänzlich unbeeindruckt. »Du willst mir doch nicht etwa drohen?«

»Ich werde dich anzeigen!«

»Ach, wirklich?« Er hob die dunklen Augenbrauen. »Und was soll ich, bitte, verbrochen haben?«

»Dass du es wagst …« Magda brach ab.

Plötzlich wurde sie sich bewusst, wie gefährlich und wie sinnlos diese Auseinandersetzung war. Jan Mirsky würde nicht gehen, was sie auch immer vorbrachte. Er weidete sich nur an dem Entsetzen, das sein Überfall in ihr ausgelöst hatte. Vielleicht wollte er es geradezu dahin bringen, dass sie sich, in Gegenwart ihrer Tochter, verriet.

»Sprich dich nur aus!« sagte er mit hintergründiger Freundlichkeit. »Du scheinst doch noch etwas auf dem Herzen zu haben!«

In diesem Augenblick kam Evelyn mit dem Teetablett ins Zimmer. »Ihr kennt euch?« fragte sie verblüfft.

Jan Mirsky wandte sich ihr zu. »Warum?« fragte er mit gespielter Verständnislosigkeit. »Wie kommen Sie darauf?«

»Aber Sie haben doch eben zu meiner Mutter gesagt …«

Er lachte herzlich. »Ach so! Das meinen Sie! Nein, ich habe Ihrer Frau Mutter nur erzählt, wie oft wir Beamten vom

Lastenausgleichsamt uns beschimpfen lassen müssen. Sogar mein bester Freund hat neulich eine Attacke gegen mich geritten. Er behauptete, wir zögen die Entschädigungen absichtlich hinaus, um selber so lange wie möglich in Arbeit und Brot zu bleiben. Und daraufhin sagte ich ihm: Sprich dich nur aus! Du scheinst doch noch etwas auf dem Herzen zu haben! – Habe ich auch! erwiderte er unverfroren, die einzigen, die wirklich an diesem Lastenausgleich verdienen, das seid ihr!«

»Na ja«, sagte Evelyn und lachte, »so was Ähnliches hat mein Mann auch schon mal gesagt!«

»Sehen Sie!« sagte Jan Mirsky eifrig und wandte sich an Magdalene. »Das beweist doch, was ich von Anfang an behauptet habe: Wir sind fast so unbeliebt wie das Finanzamt!«

»Aber nein«, widersprach Evelyn, »das kann man doch nicht behaupten …«

Es entspann sich ein lebhaftes Gespräch zwischen Evelyn und Jan Mirsky, dem Magdalene nur mit halber Aufmerksamkeit lauschte. Sie war wie betäubt. Mit welcher Dreistigkeit dieser Mann log! Wie glatt ihm die Lügen von der Zunge gingen! Und Evelyn fand ihn offensichtlich sympathisch, das war ihr anzumerken – so sympathisch, wie sie ihn selber einmal gefunden hatte, vor vielen vielen Jahren. Jetzt war er in ihren Augen nichts mehr als ein widerwärtiger, gefährlicher Mensch.

Sie fand erst wieder in die Realität der Situation zurück, als sie Jan Mirsky sagen hörte: »Ihr Mann hat aber doch schon einmal durch den Lastenausgleich einen größeren Betrag ausgezahlt bekommen?« Er hatte seine schwarze Mappe auf die Knie gelegt, öffnete sie, nahm einen Aktendeckel heraus.

»Ja«, sagte Evelyn prompt, »zehntausend Mark. Aber nicht mein Mann, sondern seine Mutter. Sie war es ja, die das Geschäft in Ostpreußen hatte. Oder vielleicht auch sein Vater.«

»Zehntausend Mark? Ja, das stimmt mit meinen Unterlagen überein!« Jan Mirsky blätterte in den Papieren, von denen er und Magdalene wussten, dass sie nichts, aber auch gar nichts bedeuteten.

Evelyn war die Einzige, die den Schlüssel in der Wohnungstür gehört hatte, sie sprang auf. »Da ist mein Mann! Er wird Ihnen alles viel besser erklären können.« Sie lief in die Diele hinaus. Magdalene starrte ihr nach, unfähig, ein einziges Wort hervorzubringen. Dann fühlte sie Jan Mirskys spöttischen Blick auf sich gerichtet, und sie wandte rasch den Kopf beiseite, damit er ihre Angst nicht bemerken konnte.

Sie saßen schweigend, bis Evelyn und Hans Hilgert eintraten. Als Magdalene sie jetzt sah, so arglos und tief miteinander verbunden, da wusste sie, dass sie vor nichts zurückschrecken würde, um ihnen dieses Glück zu bewahren.

Hans Hilgert musterte den Fremden in seiner Wohnung mit jener ruhigen Zurückhaltung, die für ihn charakteristisch war. »Ich freue mich«, sagte er, während er sich setzte und sich von Evelyn Tee einschenken ließ, »dass die Sache mit dem Lastenausgleich endlich weiterzukommen scheint. Sie wissen sicher, dass uns fünftausend Mark noch zugesagt waren. Wird das Geld jetzt frei?«

»Eben deshalb komme ich ja zu Ihnen«, sagte Jan Mirsky mit seinem liebenswürdigsten Lächeln. »Es sind nur noch ein paar Kleinigkeiten zu klären.«

»Warum wenden Sie sich damit nicht an meine Mutter? Sie ist es doch, der das Geld zusteht.«

»Es ist nicht ganz so«, behauptete Jan Mirsky. »Wenn es jetzt schon ausgezahlt wird, dann nur auf Ihre Eheschließung hin …«

»Ach«, sagte Hans verblüfft und nicht ganz ohne Misstrauen.

»Wie gesagt, ich habe nur ganz wenige Fragen«, fuhr Jan Mirsky rasch fort. »Aber wenn es Ihnen lieber ist – Sie können sie auch bei uns auf dem Amt beantworten. Ich dachte nur, Sie würden es begrüßen, wenn ich Ihnen diesen Weg erspare.«

»Natürlich ist es so viel einfacher«, mischte Evelyn sich ein. »Nicht wahr, Hans? Mein Mann ist nur immer ein bisschen abgespannt, wenn er vom Dienst heimkommt. Er begrüßt Ihr Entgegenkommen genauso sehr wie ich, Herr …«

Jetzt erst schien es ihr aufzufallen, dass sie nicht einmal seinen Namen kannte.

»Smolinsky«, erklärte Jan Mirsky ohne mit der Wimper zu zucken. »Ich bin Oberschlesier, erst nach dem Krieg nach Westdeutschland gekommen. Und das bringt mich gleich auf meine erste Frage: Wo sind Sie geboren, Herr Hilgert?«

»Aber das steht doch alles in Ihren Akten!«

»Es müsste in den Akten stehen«, sagte Jan Mirsky, immer in dem gleichen Ton geschmeidiger Höflichkeit. »Aber leider sind da ein paar Ungenauigkeiten vorgekommen. Das einfachste wird sein, Sie geben mir Ihren Geburtsschein, und ich werde alle Eintragungen selbst vornehmen.«

»Wenn's weiter nichts ist, darüber kann ich Ihnen auch so jede Auskunft geben.« Hans Hilgert zündete sich eine Zigarette an. »Ich bin am 5. März 1942 in Zinten, also im ehemaligen Ostpreußen, geboren. Meine Mutter ging mit mir 1945 in ihre Heimat, nach Köln, zurück.«

»Und Ihr Vater?« Jan Mirsky machte eifrig Notizen.

»Fiel am 10. April 1944 bei Pokosk. Er hat mich nie gesehen.«

Jan Mirsky schraubte seinen Füllfederhalter zusammen, steckte ihn ein. »Ja, ja, der Krieg«, sagte er. »Eine schreckliche Sache.«

»War das alles, was Sie wissen wollten?«

»Durchaus.« Jan Mirsky schob die Akten wieder in seine Mappe zurück, erhob sich. »Und nun will ich Sie nicht länger stören. Alles, was Sie mir sagten, war sehr interessant für mich. Ich bin sicher, dass wir uns sehr bald wiedersehen werden.«

Obwohl er Magdalene nicht angesehen hatte, wusste sie doch, dass diese letzten Worte nur auf sie gemünzt waren.

Magdalene Rott war erleichtert, als sie eine knappe Stunde später der Gesellschaft von Evelyn und Hans entrinnen konnte. Die beiden waren so ahnungslos, dass es zur Qual für Magdalene wurde, auf ihren unbefangenen Plauderton einzugehen. Als sie am Steuer ihres Autos saß – sie hatte sich den Wagen ihres Mannes für diesen Nachmittag ausgeborgt –, kam ihr die Idee, zu Frau Hanna Hilgert nach Nippes zu fahren. Sie hatte das Bedürfnis, mit ihr zu sprechen – jetzt, sofort. Sie musste ihr alles erzählen, sie vor Jan Mirsky warnen. Wenn Frau Hilgert leugnete, dass der Junge nicht ihr eigenes Kind war, würde Mirsky niemals irgendetwas beweisen können.

Es war alles wie beim ersten Mal, als sie Hanna Hilgert aufgesucht hatte.

Wie ahnungslos war sie damals Hanna Hilgert gegenübergetreten, wie ungetrübt hatte die Zukunft ihrer Tochter vor ihr gelegen – und jetzt! Evelyns Leben stand am Rande einer Katastrophe, und nur durch die Schuld ihrer Mutter, durch ihr schreckliches Versagen.

Hanna Hilgert empfing die Schwiegermutter ihres Sohnes freundlich, ohne besondere Überraschung zu zeigen.

»Das ist aber schön, dass Sie mich mal besuchen«, sagte sie, als sie Magdalene in das große, unaufgeräumte Wohnzimmer führte. »Es ist ein bisschen einsam um mich geworden!«

Vom Nähzimmer tönte Gesang der Mädchen herüber.

Hanna Hilgert wischte mit einer Handbewegung ein paar Stoffmuster vom Sessel. »Setzen Sie sich, bitte! Wie geht es unseren Kindern? Ich war lange nicht mehr dort.«

»Sie sollten sie öfters besuchen!« sagte Magda und musste sich räuspern, um ihre Stimme freizubekommen.

»Sollte ich das wirklich? Ich glaube nicht.«

»Ich war eben bei Evelyn und Hans«, begann Magdalene und merkte mit Unbehagen, dass sie immer noch nicht die geringste Ahnung hatte, wie sie Hanna Hilgert die Situation erklären sollte.

»Ist etwas nicht in Ordnung?« fragte Hanna Hilgert sofort.

»Die beiden sind wohlauf, wenn Sie das meinen«, erklärte Magdalene zögernd.

»Und das Kleine?«

»Ist auch gesund.« Magdalene suchte nach Worten. »Aber da ist etwas anderes, was mir Sorgen macht. Es war ein Mann bei ihnen, der vorgab, vom Lastenausgleichsamt zu kommen.«

»Ich verstehe nicht …«

Magdalenes Gedanken arbeiteten fieberhaft. »Zufällig kenne ich diesen Mann«, sagte sie, »und ich weiß, dass er mit dem Lastenausgleichsamt nicht das Geringste zu tun hat. Er ist Journalist – ein ausländischer Journalist übrigens.«

»Sind Sie ganz sicher?« fragte Hanna Hilgert vorsichtig.

Magdalene begriff, was die andere dachte. »Sie dürfen mich nicht für überspannt halten«, sagte sie eindringlich, »ich sehe keine Gespenster. Und ich habe auch nicht die Absicht, Sie, Frau Hilgert, zu erschrecken. Ich halte es lediglich für meine Pflicht, Sie zu warnen!«

»Wovor?«

»Dieser Mann – stellte ganz bestimmte Fragen. Er interessierte sich vorwiegend für den Geburtsort Ihres Sohnes.«

»Ach«, sagte Hanna Hilgert nur, aber die Hand, die die Zigarette hielt, begann zu zittern.

»Natürlich gab sich Hans ganz unbefangen«, sagte Magdalene rasch, um den Schock zu mildern.

» Sie glauben, dieser Mann – wie hieß er?«

»Er nannte sich Smolinsky.«

»Sie glauben, er hat Verdacht geschöpft?«

»Ja.«

Hanna Hilgert drückte ihre Zigarette in dem übervollen Aschenbecher aus, nahm sich eine neue.

»Aber warum«, fragte sie schließlich, »warum sollte dieser Mann sich für so etwas interessieren? Ein Journalist, sagen Sie? Glauben Sie, er will Material für einen Sensationsartikel finden?«

»Ich halte ihn für einen Erpresser«, sagte Magdalene.

»Vielleicht – täuschen Sie sich«, entgegnete Hanna Hilgert, aber es war ihr deutlich anzumerken, dass sie selber nicht recht an diese Möglichkeit glaubte.

»Vielleicht«, räumte Magdalene ein. »Ich habe Ihnen auch nur gesagt für den Fall, dass er hier bei Ihnen auftauchen sollte.«

»Aber – was soll ich dann bloß tun?«

»Das, was Sie die ganzen Jahre über getan haben. Bleiben Sie dabei, dass Hans Ihr eigenes Kind ist. Halten Sie sich immer vor Augen: Wissen kann dieser Smolinsky nichts.« Ein neuer schrecklicher Gedanke überfiel Magdalene. »Oder glauben Sie, dass es irgendwelche Unterlagen in Zinten gibt, die …«

»Die Stadt steht heute unter polnischer Verwaltung.«

»Der Mann, von dem ich spreche, ist Pole.«

»Trotzdem. Ich kann mir nicht denken, dass man die Akten aus der deutschen Zeit bis heute aufbewahrt hat, oder dass sie überhaupt erhalten sind.«

Hanna Hilgert stand auf. »Entschuldigen Sie, aber auf diesen Schreck hin muss ich etwas trinken.« Sie holte eine Ginflasche und zwei Gläser aus dem Schrank. »Ich hoffe, Sie halten mit?«

»Ja, bitte«, sagte Magdalene, mehr, um die andere nicht zu beleidigen.

»Jedenfalls danke ich ihnen, dass Sie mich gewarnt haben«, sagte Hanna Hilgert, während sie die kleinen Gläser randvoll einschenkte.

»Ich habe es im Interesse der Kinder getan …«

»Ja, natürlich.« Hanna Hilgert hob ihr Glas. »Trinken wir auf die beiden.«

Magdalene nahm nur einen winzigen Schluck, während Hanna Hilgert den Inhalt ihres Glases in einem Zug leerte. »Jedenfalls, wenn jemand vom Lastenausgleichsamt kommt«, sagte Magdalene, »sollten Sie sich zuerst seine Papiere zeigen lassen.«

»Wie sieht er denn aus?«

»Schlank, groß, dunkles Haar, sehr helle Augen, gut geschnittenes Gesicht. Er ist in gewisser Weise attraktiv«, gab Magdalene zu und spürte, wie ein Schauer ihr beim Gedanken an Jan Mirsky über den Rücken lief. »Attraktiv, aber ganz und gar nicht sympathisch.«

»Woher kennen Sie ihn eigentlich so gut?« fragte Hanna Hilgert.

»Das tut nichts zur Sache«, sagte Magdalene kurz. Dann, als sie das Befremden der anderen spürte, fügte sie hinzu: »Seien Sie mir nicht böse, ich möchte nicht darüber sprechen. Ich kann Ihnen nur das eine sagen: Ich wünschte, dass ich ihm nie begegnet wäre.«

Einige Tage später saß Magdalene Rott mit ihrem Mann bei einem späten Frühstück – Oberst Rott hatte bis in die Nacht hinein gearbeitet und trat seinen Dienst an diesem Vormittag nicht zur gewohnten Stunde an –, als das Telefon schrillte. Sie wollte zum Apparat, aber er war gleichzeitig aufgestanden.

»Lass nur, Magda«, wehrte er ab, »das wird für mich sein.«

Sie presste die Lippen zusammen, sah mit angstvoll geweiteten Augen zu, wie er den Hörer abnahm, sich meldete. »Hallo, Hanna!« sagte er unbefangen. »Ja wie geht's? Magda? Natürlich. Sie steht neben mir. Ich gebe sie Ihnen.«

Magdalene nahm den Hörer aus seiner Hand entgegen, sagte gespannt: »Ja?«

»Hören Sie, Magda, kann ich sprechen?« fragte Hanna Hilgert.

Ein paar bange Sekunden fürchtete Magdalene, dass Herbert Rott, der beim Schreibtisch stehen geblieben war, diese verräterische Frage mitgehört hatte. »Doch, danke«, sagte sie rasch, »es geht mir gut – außer meiner üblichen Migräne.«

Hanna Hilgert begriff sofort. »Oh, das tut mir Leid«, sagte sie. »Ich hätte mich so gefreut, wenn Sie heute Nachmittag zu mir gekommen wären.«

Herbert Rott war wieder zum Frühstückstisch zurückgegangen.

»Das ist nicht mehr nötig«, sagte Magdalene und hoffte, dass die andere sie verstehen würde.

»Kann ich jetzt sprechen?« fragte Hanna Hilgert noch einmal.

»Bitte.«

»Er war da. Wie Sie vorausgesagt hatten, gab er sich als Beamter irgendeines Amtes aus. Es war gut, dass Sie mich gewarnt hatten, ich hätte sonst bestimmt die Fassung verloren. Aber so bin ich natürlich beherrscht geblieben.«

»Gott sei Dank!«

»Ja, das ist gerade noch einmal gut gegangen. Aber ich war anschließend ganz erschlagen.«

Sie wechselten noch ein paar belanglose Worte, verabschiedeten sich.

Als Magdalene sich wieder zu ihrem Mann setzte, fragte er: »Ich wusste gar nicht, dass du dich mit Frau Hilgert so gut verstehst.«

»Na ja«, sagte Magdalene ausweichend, »schließlich gehört sie doch jetzt zur Familie.«

Er belegte sein Brot mit Radieschenscheiben. »Ihr Anruf scheint dich geradezu glücklich zu machen. Schau mal in den Spiegel. Du strahlst ja direkt.« Er sah sie an. »Wäre es sehr indiskret zu fragen, weshalb sie dich angerufen hat?«

»Indiskret nicht«, sagte sie mit einem erzwungenen Lächeln, »es würde dich bloß nicht interessieren. Es handelt sich um einen Stoff, den ich gekauft habe.«

»Ach so«, sagte er und lächelte, ein rasches herzliches Lächeln, das sein verschlossenes Gesicht auf überraschende Art aufhellte. »Sei mir nicht böse, Magda, ich habe selber schon manchmal das Gefühl, dass ich ein Opfer meines Berufes werde.«

»Wie meinst du das?«

»Es ist wirklich albern, aber ich beginne überall Geheimnisse zu wittern. Selbst bei dir.«

»Aber Herbert«, sagte sie schwach.

Er wurde ernst. »Ich weiß, dass du ein durch und durch aufrichtiger Mensch bist, Magda. Ich kann dich nur bitten – verzeih mir meine dummen Gedanken.«

Magdalene fühlte sich so tief beschämt, dass sie unfähig war, ihrem Mann in die Augen zu schauen. Bisher hatte sie in ihrer panischen Angst immer nur an Evelyn und Hans und an sich selbst gedacht. Erst in dieser Sekunde begriff sie ganz, was es für ihren Mann bedeuten würde, wenn er erfahren müsste, wie sehr sie ihn getäuscht hatte.

Ein paar Tage später erhielt Magdalene Rott einen kurzen Brief Helga Gärtners. Jetzt plötzlich spürte sie den dringenden Wunsch, mit ihr zu sprechen. Ohne es sich zuzugeben, suchte sie einen Menschen, der sie in der Hoffnung bestärkte, Jan Mirsky endgültig aus dem Feld geschlagen zu haben.

Sie rief an, und Helga Gärtner meldete sich sofort. »Na endlich«, sagte die Journalistin unbefangen, »ich hatte mich schon darüber gewundert, dass du überhaupt nichts mehr von dir hören lässt.«

»Es hat sich einiges ereignet …«

»Ja? Erzähl doch mal!«

»Das geht sehr schwer am Telefon. Kann ich zu dir kommen?«

»Jetzt?«

»Ja, am liebsten jetzt«, sagte Magdalene Rott.

Helga Gärtner zögerte. »Also gut«, sagte sie dann. »Allerdings – du müsstest sofort kommen. Ich bin heute Abend verabredet. Natürlich könnten wir auch morgen …«

»Nein«, sagte Magdalene Rott schnell, »ich komme jetzt …«

Helga Gärtner öffnete Magdalene Rott in einem grünseidenen Morgenrock.

»Ach, du bist es!« sagte sie, und es klang fast überrascht.

Magdalene war irritiert. »Aber wir haben eben telefoniert! Wolltest du nicht …«

»Ja, doch! Natürlich!« Helga Gärtner fiel ihr ins Wort. »Ich hatte nur geglaubt – wie spät ist es eigentlich?«

»Kurz vor sieben.«

»Dann haben wir noch eine halbe Stunde Zeit. Bitte, komm doch mit mir ins Schlafzimmer. Es stört dich hoffentlich nicht, wenn ich mich weiter anziehe?«

»Nein«, sagte Magdalene, obwohl sie ein ruhigeres Gespräch vorgezogen hätte.

Sie folgte Helga Gärtner in das Schlafzimmer, einen Raum, den sie noch nie betreten hatte. Er war klein, aber sehr elegant eingerichtet, mit einem überbreiten Bett, bauschigen hellen Vorhängen an den Fenstern, einem eingebauten Kleiderschrank und einer antiken Frisierkommode.

»Leg deinen Mantel irgendwohin«, sagte Helga Gärtner. »Mach's dir bequem. Leider kann ich dir als Sitzgelegenheit nur das Bett anbieten. Oder soll ich dir einen Sessel hereinholen?«

»Nicht nötig.« Magdalene Rott setzte sich, ohne ihren Mantel abzulegen.

»Du schriebst mir, dass du mir etwas zu berichten hättest«, sagte Magdalene abwartend.

Helga Gärtner wischte sich mit einem Papiertüchlein Creme vom Gesicht und begann mit großer Behutsamkeit flüssiges Make-up aufzutragen. »Ja«, sagte sie, »warte bitte einen Moment.« Erst als sie die Prozedur beendet hatte, sprach sie weiter, wandte dabei aber ihre Aufmerksamkeit dem Nachziehen ihrer Augenbrauen zu. »Ich habe mit Jan Mirsky gesprochen ...«

»Worüber?« fragte Magdalene rasch.

Helga Gärtner lächelte ihrem Spiegelbild zu. »Über alles Mögliche. Auch über dich. Und über Udo natürlich.«

»Du hast ihm doch nichts gesagt?«

»Ach wo! Überhaupt, Magda, darüber wollte ich vor allem mit dir sprechen. Du hast keinen Grund, irgendetwas von Jan Mirsky zu befürchten. Er ist nicht der ›Schwarze Mann‹, den du immer in ihm sehen möchtest.«

Magdalene schwieg, umklammerte krampfhaft ihre Handtasche.

»Du glaubst mir nicht?« sagte Helga Gärtner. »Das hätte ich mir denken können. Wenn ich dir bloß klar machen könnte, dass deine Angst eine einzige Ursache hat: dein eigenes schlechtes Gewissen!«

»Er war bei Evelyn«, sagte Magdalene Rott mühsam.

»Ach, wirklich?« Helga Gärtner wandte sich Magdalene zu. Eine Sekunde schien sie betroffen. Dann zuckte sie die Achseln. »Und wenn! Wahrscheinlich hat er sich nur mal deine Tochter ansehen wollen. Das ist doch eine ganz verständliche Neugier.«

»Ach Helga« sagte Magdalene müde, »das alles glaubst du doch selbst nicht.«

»Doch, Magda, ich weiß es, und ich werde es beweisen: Du hast dich in eine ganz unsinnige Angstpsychose hineingesteigert. Tatsache ist ...«, sie machte eine wirkungsvolle Kunstpause, griff nach dem Wimpernstift, »Udo lebt!«

Magdalene sprang auf. »Was hast du gesagt?«

Helga Gärtner lachte. »Dein Sohn lebt! Ich wusste, das würde dich überraschen ...«

»Helga, bitte spann mich nicht so auf die Folter!« Magdalene packte mit beiden Händen die Schultern der Freundin, schüttelte sie leicht. »Woher weißt du das? Wer hat es dir gesagt?«

»Bitte, reg dich nicht auf! Und vor allem, lass mich in Ruhe weitermachen«, sagte Helga Gärtner, aber sie milderte diese Zurechtweisung mit einem freundlichen Lächeln. »Ich muss nämlich fertig werden, sonst ...«

Magdalene zog sofort ihre Hände zurück. »Woher willst du es wissen?« fragte sie beherrschter, aber ihr Herz klopfte so laut, dass sie glaubte, die andere müsste es hören.

»Von Jan Mirsky.«

»Nein!«

»Doch! Was findest du daran so sonderbar? Es ist ja nur natürlich, dass er sich um seinen Sohn gekümmert bat. Das allein beweist, was ich dir die ganze Zeit klar zu machen suche: dass er nicht der Bösewicht ist, den du in ihm siehst!«

»Wenn das wahr wäre«, sagte Magdalene mit einer seltsam flachen Stimme, »warum hat er es dann mir nicht gesagt?«

»Weil du behauptet hast, dass Udo tot wäre! Dadurch wurde er stutzig. Er glaubte schon, dass der Junge, den er in Polen großgezogen hat, gar nicht wirklich sein Sohn wäre. Erst als ich ...« Helga Gärtner stockte plötzlich.

»Sprich's nur aus«, sagte Magdalene niedergeschlagen. »Du hast ihm gesagt, dass wir den Jungen verloren haben, nicht wahr? Du hast alles verraten.«

»Magdalene, ich bitte dich! Von Verrat kann gar keine Rede sein!« Jetzt, zum ersten Mal, wurde auch Helga Gärtner erregt. Sie erkannte die Berechtigung im Vorwurf der Freundin und wollte sie nicht wahrhaben. »Du solltest mir dankbar sein, dass ich es gesagt habe, denn jetzt wissen wir doch …«

»Jetzt weiß er es! Das müsstest du sagen!« Magdalene lehnte sich gegen die Tür. Sie spürte eine ziehende Schwäche in den Knien.

»Ach, Unsinn!« sagte Helga Gärtner heftig, zog eine Lade ihrer Frisierkommode auf und nahm die beiden Ohrringe heraus, die Jan Mirsky ihr geschenkt hatte. »Wenn ich dich bloß von der schrecklichen Verblendung heilen könnte!«

Magdalene erkannte die Ohrringe sofort. Sie glaubte, die Zusammenhänge zu begreifen, und ihr Herz schien einen Schlag lang auszusetzen. Helga Gärtner und Jan Mirsky hatten sich also gegen sie verbündet!

Es wurde dunkel vor ihren Augen, aber mit letzter Kraft bekämpfte sie ihre Schwäche. Wortlos drehte sie sich um und verließ das Zimmer.

Erst als sie die Dielentür schon erreicht hatte, hörte sie Helga Gärtner hinter sich rufen. Aber sie drehte sich nicht um, schritt nur noch schneller aus.

Später wusste sie nicht mehr, wie sie auf die Straße hinuntergekommen war. Sie ging ein paar Häuser weiter, dann konnte sie sich nicht mehr aufrecht halten. Sie ließ sich auf eine Vorgartenmauer sinken, schloss erschöpft die Augen.

Es war schon dämmerig geworden, und niemand beachtete sie.

Nach einigen Minuten hatte sie sich so weit erholt, dass sie weitergehen konnte. Mühsam erhob sie sich.

In diesem Augenblick sah sie das Taxi vor dem Hochhaus halten, in dem Helga Gärtner ihr Appartement hatte.

Jan Mirsky stieg aus, ging mit raschen Schritten auf die Haustür zu.

Magdalene Rott beobachtete es fast unbeteiligt. Jan Mirsky war es also, den Helga Gärtner erwartet hatte.

Das bestätigte nur, was sie ohnehin schon zu wissen glaubte. Sie fühlte sich verloren.

»Entschuldige, Jan«, sagte Helga Gärtner und begrüßte Jan mit einem zärtlichen Kuss. »Leider bin noch nicht fertig. Ich bin aufgehalten worden. Rat mal, von wem?«

»Wahrscheinlich wirst du es mir ohnehin gleich sagen«, erwiderte er lächelnd.

»Von Magdalene Rott!« Plaudernd ging Helga Gärtner vor ihm her ins Wohnzimmer. »Ich habe ihr alles erzählt – du weißt ja, über Udo.«

»Und? Hat sie sich gefreut?«

»Nein, überhaupt nicht! Stell dir vor, sie hat ein Riesentheater gemacht, weil ich dir erzäht habe, dass wir den Jungen in Königsberg verloren haben! Langsam gewinne ich den Eindruck, sie muss komplett durchgedreht sein. Oder kannst du ihr Verhalten verstehen?«

»Ich glaube schon.«

»Wirklich? Dann erkläre mir doch …«

»Ich glaube, es wäre besser, wenn du dich jetzt endgültig bereitmachtest, oder willst du in dieser Aufmachung zu dem Empfang gehen?«

Helga Gärtner sah an ihrem grünseidenen Morgenrock hinunter, sagte schuldbewusst: »Natürlich nicht! Es wird bestimmt nur ein paar Minuten dauern. Wenn du inzwischen etwas trinken willst …«

»Danke, nein. Ich bin auch nicht ganz mit der Arbeit fertig geworden.« Er legte seine Hand in ihren Nacken, gab ihr einen flüchtigen Kuss. »Könnte ich, bis du fertig bist, deine Schreibmaschine benutzen?«

»Aber natürlich! Um so etwas brauchst du mich doch gar nicht zu bitten. Soll ich dir zeigen, wie man mit ihr umgeht?«

»Ich denke, ich komme schon zurecht. Verschwinde du lieber in deinen Schönheitssalon!« Als sie schon in der Tür war, rief er ihr noch nach: »Du brauchst dich nicht allzusehr zu beeilen!«

Helga Gärtner beeilte sich dennoch. Aber als sie – sehr hübsch in einem modischen Rohseidenkostüm – aus ihrem Schlafzimmer kam, war er schon dabei, die letzten Zeilen zu schreiben. Er hob abwehrend die Hand, als sie auf ihn zutrat. »Eine Sekunde noch! Ich bin gleich fertig!«

Sie sah ihm über die Schulter, las seltsame Zahlen und Zeichen. »Was bedeutet denn das?« fragte sie erstaunt.

»Nichts Besonderes«, erwiderte er lächelnd. »Ein Bericht über die gestrige Parlamentssitzung – chiffriert.«

»Ach so.« Sie warf einen Blick auf ihre kleine Armbanduhr. »Aber jetzt bist du es, der sich beeilen muss!«

Er zog den Bogen und die Durchschläge aus der Schreibmaschine und sagte lächelnd: »Schon geschehen!« Er erhob sich, reichte ihr mit ironischer Grandezza den Arm: »Ich stehe ganz zu Ihrer Verfügung, gnädige Frau!«

12

Drei Tage später – Oberst Rott war zum Dienst gefahren, Magdalene war allein mit ihrer Aufwartefrau – klingelte es an der Wohnungstür.

Frau Hommes ging, um zu öffnen.

Wenige Minuten später kam sie zurück. »Ein Herr möchte Sie sprechen!«

Fast gleichzeitig trat Jan Mirsky über die Schwelle. »Hallo, gnädige Frau!« sagte er mit seinem kalten zynischen Lächeln. »Ich hoffe, ich störe nicht!«

Magdalene konnte ihn nur ansehen, unfähig, ein Wort hervorzubringen.

»Ich weiß, ich hätte mich vorher anmelden sollen«, fuhr Jan Mirsky in unverbindlichem Plauderton fort. »Aber ich war zufällig hier in der Gegend, und da konnte ich der Versuchung nicht widerstehen …«

Jetzt erst fand Magdalene ihre Sprache wieder. Sie wandte sich an die Aufwartefrau, die den gut aussehenden Mann mit neugierigen Blicken musterte. »Es ist gut, Frau Hommes«, sagte sie. »Bitte, lassen Sie uns allein.«

»Ich wundere mich über deine Überraschung!« behauptete Jan Mirsky, nachdem Frau Hommes die Tür hinter sich geschlossen hatte und ließ sich mit aufreizender Selbstverständlichkeit in einem der schönen Biedermeiersessel nieder. »Ich war fest davon überzeugt, du hättest mich erwartet.« Er zog ein Päckchen Zigaretten aus seiner Manteltasche.

Magdalene rang um Fassung. »Wie kannst du es wagen ...«

»Dich zu besuchen? Aber ich bitte dich! Welches Risiko gehe ich schon damit ein? Vergiss nicht, ich habe nichts zu verlieren.«

»Mein Mann ...«

Er ließ sie wieder nicht aussprechen. »... ist im Ministerium!« Sein Lächeln vertiefte sich. »Darüber habe ich mich natürlich vor meinem Besuch vergewissert. Nicht weil ich Angst vor einer Begegnung hätte. Nur um deinetwillen, Magda. Ich möchte dich nicht in Schwierigkeiten bringen.« Er zündete sich eine Zigarette an, ließ das abgebrannte Streichholz achtlos auf den Teppich fallen. »Im Übrigen solltest du mir dankbar sein, Magda. Schließlich habe ich dir den Weg zu mir erspart.«

»Was willst du noch von mir?«

»Zuerst einmal, dass du dich setzt. Ich hasse es, zu meinem Gesprächspartner hinaufblicken zu müssen.«

Magdalene zögerte.

»Komm, komm, ärgere mich nicht!« sagte er in einem Ton, als ob er zu einem ungezogenen Kind spräche.

Frau Hommes arbeitete in der Küche. Magdalene hörte das Klappern von Tellern und Tassen.

Sie schloss die Tür fest, kehrte zu Jan Mirsky zurück, setzte sich ihm gegenüber auf einen schmalen hochlehnigen Stuhl. »Weshalb bist du gekommen?« fragte sie noch einmal.

Er schnippte die Asche seiner Zigarette ab. »Als ob du dir das nicht denken könntest!«

»Ich habe alles getan, was du von mir verlangt hast. Und du hast versprochen, mich in Ruhe zu lassen.«

»Du hättest mich nicht belügen sollen«, sagte er, immer noch jenen kalten, bösen Spott in den Augen, der sie insgeheim rasend machte. Sie spürte die diabolische Freude, die ihm das Spiel mit ihrer Hilflosigkeit bereitete.

»Warum hast du behauptet, dass unser Sohn gestorben wäre?« fuhr er fort. »Begreifst du denn nicht, dass ich als Vater das Recht habe, zu erfahren ...«

»Hör auf! Hör auf!« Ihre Nerven versagten. »Du bist ein Teufel!«
Er schüttelte in scheinbarer Verwunderung den Kopf. »Aber
nicht doch, Magda! Warum so ausfallend? Von dieser Seite
kenne ich dich ja gar nicht!« Er steckte die Zigarette in seine
elfenbeinerne Spitze.

Sie schwieg, presste die Lippen zusammen.

»Natürlich habe ich sofort gemerkt, dass etwas nicht in Ordnung war«, fuhr er genüsslich fort. »Du warst immer schon eine schlechte Lügnerin, Magda. Eigentlich verwunderlich, dass
dein Mann dich in all diesen Jahren nicht durchschaut hat,
aber das gehört nicht hierher. Ich möchte mich um Gottes
willen nicht in deine Ehe mischen. Kurzum, ich habe Udo sofort erkannt.« Er machte eine Pause, schien auf eine Frage, einen Protest zu warten.

Aber Magdalene tat ihm nicht den Gefallen Sie schwieg ver-
bissen weiter.

»... obwohl es natürlich selbst für mich eine Überraschung
war«, fuhr er fort. »Zuzulassen, dass er seine eigene Schwester
heiratet! Ich muss schon sagen, das ist ein starkes Stück.«

Sie fuhr auf, unfähig, sich länger zu beherrschen. »Was du da
behauptest, ist nicht wahr!«

»Mein liebes Kind«, sagte er herablassend, »mir kannst du
nichts vormachen. Die Stimme des Blutes – ich bin ganz sicher, dass ich mich nicht täusche.«

»Warum bist du dann zu Hanna Hilgert gegangen? Warum
hast du versucht, sie aufs Glatteis zu führen?«

»Ho, ho!« sagte er anerkennend. »Du bist raffinierter, als ich
dachte.« Er beugte sich vor, drückte seine Zigarette aus. »Ich
wollte einen Beweis haben, verstehst du? Denn lediglich meine
Überzeugung wird das Gericht wahrscheinlich nicht ohne wei-
teres akzeptieren.«

»Das Gericht?« fragte sie fassungslos.

»Ich werde natürlich Anzeige erstatten«, sagte er lächelnd.
»Was hattest du denn gedacht? Blutschande, was für ein Ver-
brechen! Natürlich ...« Er zündete sich, während er sprach, ei-
ne neue Zigarette an, »die armen Kinder können nichts dafür.
Das ist ganz klar. Trotzdem – die Schuldigen müssen zur
Verantwortung gezogen werden.«

»So grausam kannst du nicht sein«, sagte sie mit bebender Stimme. »Nicht einmal du!«

Er lächelte sie freundlich an. »Du hast Recht. Es war nicht schön von mir, dir solch einen Schrecken einzujagen. Schließlich ist Udo alias Hans Hilgert mein Sohn. Ich möchte sein Leben nicht vernichten. Ich denke, ich werde noch einmal zu den jungen Leuten hingehen und ganz offen mit ihnen sprechen. Bestimmt werden sie dann freiwillig die Konsequenzen ziehen, ohne dass die Behörden sich einmischen müssen.«

»Sag mir, was du von mir verlangst!« Magdalene beugte sich vor, sah ihm fest in die Augen. »Was soll ich tun, damit du schweigst?«

»Na endlich«, sagte er. »Ich freue mich, dass du begriffen hast, um was es geht. Du wirst sehen, wenn du vernünftig bist, können wir die ganze Angelegenheit in aller Ruhe erledigen.«

»Ich habe kein Geld.«

»Geld, Geld! Wer spricht denn von Geld! Mir geht es um etwas ganz anderes. Dein verehrter Gatte arbeitet doch im Verteidigungsministerium, Abteilung Feindabwehr, nicht wahr?«

»Das ist möglich«, sagte sie zögernd.

»Aber, aber, Magda! Schon wieder Mätzchen? Du weißt doch ganz genau, dass er dort arbeitet. Und ich weiß es auch. Warum wollen wir uns etwas vormachen?«

Sie sah eine Riesengefahr auf sich zukommen.

»Sicher spricht der Herr Oberst hin und wieder mit dir über seine Arbeit.«

»Nein. Das tut er nie.«

»Aber manchmal wird er Akten mit nach Hause nehmen, um daran zu arbeiten. Vielleicht übers Wochenende?«

»Nein. Auch nicht.«

Jan Mirsky erhob sich. »Schade«, sagte er mit einem bedauernden Lächeln. »Schade für dich, Magda. Dann können wir kein Geschäft miteinander machen.« Er wandte sich zur Tür.

Sie ging ihm nach. » Wo willst du hin?«

»Zu deiner Tochter.«

»Sie wird dich auslachen«, sagte Magdalene mit dem verzweifelten Versuch, die Situation zu ihren Gunsten zu wenden. »Schließlich – du hast ja nicht den geringsten Beweis.«

»Wirklich nicht?« Er lächelte auf sie hinab. »Ich glaube, du vergisst den Schmuck, den du mir überlassen hast. Deine Tochter wird ihn doch wohl kennen? Warum solltest du ihn mir gegeben haben? Denkst du, sie wird mich für deinen Liebhaber halten?«

Die widersprechendsten Gedanken schossen Magdalene durch den Kopf. »Nun gut«, sagte sie, »ich gebe zu, mein Mann bringt manchmal Akten mit nach Hause.«

Er sah sie misstrauisch an. »Du sagst das hoffentlich nicht nur, um Zeit zu gewinnen?«

»Nein, es stimmt. Was soll ich also tun?«

»So ist's recht, Magda! Jetzt endlich bist du ein vernünftiges Mädchen!« Er wollte ihr die Wange streicheln, aber sie zuckte zurück. Ihm entging es nicht.

»Gefall ich dir nicht mehr?« fragte er ironisch. »Es hat Zeiten gegeben, in denen du …«

»Ja, ich habe dich geliebt«, sagte sie, »und es gibt nichts im Leben, was ich so bereue.« Sie sah ihn an, und zum ersten Mal schien er, wenigstens für eine Sekunde, beschämt.

Er senkte den Blick, sagte dann aber sofort wieder in gewollt munterem Ton: »Ach ja, ich wollte dir erklären, dass alles ganz einfach ist. Dieser Tage wird ein Bote dir ein Päckchen bringen – nur keine Sorge, ich achte schon drauf, dass es zu einer Zeit geschieht, in der dein Mann nicht zu Hause ist. Dieses Päckchen enthält eine kleine Kamera. Der Film ist schon aufgezogen, damit hast du also nichts mehr zu tun. Du kannst vierundzwanzig Fotos machen. Natürlich von den schriftlichen Unterlagen deines Mannes. Der Film ist sehr lichtempfindlich. Trotzdem musst du die einzelnen Blätter zumindest unter die Schreibtischlampe legen, bevor du knipst.« Er sah sie prüfend an. »Glaubst du, es wird dir gelingen?«

»Man kann vieles, wenn man muss.«

»Das ist der richtige Standpunkt.« Er wandte sich wieder zur Tür, drehte sich dann noch einmal um.

»Du wirst mich doch nicht betrügen?«

»Ich täte es, wenn ich könnte«, erwiderte sie offen. »Aber ich sehe leider keine Möglichkeit.«

»Du hast mir mal was von Selbstmord weismachen wollen und von einem Bericht, den du beim Notar hinterlegst. Du begreifst hoffentlich, dass mit diesem Schritt deinen Kindern nicht geholfen wäre? Ich würde die Bombe nämlich trotz allem platzen lassen, verlass dich drauf.«

»Davon bin ich überzeugt.«

»Fein. Ich sehe, wir haben uns verstanden. Ich erwarte dich also – ich will nicht drängen – Montagabend, sagen wir um zehn Uhr. Ist das recht?«

»Ich werde da sein.«

Er machte eine Bewegung, als ob er ihr die Hand reichen wollte, hielt sich aber noch rechtzeitig zurück. »Auf Wiedersehen, Magda«, sagte er. »Und viel Erfolg!«

Sie brachte ihn in die Diele hinaus, schloss die Wohnungstür hinter ihm sehr sorgfältig, als ob sie sich dadurch schützen könnte. Dann kehrte sie ins Wohnzimmer zurück, riss weit beide Fenster auf.

Frau Hommes kam mit dem Staubsauger. »Na, endlich ist er weg!« sagte sie respektlos. »Ich dachte schon, ich käme heute überhaupt nicht mehr hier herein.« Sie schob Tisch und Sessel zusammen. »Ein lästiger Mensch war das.«

»Ja, sehr lästig«, bestätigte Magdalene. Sie bückte sich, hob das Streichholz auf, das er zu Boden hatte fallen lassen, nahm den Aschenbecher und trug ihn hinaus in die Küche.

Sie war ganz ruhig, fühlte sich wie von einem übermächtigen Druck befreit. Jetzt galt es nicht mehr, gegen eine dunkle, unheimliche Gefahr zu kämpfen. Jetzt wusste sie, wer allein ihr Gegner war, und was sie zu tun hatte. Sie sah ihre Situation ganz klar. Es gab nur eine einzige Möglichkeit, Evelyn und Hans, ihren Mann und auch Hanna Hilgert zu schützen.

Sie musste diesen Mann töten.

Jan Mirsky und Helga Gärtner waren zusammen im Kino gewesen. Er hatte sie noch in ihre Wohnung begleitet, wie es bei ihnen zur Gewohnheit geworden war. Jetzt ging er in die Küche, holte Wasser und Eis für einen letzten Whisky, während sie sich ins Schlafzimmer zurückgezogen hatte, um sich bequemer zu kleiden.

Als sie wiederkam, hatte sie das Kostüm gegen einen Hausanzug eingetauscht. Er hatte zwei Gläser mit Whisky und Wasser gefüllt und sah ihr lächelnd entgegen.

»Ach, ist das herrlich, wieder zu Hause zu sein!« Sie warf sich in einen Sessel, streckte die Beine weit von sich. »Bitte, gib mir eine Zigarette!«

Er hockte sich ihr gegenüber auf die Couch. »Du bist eine wunderbare Frau und eine großartige Journalistin!«

Sie widersprach, obwohl ihr seine Worte gut taten. »Du übertreibst«, sagte sie. »Zur wirklichen Spitze werde ich es nie bringen – als Journalistin, meine ich.«

»Aber du hast doch Beziehungen!«

»Ich? Das ist das Allerneueste, was ich höre!«

»Na, du kennst doch zum Beispiel diesen Dr. Schnelzer vom Verteidigungsausschuss sehr gut. Behaupte jetzt nur noch, dass er dir nichts von seiner Tätigkeit erzählt!«

»Der gute Schnelzer!« Sie lachte. »Natürlich, er ist sogar sehr offen. Aber er weiß auch, wie weit er zu gehen hat, und dass ich niemals etwas von seinen Bemerkungen verwenden werde.«

Er nahm einen Schluck Whisky. »Warum eigentlich nicht?«

»Jan! Von allem anderen abgesehen – ich schreibe doch in erster Linie für Frauen! Und seit wann interessieren die sich für Verteidigungsfragen?«

»Ein Jammer«, sagte er. »Aber ich könnte dir helfen. Ich kenne jemand, der sich für solche Dinge sehr interessiert.«

»Wen?«

»Tut ein Name was zur Sache?«

»Natürlich nicht. Bestell deinem Wer-auch-Immer, dass es gewisse Dinge gibt, die einfach nicht in die Presse gehören.«

Er lächelte sie an. »Mein Herr Wer-auch-Immer ist gar nicht von der Presse.«

»Nicht?« sagte sie, sehr erstaunt, aber immer noch ohne Misstrauen.

»Ich bin es selbst, Helga«, bekannte er ruhig.

»Du? Aber was willst denn du mit Material aus dem Verteidigungsausschuss?« Sie beantwortete sich die Frage selbst, bevor er noch etwas erwidern konnte. »Ich verstehe. Du willst es nach drüben liefern.«

»Sehr richtig. Ich wusste immer, du hast ein helles Köpfchen.«

»Aber, Jan«, sagte sie entsetzt, »das wäre ja – Spionage! Wie kannst du mir vorschlagen, so etwas mitzumachen!«

»Du hast mehr als einmal behauptet, dass du mich liebst!«

»Was hat das damit zu tun?«

»Alles, Helga! Alles!«

Sie drückte ihre Zigarette aus, sprang auf. »Nun, dann darf ich dich vielleicht daran erinnern, dass du mir versprochen hast, dich nach dem Westen abzusetzen.«

»Das ist auch nach wie vor mein Ziel.«

»Und das soll ich dir glauben?«

Er verbarg nicht, dass er sich an ihrer Erregung weidete. »Das kannst du halten, wie du willst. Jedenfalls brauche ich von dir einen detaillierten Bericht über alles, was du von deinem Freund Schnelzer erfahren kannst. Und zwar sehr bald.«

Sie stand mit flammenden Augen vor ihm. »Ich liebe dich, Jan. Ich liebe dich, aber nie werde ich so etwas für dich tun!«

»Na, dann scheint es mit deiner Liebe nicht ganz so weit her zu sein.« Er hob abwehrend die Hand, als sie widersprechen wollte. »Vielleicht ist es auch besser so. Dann können wir ohne Sentimentalität miteinander reden. Ich brauche diesen Bericht, und du wirst ihn mir liefern.«

»Nie!«

Er sah sie mit geheuchelter Verwunderung an. »Warum weigerst du dich plötzlich? Schließlich hast du mich schon einmal beliefert, und zwar sehr gut.«

Er zog eine Fotokopie des Schreibens, das er vor wenigen Tagen auf ihrer Maschine getippt hatte, aus der Brieftasche. »Sieh dir das hier an! Das Original ist längst in Warschau! Es enthält einen chiffrierten Bericht über Menschen und Maschinenmaterial in den Fliegerhorsten der Bundesrepublik.«

»Aber – das habe ich doch nicht geschrieben! Das warst du selbst. Jan, du wirst mir doch nicht unterstellen wollen, dass ich es getan hätte!«

»Genau das habe ich vor. Und verlass dich darauf, es wird niemand geben, der mir das nicht glauben würde. Alles spricht dafür. Du hast Geschenke von mir angenommen – ich denke da zum Beispiel an deine entzückenden Ohrringe – und wir sind oft genug zusammen gesehen worden.«

»Mit allem würdest du dich doch auch selbst belasten!«

»Sehr richtig. Doch was soll's! Ich habe immer noch die Möglichkeit, mich rechtzeitig nach Warschau abzusetzen. Aber du hängst drin. Nein, Helga, es hat keinen Sinn, Tatsachen nicht zu sehen: Du bist in meiner Hand!«

Magdalene wusste, dass es nicht genügte, Jan Mirsky zu töten. Sie durfte auch keinen Fehler dabei begehen. Niemand durfte sie mit dem Tod des Mannes in Zusammenhang bringen, denn sonst wäre alles vergebens gewesen.

Deshalb verzichtete sie auch darauf, den Revolver ihres Mannes zu der Tat zu verwenden. Sie hatte Angst, dass die Kugel einen Hinweis auf die Waffe und damit auf sie liefern könnte.

Sie erinnerte sich, dass in Jan Mirskys Wohnung zwei bronzene Leuchter gestanden hatten. Nach langem Überlegen entschloss sie sich, einen von ihnen als Waffe zu gebrauchen. Das schien ihr das Unverfänglichste.

Ihr Zorn und ihre Verzweiflung waren so stark, dass sie es sich zutraute, den Mann, der sie und ihre Familie ins tiefste Unglück stürzen wollte, zu erschlagen. Aber sie war sich gleichzeitig darüber klar, dass sie es nicht tun konnte, solange er auf der Hut war. Sie müsste ihn ablenken, seine ganze Aufmerksamkeit auf etwas anderes konzentrieren.

Endlich wurde ihr klar, dass die einzige Möglichkeit zur Tat darin bestand, ihm die gewünschten Fotos zu liefern. Bestimmt würde er den Film aus der Kamera spulen, um ihr den Apparat zurückzugeben.

Es gelang ihr, die gewünschten Aufnahmen zu machen, ohne dass ihr Mann etwas davon merkte.

Am Montagabend fand ein Lichtbildervortrag im Damenklub über die Leistungen der deutschen Entwicklungshilfe statt. Das war für Magdalene Rott günstig.

Dieser Vortrag verschaffte ihr ein Alibi gegenüber ihrem Mann und – wie sie hoffte – auch für den Mord.

Sie erschien pünktlich im Klub, gab sich heiter und unbefangen, grüßte und wurde gegrüßt. Um neun Uhr begann der

Vortrag. Magdalene setzte sich in eine der vordersten Reihen. Das Licht im Saal erlosch.

Nach etwa zehn Minuten flüsterte sie ihren Nachbarinnen zu: »Entschuldigen Sie mich bitte, aber ich gehe doch lieber etwas weiter nach hinten.«

Die rückwärtigen Reihen waren, wie Magdalene berechnet hatte, gut besetzt. Es war nicht auffällig, dass sie sich in eine der letzten setzte, die ganz leer war.

Um halb zehn erhob sie sich lautlos und schlüpfte durch eine Nebentür hinaus. Vorhalle und Vestibül waren wie ausgestorben. Magdalene erreichte ungesehen das Freie.

Zu Fuß lief sie zur Akazienallee. Sie war bemüht, sich möglichst unauffällig zu verhalten, nicht zu langsam und nicht zu schnell zu gehen. Aber als sie das Haus erreichte, in dem Jan Mirsky wohnte, war es noch nicht zehn Uhr.

Magdalene überquerte die Fahrbahn, wich dem Lichtschein einer Laterne aus, beobachtete das Haus von der gegenüberliegenden Seite.

Aus dem Wohnraum Jan Mirskys fiel Licht durch einen schmalen Vorhangspalt auf die Straße. Aber es war nicht zu erkennen, ob er Besuch hatte oder allein war.

Ein junges Mädchen, dessen hohe Absätze auf dem Pflaster klapperten, betrat das Haus. Wenige Sekunden später wurde das Haus von einem Mann verlassen.

Magdalene sah auf ihre Armbanduhr – immer noch drei Minuten bis zehn!

Sie wartete mit steigender Ungeduld. Dann endlich, als eine Kirchenuhr zu schlagen begann, wusste sie, dass sie nun nicht länger zögern durfte.

Sie überquerte noch einmal die Straße, trat in das kalte hohe Treppenhaus, stieg die wenigen Stufen zur Linken hinauf. Halb erwartete sie, dass Jan Mirsky die Tür von innen öffnen würde noch bevor sie geklingelt hatte. Aber nichts dergleichen geschah.

Sie hatte die Hand schon zur Klingel erhoben, als sie entdeckte, dass die Tür nicht geschlossen, sondern nur leicht angelehnt war.

Ohne zu zögern trat sie ein, drückte die Tür hinter sich ins Schloss. Ihr erschien das große Zimmer leer. Ein Sessel wa umgestoßen. Das war das Erste, was Magdalene auffiel. Sie trat einen Schritt näher und sah, was geschehen war.

Jan Mirsky lag zwischen Diwan und Tisch in einer unnatürlich verrenkten Haltung auf dem Boden. Seit Hinterkopf war von einem mächtigen Schlag zerschmettert. Einer der Bronzeleuchter lag auf dem Teppich, als ob der Täter ihn, nachdem es vollführt war, achtlos aus der Hand hätte fallen lasen.

Magdalene stand starr. Sie wagte es nicht, sich dem Toten zu nähern, wagte nicht sich zu rühren. Entsetzen mischte sich in ihrem Herzen mit unendlicher Erleichterung.

Ein anderer hatte ihr die Tat abgenommen!

Dann wurde ihr klar, dass sie nicht eine Sekunde länger hier verweilen durfte. Sie drehte sich um, wollte die Tür aufreißen. Die gab nicht nach.

In panischer Angst glaubte Magdalene eine Sekunde lang, eingesperrt zu sein – eingesperrt mit dem Toten in diesem überladenen Raum, der von einem scharfen und zugleich süßlichen Geruch erfüllt war.

Sie zerrte wild an der Klinke, bis sie begriff, dass sie nur einen kleinen Schnapper drehen musste, um frei zu sein.

Sie öffnete die Tür, spähte in das verlassene Treppenhaus, bevor sie mit mühsam verhaltenen Schritten zurückging.

Später begriff Magdalene nie mehr, woher sie die Beherrschung genommen hatte, in den Klub zurückzukehren, sich unauffällig wieder auf ihren Platz zu setzen und zu warten, bis der Vortrag zu Ende war und die Lichter wieder aufflammten. Sie brachte es sogar fertig, sich noch an der Diskussion zu beteiligen und plauderte mit den anderen Damen. Es war kurz vor zwölf, als sie wieder zu Hause eintraf. Ihr Mann saß noch an seinem Schreibtisch, er hatte auf sie gewartet.

In dieser Nacht schlief sie zum ersten Mal seit langer Zeit wieder tief und traumlos.

Erst am nächsten Morgen fiel ihr ein, dass sie den kleinen Fotoapparat mit den verräterischen Aufnahmen noch immer in ihrer Handtasche hatte. Sie musste beides loswerden, und zwar sobald wie möglich.

Sie verbrannte den Film im Waschbecken und spülte die Asche hinunter. Dann breitete sie eine Zeitung auf dem Boden aus und zerschlug die Kamera mit einem Hammer. Die Reste wickelte sie in eine Zeitung, stopfte alles zusammen in ihre Handtasche.

Am Nachmittag fuhr Magdalene in die Innenstadt. Sie hatte das Problem, wie sie die Reste des Apparats beseitigen könnte, immer noch nicht gelöst.

Sie lief durch die Straßen, ohne den Mut zu einer Entscheidung zu finden. Endlich stopfte sie das zerknüllte Zeitungspapier mit den Splittern in einen der Papierkörbe am Bahnhof. Danach fühlte sie sich besser.

Sie entschloss sich, im Rhein-Café eine Tasse Tee zu trinken und kaufte sich im Vorbeigehen an einem Kiosk eine Abendzeitung.

Magdalene musste an sich halten, die Zeitung erst aufzuschlagen, als sie einen Platz gefunden und ihren Tee bestellt hatte.

Sie fand die Nachricht auf dem Titelblatt:

»Bonner Journalistin unter Mordverdacht!«

Es dauerte eine Sekunde, bis sie diese Schlagzeile mit dem Tod Jan Mirskys in Verbindung brachte. Dann las sie fiebernd, die Zähne in die Unterlippe vergraben:

»Gestern um Mitternacht wurde der polnische Journalist Jan M. in seinem möblierten Appartement in der Akazienallee tot aufgefunden. Der Wohnungsinhaber alarmierte sofort die Funkstreife. Der Tote lag mit dem Gesicht zu Boden, der Hinterkopf war ihm mit einem schweren stumpfen Gegenstand zerschmettert worden. Die Mordkommission, die wenig später erschien, setzte noch in der gleichen Nacht mit der Fahndung nach dem Mörder ein. In den frühen Morgenstunden konnte die Bonner Journalistin Helga G. auf dem Düsseldorfer Flughafen verhaftet werden. Sie hatte einen Flug in die Schweiz gebucht. Helga G., die beim Verlassen der Wohnung des Ermordeten gegen 10 Uhr 30 gesehen worden ist, scheint der Tat dringend verdächtig. Die Kriminalpolizei nimmt an, dass die Journalistin intime Beziehungen zu dem Ermordeten unterhalten hat und die Tat aus Eifersucht, wahrscheinlich im Affekt, geschehen ist. Bisher ist die Verhaftete noch nicht geständig …«

Es folgten Einzelheiten aus dem Leben und der Karriere Helga Gärtners, die Magdalene nicht mehr interessierten.

Sie ließ das Blatt sinken, starrte auf den Strom der Passanten, versuchte mit dem, was da plötzlich auf sie eingestürmt war, fertig zu werden.

Helga Gärtner hatte es nicht getan, aber man hatte sie verhaftet. Sie, Magdalerie Rott, hatte es in der Hand, ihre Unschuld zu beweisen. Aber wenn sie es tat, brachte sie sich selber in größte Gefahr. Nein, es war unmöglich. Das konnte niemand von ihr verlangen. Was also dann? Magdalene sah nur noch einen einzigen Ausweg.

Helga Gärtner saß dem Untersuchungsrichter in einem nüchternen Büro des Bonner Polizeigefängnisses gegenüber. Sie hatte in der vorhergegangenen Nacht kein Auge zugemacht. Sie fühlte sich übernächtig und ungepflegt.

Sie hasste den Untersuchungsrichter, der gut rasiert und in einem blütenweißen Hemd, eine randlose Brille auf der schmalen Nase, vor ihr saß.

»Was wollen Sie eigentlich von mir?« sagte sie, und ihre Stimme klang mehr kläglich als zornig. »Ich habe alles gesagt, was ich weiß. Die Herren von der Kriminalpolizei haben mich schon stundenlang verhört und meine Aussagen zu Protokoll genommen. Warum lassen Sie mich nicht endlich schlafen?«

Dr. Meyer sah auf seine Armbanduhr. »Schon?« sagte er ungerührt. »Es ist ja noch nicht mal sechs Uhr. Wollen Sie etwa behaupten, dass Sie gewöhnlich so früh schlafen gehen?«

»Nein! Aber Sie wissen genau, dass ich in der vorigen Nacht nicht zu Bett gekommen hin.«

»Ist das meine Schuld?«

»Natürlich nicht. Aber bitte, haben Sie doch Verständnis!«

»Aber das habe ich doch durchaus«, sagte Dr. Meyer sehr väterlich. »Der Mann hat Sie verführt, er hat Sie schlecht behandelt, wahrscheinlich hat er Sie sogar beleidigt und zum Äußersten gereizt – da haben Sie den Leuchter genommen und ihm den Schädel zerschmettert.«

»Nein!«

»Aber, aber! Warum versteifen Sie sich darauf, zu leugnen? Die ganze Sache ist doch gar nicht so schlimm, wie es zunächst

aussieht! Wenn Sie einen geschickten Rechtsanwalt haben …
Also: Wie wäre es jetzt endlich mit einem Geständnis?«

Helga Gärtner seufzte tief: »Ich war es nicht.«

»Gut«, sagte Dr. Meyer, »also fangen wir noch einmal von
vorn an: Wo haben Sie den Toten kennen gelernt?«

»Auf dem Presseball in Bad Neuenahr.«

»Wer hat ihn Ihnen vorgestellt?«

»Niemand.«

»Finden Sie nicht selbst, dass das ungewöhnlich ist?«

»Überhaupt nicht. Wir waren ja Kollegen. Da ergibt sich so
etwas.«

»Auch dass Sie sich mit ihm in ein Verhältnis eingelassen haben, hat sich wohl ganz von selbst ergeben?«

»Sie werden lachen: Ja.«

»Worüber kam es dann zum Streit zwischen Ihnen?«

»Wir hatten keinen Streit.«

Jetzt war es an Dr. Meyer, zu seufzen. »Sie machen es mir
wirklich schwer.«

Helga Gärtner strich sich das verklebte Haar aus der Stirn.
»Wenn ich wenigstens eine Zigarette haben könnte …«

»Können Sie.« Dr. Meyer nahm den Hörer seines Tischtele-
fons und sagte: »Bitte, besorgen Sie uns doch eine Tasse Kaffee. Nein, zwei Tassen natürlich!«

Er legte den Hörer auf, schob der Journalistin sein Zigarettenpäckchen über den Schreibtisch zu, reichte ihr Feuer. Aber er
ließ ihr keine Zeit, ein paar ruhige Züge zu tun, sondern fragte:
»Also Sie geben zu, gut mit Mirsky bekannt gewesen zu sein?«

»Das wissen Sie doch längst.«

»Sie waren oft mit ihm zusammen?« Das klang mehr wie eine
Feststellung. So nahm sich Helga Gärtner nicht die Mühe, zu
antworten, sondern nickte nur.

»Sie haben ihn häufig gesehen?«

»Ja, ja, ja!« sagte Helga Gärtner ungeduldig. »Warum müssen
Sie immerzu dasselbe fragen? Ich habe ihn gut gekannt, ich
bin oft mit ihm ausgegangen, er war auch verschiedentlich in
meiner Wohnung. Das alles habe ich doch schon bei der Kriminalpolizei zugegeben. Aber getötet habe ich ihn nicht.«

»Warum haben Sie dann versucht, zu fliehen?«

»Auch das wissen Sie längst: Weil ich die Leiche gefunden habe, weil ich nicht in eine Morduntersuchung hineingezogen werden wollte.«

»Sehen Sie«, sagte Dr. Meyer und lehnte sich in seinem Sessel zurück, »gerade das glaube ich Ihnen nicht. Eine Journalistin, die über eine Leiche stolpert, pflegt anders zu handeln. Normal wäre es doch gewesen, Sie hätten die Polizei angerufen. Können Sie mir einen einzigen plausiblen Grund nennen, warum Sie es nicht getan haben?«

»Ich wollte nicht verdächtigt werden.«

»Wenn Ihr Gewissen rein gewesen wäre ...«

»Ach hören Sie doch auf! Ich weiß, wie die Polizei arbeitet. Wenn sie einen möglichen Täter hat, sucht sie nicht mehr lange nach dem wirklichen.«

Dr. Meyer drückte seine Zigarette aus. »Das glauben Sie ja selbst nicht, Fräulein Gärtner. Wenn mir irgendein verworrenes junges Mädchen mit solch einer Erklärung käme, würde ich sie ihr vielleicht abnehmen. Aber Ihnen nicht.«

Helga zuckte die Achseln. »Vielleicht bin ich verworrener, als Sie denken.«

Helga Gärtner war dankbar, als in diesem Augenblick ein junger Polizist ins Zimmer trat, der zwei dickwandige Tassen mit dampfendem Kaffee auf den Schreibtisch stellte.

»Zucker und Milch sind drin, Herr Doktor«, sagte er.

»Danke.« Der Untersuchungsrichter begann, scheinbar gedankenverloren, in seinem Kaffee zu rühren. »Wer waren die Leute, mit denen Mirsky verkehrte?« fragte er so plötzlich, dass Helga Gärtner, die ihre Tasse schon halb zum Mund erhoben hatte, sie klirrend wieder auf die Untertasse zurücksetzte.

»Er hat mir niemanden vorgestellt, und ich habe darauf gar keinen Wert gelegt.«

»Hat er Ihnen auch niemals etwas Persönliches erzählt?«

»Nein.«

»Fanden Sie das nicht merkwürdig?«

»Nein. Warum?«

»Es steht fest«, sagte Dr. Meyer, ohne Helga Gärtner anzusehen, »dass Sie nicht die einzige Frau waren, mit der Mirsky nun, sagen wir, freundschaftlich verkehrte.«

»Warum verhören Sie dann nicht diese anderen Damen? Ich sagte Ihnen ja, dass er schon tot war, als ich das letzte Mal zu ihm kam.«

»Das werden wir schon noch tun. Aber erst einmal sind Sie an der Reihe. Wie war das also mit Mirskys Frauenbekanntschaften? Sie wussten davon, nicht wahr? Sie waren eifersüchtig!«

In diesem Augenblick begriff Helga Gärtner, worin ihre wirkliche Schuld lag. Sie hatte Jan Mirsky nicht getötet, aber sie hatte ihre Freundin Magdalene Rott verraten. Sie hatte sie um eines Menschen willen im Stich gelassen, vor dem sie ausreichend gewarnt war. Magdalene Rotts letzter Besuch tauchte vor ihrem inneren Auge auf, der Moment, als sie in panischem Entsetzen davongelaufen war. Jetzt erst wurde ihr ganz klar, dass Magdalene Recht gehabt hatte. Sie, Helga Gärtner, hatte Jan Mirsky Material gegen die Freundin zugespielt.

Helga Gärtner wusste, was für Magdalene auf dem Spiel gestanden hatte. Sie glaubte, die Mörderin zu kennen.

»Herr Untersuchungsrichter«, sagte sie plötzlich, »ich möchte die Wahrheit sagen …«

»Ah, wirklich?«

»Ja. Ich habe Jan Mirsky getötet. Er versuchte, mich zum Spionagedienst zu zwingen, hielt mir ein belastendes Dokument vor. Da habe ich die Nerven verloren.«

Sie schlug die Hände vors Gesicht, schluchzte auf – nicht aus Verzweiflung oder Reue, wie der Untersuchungsrichter glaubte, sondern weil die Spannung, die sie in den letzten achtzehn Stunden krampfhaft aufrechterhalten hatte, mit einem Schlag zusammenbrach.

13

Es war ein Zufall, dass Oberst Rott um elf Uhr noch einmal nach Hause zurückkehrte.

Er hatte am Morgen, als er die Wohnung verließ, seiner Frau erklärt, dass sie nicht mit dem Abendbrot auf ihn warten sollte, weil er wahrscheinlich spät mit der Arbeit fertig werden würde.

Inzwischen hatte er alle Pläne ändern müssen. In Hamburg war ein weitläufiger Spionagering ausgehoben worden, und sein Chef hatte ihn dorthin beordert.

Oberst Rott fuhr also noch einmal in seine Wohnung, um seiner Frau Bescheid zu sagen und sich Schlafanzug und Waschzeug mitzunehmen.

Niemand kam ihm entgegen, als er die Wohnungstür aufschloss. Das wunderte ihn nicht. Es war am Abend zuvor spät geworden, und er war ganz damit einverstanden, dass seine Frau sich noch einmal hingelegt hatte.

Auf Zehenspitzen ging er ins Schlafzimmer, nahm sich einen frischen Pyjama aus dem Schrank, rollte ihn zusammen und steckte ihn in seine Aktentasche.

Er hörte die seltsam schweren Atemzüge seiner Frau, schöpfte aber immer noch keinen Verdacht. Als er die Zeitung sah, die von Magdalenes Nachttisch zu Boden geglitten war, hob er sie auf.

Sein Blick fiel auf die Schlagzeile: »*Bonner Journalistin geständig.*« Er las weiter: »*Nach gründlichem Verhör hat Helga G. eingestanden, den Journalisten Jan M. in seiner Wohnung erschlagen zu haben. Sie gibt an, die Wohnung um 22 Uhr 30 betreten zu haben, um …*«

Oberst Rott ließ die Zeitung sinken. Er hatte sie schon am Morgen im Büro gelesen, und es war ihm aufgefallen, dass Magdalene beide Personen, Jan M., mit dem nur Jan Mirsky gemeint sein konnte, und Helga G., hinter der sich zweifellos Helga Gärtner verbarg, kennen musste. Er hatte mit ihr darüber sprechen wollen.

»Magda«, sagte er, »entschuldige, dass ich dich störe …«

Er legte seine Hand auf ihre Schulter, aber sie reagierte nicht.

»Na, na, na«, sagte er mit leichtem Spott, »so müde kann man doch gar nicht sein!« Er setzte sich auf die Bettkante, versuchte den Körper seiner Frau zu sich herumzudrehen. Er war seltsam schwer und ohne Spannkraft. »Magda!« rief er und strich ihr das Haar aus dem Gesicht. »Warum …«

Jetzt erst merkte er, dass etwas nicht in Ordnung war. Tiefe Schatten lagen unter ihren Augen, ihre Haut war blutleer. Sie röchelte schwer …

»Magda!« rief er beunruhigt. »Magda!«

Er warf einen Blick auf den Nachttisch, sah das Wasserglas und das leere Tablettenröhrchen.

Von einer Sekunde zur anderen hatte er begriffen.

Er ließ den Kopf seiner Frau in die Kissen zurückfallen, ging mit raschen Schritten in sein Arbeitszimmer und zum Telefon, alarmierte die Unfallstation der nahen Klinik. Danach rief er seinen Vorgesetzten im Amt an und bat, einen anderen Beamten nach Hamburg zu schicken.

Dann begannen die schrecklichen Minuten des Wartens, in denen er gar nichts mehr tun konnte.

Ein einziger Gedanke bohrte in seinem Hirn: Warum? Warum hatte sie das getan? Warum wollte sie ihn verlassen?

An dem Tag, als die Schlagzeilen der Zeitungen Helga Gärtners Geständnis in die Welt hinausschrien, hatte Kriminalinspektor Liebknecht, der in seinem Ressort die Untersuchung des Mordfalls Jan Mirsky leitete, eine Besprechung mit dem Untersuchungsrichter.

»Zigarette?« fragte Dr. Meyer und schob ihm sein Päckchen über den Tisch zu. »Ach, entschuldigen Sie, ich vergaß, Sie sind Zigarrenraucher.«

»Wenn ich mir eine ins Gesicht stecken dürfte …«

»Nur zu! Ich merke schon, Sie haben mir einiges zu erzählen.«

Kriminalinspektor Liebknecht holte sein Zigarrenetui aus der Brusttasche, wählte einen der kleinen braunen Stumpen, steckte ihn umständlich in Brand. »Leider ja, Herr Doktor!«

»Wieso leider?« Dr. Meyer hatte sich eine Zigarette angezündet.

»Na ja, der Fall sah doch so abgeschlossen aus. Totschlag, Motiv Eifersucht. Eine runde Sache.«

»Wenn ich ehrlich sein soll, Herr Kriminalinspektor – mir ging alles von Anfang an zu glatt. Die Freundin des Ermordeten flieht, wird noch in derselben Nacht geschnappt und gesteht. Ein Fall wie aus einem Lehrbuch für Kriminalanwärter.«

Kriminalinspektor Liebknecht nahm seine Zigarre aus dem Mund. »Freut mich, dass Sie es so sehen«, sagte er. »Tatsächlich ergeben sich neue Aspekte.«

Der Untersuchungsrichter lehnte sich im Sessel zurück. »Lassen Sie hören.«

»Also: wir haben, wie Sie wissen, im Safe des Getöteten einen altmodischen Schmuck gefunden, Ring, Kette, Armband. Interessanterweise befanden sich die dazugehörigen Ohrringe im Besitz der Gärtner ...«

»Gut, das war bekannt«, sagte der Untersuchungsrichter. »Die Gärtner behauptete, er habe ihr die Ohrringe geschenkt und gesagt, es handle sich um Erbschmuck seiner Familie.«

»Sehen Sie«, fuhr Kriminalinspektor Liebknecht fort, »und an diesen Erbschmuck konnte ich nicht recht glauben. Ich habe deshalb zwei meiner Leute zu den Juwelieren geschickt und Erkundigungen über diesen Schmuck eingeholt.« Kriminalinspektor Liebknecht zog heftig an seiner Zigarre. »Meine Leute machten eine wirklich hochinteressante Entdeckung: Der Schmuck – der komplette Schmuck wohlgemerkt – ist oder war vielmehr bis zu seiner Übergabe an Mirsky Eigentum einer Frau Magdalene Rott. Der Juwelier – er heißt übrigens Schneider – ist bereit, das zu beschwören.« Der Kriminalinspektor legte eine kleine Kunstpause ein.

»Weiter!« drängte der Untersuchungsrichter. »Ich sehe Ihnen doch an, dass das noch nicht alles ist.«

»Ich hielt es daraufhin für angebracht, mich mal ein bisschen näher mit der Frau Magdalene Rott zu beschäftigen. Ich brachte dabei heraus, dass sie eine Freundin, zumindest aber eine Bekannte der verhafteten Helga Gärtner ist.« Inspektor Liebknecht sah den Untersuchungsrichter gespannt an.

Aber Dr. Meyer sagte nichts als: »Immer weiter, Herr Kriminalinspektor! Sie bringen mich nicht dazu, voreilige Schlüsse zu ziehen.«

Der Kriminalinspektor verbarg ein kleines selbstgefälliges Lächeln hinter der Hand. »Diese Frau Magdalene Rott ist Gattin eines Oberst Herbert Rott, der in einer Vertrauensstellung im Verteidigungsministerium, Abteilung Feindabwehr, arbeitet.«

Der Untersuchungsrichter bewegte witternd die Flügel seiner schmalen Nase. »Das riecht nach Erpressung – Spionage und Erpressung.«

»Genau. Ich freue mich, dass Sie denselben Eindruck von der Geschichte haben wie ich.«

»Man müsste …«, begann der Untersuchungsrichter.

Aber der Kriminalinspektor fiel ihm ins Wort. »Entschuldigen Sie, es geht noch weiter! Ich habe mir ein Bild von dieser Magdalene Rott besorgt – auffallend schöne Frau übrigens – und habe es den Hausbewohnern in der Akazienallee vorgelegt. Ohne Ergebnis. Dann habe ich mein Glück bei den Bewohnern der gegenüberliegenden Häuser versucht. Und dabei kam ich zu einem sehr interessanten Ergebnis. Eine Frau Mägerlein, die im Haus gegenüber wohnt, will in der Mordnacht Magdalene Rott am Tatort gesehen haben. Und zwar – jetzt halten Sie sich fest – wenige Minuten vor zehn Uhr.«

Untersuchungsrichter Dr. Meyer nahm diese sensationelle Neuigkeit entgegen, ohne eine Miene zu verziehen. »Das kann eine entscheidende Entlastung für die Journalistin bedeuten. Die Gärtner blieb ja anfangs hartnäckig dabei, Mirsky sei schon tot gewesen, als sie die Wohnung betrat …«

Kriminalinspektor Liebknecht beugte sich vor. »Jedenfalls werden Sie begreifen, dass ich Sie um Ausstellung eines Haftbefehls bitten muss.«

»Für diese Magdalene Rott?« Der Untersuchungsrichter rückte unbehaglich seine Krawatte zurecht.

»Ja. Ich halte sie für hinreichend verdächtig …«

»Nun mal langsam!« Dr. Meyer hob abwehrend die Hand. »Ich würde Ihnen ja gern den Gefallen tun, aber ich halte das im gegenwärtigen Moment – sagen wir – zumindest für verfrüht.«

»Aber …«

»Nun bin ich an der Reihe, mein Lieber. Diese Magdalene Rott ist doch unzweifelhaft eine Dame der Gesellschaft. Das soll nicht heißen, dass sie die geringste Rücksicht zu erwarten hätte, wenn sie tatsächlich schuldig wäre. Aber dessen können wir ja durchaus nicht sicher sein. Tatsache ist lediglich, dass sie Jan Mirsky am Abend der Tat aufgesucht hat. Woher aber wollen Sie, wissen, dass er nicht noch lebte, als sie ihn verließ?«

»Die Gärtner hat anfangs immer wieder erklärt …«

150

»Aber das haben wir ihr nicht geglaubt, und daraufhin hat sie sich zu einem Geständnis bequemt.«

»Aber doch nur, um ihre Freundin zu decken!«

»Vielleicht – vielleicht auch nicht. Hüten wir uns vor voreiligen Schlüssen.«

Kriminalinspektor Liebknecht nahm seine Zigarre aus dem Aschenbecher und versuchte, sie noch einmal anzuzünden. »Was, denken Sie, soll nun weiter geschehen?« fragte er.

»Für ein Gespräch«, der Untersuchungsrichter betonte dieses Wort, »für ein Gespräch mit dieser Magdalene Rott besteht Anlass genug. Suchen Sie sie auf. Klopfen Sie bei ihr auf den Busch.«

»Das habe ich schon versucht.«

Jetzt wurde Dr. Meyer ärgerlich. »Und das sagen Sie mir erst jetzt?«

»Ich habe es ja nicht geschafft. Die Rott hat einen Selbstmordversuch hinter sich und wurde in die psychiatrische Abteilung der Bonner Frauenklinik eingeliefert.« Er nahm die Zigarre aus dem Mund, fuchtelte damit herum. »Übrigens ist das meiner Meinung nach ganz bezeichnend. Flucht vor der Verantwortung! Nichts weiter.«

»Um so behutsamer müssen wir vorgehen. Ich habe das Gefühl, wir ahnen nicht einmal, was hinter der ganzen Sache steckt. Wenn unser Verdacht stimmt, war Mirsky ein Spion. Untersuchen Sie den Fall mal aus diesem Aspekt.«

»Das hatte ich sowieso vor ...«

»Und bitte nichts von der neuen Entwicklung der Dinge an die Presse. Es ist ganz günstig, dass wir das Geständnis der Gärtner haben, damit gilt der Fall offiziell als abgeschlossen.«

Der Psychiater Dr. Schneebohm vertrat Kriminalinspektor Liebknecht und seinem Assistenten den Weg zum Krankenzimmer.

»Sie können die Patientin jetzt nicht sprechen«, sagte er mit Nachdruck.

»Wann denn?« fragte der Kriminalinspektor.

»In zwei, drei Wochen – vielleicht.«

Kriminalinspektor Liebknecht schnaubte durch die Nase.
»Hören Sie, ich lasse mich nicht zum Narren halten! Es geht um Mord!«
»Frau Rott hat nichts damit zu tun.«
»Und woher wollen Sie das wissen?«
»Einem guten Psychiater gegenüber ist der Patient aufrichtig.«
»Ach wirklich? Sind Sie so sicher?«
Dr. Schneebohm lächelte. »Völlig.«
»Und wie wollen Sie beurteilen, ob man Sie nicht anlügt?«
»Herr Kriminalinspektor, erlauben Sie mir eine Gegenfrage: Woher wollen Sie wissen, dass Ihre Klienten Ihnen die Wahrheit sagen?«
»Das können wir überprüfen. Wir stützen uns nicht nur auf Zeugenaussagen, wir vergleichen sie mit den Tatsachen.«
»Das klingt nach einer unfehlbaren Methode. Das Geständnis der Journalistin muss doch mit den Tatsachen übereingestimmt haben, sonst ...«
Der Inspektor lief rot an. »Kümmern Sie sich nicht um unsere Methoden!«
»Nichts läge mir ferner, wenn Sie nicht versuchen wollten, meine Methoden zu kritisieren. Sie mögen für Ihre Morduntersuchungen verantwortlich sein. Ich bin es für meine Patienten.«
Der Kriminalinspektor fuhr sich mit dem Zeigefinger in den Hemdkragen, als ob der ihm plötzlich zu eng geworden wäre »Hören Sie, Herr Doktor«, sagte er in verändertem Ton, »können wir uns irgendwo in Ruhe unterhalten?«
Der Psychiater sah auf seine Armbanduhr. »Na schön«, sagte er nicht gerade liebenswürdig.
Er führte seine beiden Besucher in sein Arbeitszimmer. Dor setzte er sich hinter seinen breiten Schreibtisch, Kriminalin spektor Liebknecht nahm ihm gegenüber Platz, dessen Assi stent holte sich einen Stuhl aus der Ecke.
»Ich möchte Ihnen natürlich keine Ungelegenheiten machen« eröffnete der Kriminalinspektor das Gespräch. »Wenn Si wirklich glauben, dass Ihre Patientin noch schonungsbedürfti ist ...«
»Mehr als das. Sie ist schwer krank.«

»Na ja, immerhin – Sie müssen doch zugeben, dass es sich um keine organische Krankheit handelt.«

»Das eben macht den Fall so schwierig. Sehen Sie, Herr Inspektor, eine kranke Gallenblase kann man herausoperieren. Den Magen kann man verkleinern. Den Darm kann man künstlich verlängern – kurzum, es gibt fast nichts, was die moderne Chirurgie nicht vermöchte. Wir Seelenärzte haben es da entschieden schwerer. Die Patientin hat jahrelang in einer Spannungssituation gelebt, der sie seelisch nicht gewachsen war.«

»Ich verstehe durchaus«, sagte der Kriminalinspektor. »Im Übrigen sollte ich Ihnen ja von Anfang an klar machen, dass ich keineswegs auf einem Verhör der Patientin bestehe.«

»Sie würden auch nicht viel davon haben«, sagte Dr. Schneebohm. »Die Patientin steht sehr stark unter dem Einfluss von Medikamenten.«

»Mir genügt, wenn Sie sagen, was Sie über den Fall wissen.«

»Ich bin kein Kriminalist.«

»Natürlich nicht. Aber Sie haben doch eben fest behauptet, dass Frau Rott unschuldig sei …«

»Dessen bin ich ganz sicher!«

»Dann werden Sie auch verstehen, dass ich gern etwas mehr hören möchte.«

»Mehr – was?«

»Über die Zusammenhänge.« Der Kriminalinspektor beugte sich vor. »Bitte, weichen Sie mir jetzt nicht aus! Wir wissen, dass Jan Mirsky die Rott erpresst hat. Womit? Sie wissen es, Herr Doktor!«

Der Psychiater schwieg.

»Sie erklären uns, dass sie mit dem Tod des Mannes nichts zu tun hat. Aber wir wissen, dass sie in der Mordnacht bei ihm war, und zwar vor Helga Gärtner. Was wollte sie bei ihm? Lebte er noch, als sie ihn verließ?«

»Herr Kriminalinspektor, ich kann Ihnen nicht helfen. Sie wissen so gut wie ich, dass ich an mein Berufsgeheimnis gebunden bin.«

»Hier geht es um Mord!«

»Mit dem die Patientin nichts zu tun hat. Aber auch wenn es anders wäre, dürfte ich nicht sprechen.«

Kriminalinspektor Liebknecht erhob sich. »Sie wollen uns also nicht unterstützen?«

»Ich kann es nicht.«

»Sehr bedauerlich. Dann muss ich auf einem Gespräch mit der Patientin bestehen.«

Auch Dr. Schneebohm stand auf. »Das kann ich nicht zulassen.«

»Ich bin ermächtigt …«

»Und ich bin für die Patientin verantwortlich!«

Der Kriminalinspektor wandte sich zur Tür. »Ich werde Sie dieser Verantwortung entheben.«

»Wie wollen Sie das tun?«

Jetzt wandte sich Kriminalinspektor Liebknecht noch einmal zu Dr. Schneebohm um. »Indem ich Magdalene Rott verhaften lasse.«

Die erwartete Reaktion blieb aus. »Das ist Ihr gutes Recht«, sagte der Psychiater ruhig.

»Sie haben also nichts dagegen einzuwenden?«

»Zeigen Sie mir Ihren Haftbefehl, und Sie können die Patientin sofort mitnehmen. Ich habe Sie mit allem Nachdruck darauf hingewiesen, dass Sie mit einem solchen Schritt Gesundheit und Leben der Patientin gefährden …«

»Sie zwingen mich dazu.«

»Im Gegenteil, ich beuge mich dem Zwang.«

Die beiden Männer standen sich sekundenlang schweigend gegenüber.

Dann sagte der Kriminalinspektor: »Ich glaube, ich könnte Ihnen einen anderen Vorschlag machen …«

Am folgenden Nachmittag erschien die Journalistin Helga Gärtner in der psychiatrischen Abteilung der Bonner Frauenklinik. Sie kam nicht allein, sondern in Begleitung des Kriminalinspektors. Aber er blieb wartend auf dem Gang stehen, als sie das Krankenzimmer Magdalene Rotts betrat.

Magdalene Rott hatte nach einem langen Schlaf eine Kleinigkeit gegessen und eine Tasse Kaffee getrunken. Ihr zartes Gesicht war von durchscheinender Blässe. Sie saß aufrecht im Bett und ließ sich von einer Schwester das schöne Haar bürsten, als die Tür sich öffnete.

»Helga – du?« sagte Magdalene maßlos überrascht.

Die Journalistin kam näher. »Ich musste nach dir sehen, Magda …«

»Bist du denn nicht mehr verhaftet?« fragte Magdalene Rott, schwankend zwischen Zweifel und Erleichterung.

Helga Gärtner lächelte. »Ich glaube, den Herren sind doch einige Bedenken über meine Schuld gekommen.«

»Mein Gott, bin ich froh!« Magdalene Rott ergriff die Hand der anderen.

»Aber ich stehe immer noch in Verdacht.« Helga Gärtner zog sich einen Stuhl heran. »Wenn du mir helfen würdest. Du warst doch vor mir bei Mirsky.«

»Ja«, sagte Magdalene Rott leise, »ja, das stimmt.« Sie sah die Freundin an. »Aber ich habe ihn nicht getötet. Er war schon tot, als ich …« Sie schlug die Hände vors Gesicht. »Ach, Helga, es war entsetzlich!«

Helga Gärtner streichelte beruhigend ihren Arm. »Ich weiß, Liebes, ich weiß.«

Magdalene Rott ließ die Hände sinken; ihr Blick war voll Verzweiflung. »Ich hätte sofort zur Kriminalpolizei gehen und sagen müssen, dass ich vor dir dort war. Ich hätte es tun müssen! Aber ich habe es einfach nicht fertig gebracht. Ich hatte solche Angst, dass alles herauskäme.«

»Es war meine Schuld …«

»Deine?«

»Ja, ich habe nicht verstanden, was Mirsky für ein Mensch war. Ich habe dich im Stich gelassen. Ich habe dich verraten, anstatt dich zu beschützen.«

»Du warst ihm nicht gewachsen.«

»Er hat mich verrückt gemacht. Ich weiß nicht, wie er es fertig gebracht hat, aber ich stand einfach in seinem Bann, bis …« Sie stockte.

»Hat er dich auch erpresst?«

»Er hat es versucht. Er wollte, dass ich ihm militärische Geheimnisse verrate.«

Magdalene Rott seufzte tief »Ich sollte Unterlagen fotografieren, Unterlagen, die mein Mann zur Bearbeitung mit nach Hause nahm …«

»Und du hast es getan?« Helga Gärtner warf unwillkürlich einen Blick auf die Krankenschwester, die sich im Hintergrund des Zimmers zu schaffen machte.

»Ich habe ihm nichts davon gegeben. Ich hätte es niemals getan. Eher hätte ich ihn – getötet.«

»Magdalene«, sagte Helga Gärtner, »ich weiß, dass du unschuldig bist. Ich weiß es genau. Aber die Kriminalpolizei – diese Leute werden sich nicht zufrieden geben. Sie werden herausbringen, was geschehen ist. Du musst die Wahrheit sagen.«

Magdalenes eben noch offenes Gesicht verschloss sich. »Das kann ich nicht.«

»Magdalene, du musst!«

»Du weißt genau, dass ich es nicht kann. Warum quälst du mich so?«

»Begreifst du denn nicht, Magda? Ich habe ein Geständnis abgelegt, nur um dich zu schützen. Ich wäre dabei geblieben, wenn es dir etwas hätte nützen können. Aber es ist zu spät. Sie wissen zu viel. Sie werden alles herausbringen, wenn du nicht endlich dein verhängnisvolles Schweigen brichst.«

Magdalene wandte den Kopf auf dem Kissen. »Dann – ist – es zu Ende«, sagte sie mühsam.

»Du brauchst ja nichts der Polizei zu sagen«, drängte Helga Gärtner. »Sprich mit deinem Mann. Ganz offen! Erkläre ihm, wie alles gekommen ist.«

»Er wird es mir nie verzeihen.«

Die Journalistin fasste Magdalene an den Schultern. »Aber darauf kommt es doch gar nicht mehr an, Magda! Du musst deinem Mann die Chance geben, seine Karriere zu retten, das Schlimmste zu verhüten.«

Magdalene öffnete groß die Augen, deren Bläue von den tiefen Schatten, die unter ihnen lagen, noch unterstrichen wurde. »Ich weiß, dass du es gut mit mir meinst, Helga«, sagte sie müde. »Aber ich muss durchhalten. Meine Kinder haben nur einen einzigen Schutz: mein Schweigen. Solange sie nichts wissen, sind sie glücklich.«

»Aber dein Mann wird glauben, du hast ihn mit Jan Mirsky betrogen!«

Magdalenes Lächeln war verzweiflungsvoll. »Ich kann es ihm nicht übel nehmen.«

Helga Gärtner machte einen letzten Versuch. »Man wird mich verurteilen!«

»Sagtest du nicht, dass du aus der Haft entlassen bist?«

»Ja. Aber alle meine Schritte werden überprüft.«

Magdalenes Augen weiteten sich. »Sie wissen also auch, dass du hier bist?«

»Vielleicht ...«

»Sie haben dich als Spitzel geschickt! Leugne nicht, Helga, jetzt durchschaue ich alles. Du bist gekommen, um mich auszuhorchen!«

»Aber, Magda! Was redest du dir da ein? Was gibt es, was ich von dir nicht schon wusste? Ich brauche ja nur zu sprechen – das zu sagen, was ich weiß ...«

»Wirst du es tun?« Magdalene umklammerte die Hand der anderen.

»Ich muss es, wenn du dich nicht endlich entschließt, die Wahrheit zu sagen.«

»Das darfst du nicht, Helga! Hörst du, das darfst du nicht!« Magdalenes Stimme schlug vor Erregung über. »Du hast mich schon einmal verraten, ein zweites Mal darfst du es nicht tun.« Eine ungesunde Röte war ihr in Wangen und Stirn gestiegen.

»Ich bitte dich, reg dich doch nicht so auf, Magda«, sagte Helga Gärtner erschrocken.

»Wirst du mir versprechen, dass du ...«

»Wenn du nicht redest, muss ich es tun. Verstehst du denn nicht?«

»Das hätte ich mir denken können!« Magdalene keuchte. »Du bist niemals meine Freundin gewesen, niemals! Du hast mir meine erste Liebe nicht gegönnt – damals. Und später warst du neidisch auf mein Glück, meinen Mann, meine Familie, meine gesellschaftliche Stellung. Du hast immer nur auf den Moment gewartet, mich zu vernichten.«

Die Schwester war mit wenigen Schritten am Krankenbett. »Aber gnädige Frau, ich bitte Sie, beruhigen Sie sich! Warten Sie, ich werde Ihnen eine Spritze geben!« Sie streifte die Bett-

decke zurück, stach mit einer geschickten Bewegung die Hohl-
nadel in den Oberschenkel der Patientin. Zu Helga Gärtner
gewandt, sagte sie: »Es ist besser, wenn Sie jetzt gehen. Der
Herr Doktor wird ungehalten werden, wenn er erfährt …« Sie
zog die Nadel wieder heraus, bettete Magdalene Rott behutsam. Die Patientin lag jetzt entspannt, mit geschlossenen Au-
gen. »Helga«, murmelte sie, »bitte, geh nicht!«
»Aber Sie brauchen jetzt Ihre Ruhe, gnädige Frau«, mahnte die
Schwester.
»Noch einen Augenblick, bitte! Komm näher, Helga, ich – ich
werde plötzlich so müde.«
Helga Gärtner trat ganz dicht ans Krankenbett, beugte sich zu
Magdalene nieder. »Ja?«
»Verzeih mir, was ich vorhin gesagt habe. Ich weiß selber
nicht, wie ich …«
»Schon gut, Magda, mach dir deswegen keine Gedanken. Du
bist nervös, das ist alles.«
Magdalene sah die Journalistin mit einem seltsam verschwom-
menen Blick an, der von weither zu kommen schien. »Du ver-
sprichst mir, dass du schweigen wirst? Nicht wahr, du versprichst es mir?«
»Ja, Magda«, sagte Helga Gärtner ruhig. »Ja, ich verspreche es
dir.«
»Ach, das ist gut!« Magdalenes Lider fielen über die schlaftrun-
kenen Augen.
Helga Gärtner schlich auf Zehenspitzen hinaus.
Magdalene konnte nicht sehen, dass Kriminalinspektor Liebknecht sie draußen in Empfang nahm.

14

Oberst Rott kam gegen neun Uhr abends nach Hause.
Er hatte einen anstrengenden Tag im Amt hinter sich.
Er war zweimal an diesem Tag zur Frauenklinik gefahren, hatte versucht, zu Magdalene vorzudringen. Aber es war ihm
nicht gelungen. Dr. Schneebohm hatte erklärt, dass die Patientin einen Rückfall erlitten hätte und noch hermetischer als zuvor gegen jede Berührung mit der Außenwelt abgeschirmt
werden müsste.

Oberst Rott war ein ruhiger, kühl denkender Mann. Jetzt zum ersten Mal in seinem Leben spürte er, dass er nahe daran war, die Nerven zu verlieren. Er fühlte sich wie von einem undurchdringlichen Dunkel umgeben, das, wenn er auch vorstieß, nachgab wie schwarze Watte.

Er war so in seine Gedanken versunken, dass er die Frau nicht einmal sah, die im Dämmerlicht des Hausflurs auf ihn wartete. Er zuckte zusammen, als sie ihn ansprach.

»Oberst Rott?«

»Was wollen Sie von mir?« fragte er schärfer, als er beabsichtigt hatte.

»Ich bin Helga Gärtner.«

»Ach ja, ich erinnere mich, entschuldigen Sie bitte.«

»Ich warte seit fast zwei Stunden auf Sie. Ich muss Sie sprechen.«

»Bitte, kommen Sie herein.«

Oberst Rott schloss die Wohnungstür auf und ließ die Journalistin ablegen. Sie trug einen hellen Regenmantel über einem rostfarbenen Kostüm, ein maisgelbes Kopftuch um das dunkle Haar geschlungen.

Er führte sie in das antik eingerichtete Wohnzimmer, das aufgeräumt und dennoch ungepflegt wirkte. Die Abwesenheit der Hausfrau war sehr deutlich.

Helga Gärtner setzte sich, nahm den Kognak und die Zigarette an, die Oberst Rott ihr bot, schlug die Beine übereinander.

»Ich bin heute Morgen aus der Untersuchungshaft entlassen worden«, eröffnete sie die Unterhaltung.

»Ja, ich weiß«, sagte er zerstreut.

»Das wissen Sie schon?«

Er lächelte nicht über ihr Erstaunen. »Die Abwehr ist an der Aufklärung des Mordfalls Mirsky beteiligt.«

»Dann sind Sie wohl auch darüber informiert, dass ich heute Morgen mit Ihrer Frau gesprochen habe.«

»Das allerdings nicht«, sagte er plötzlich sehr interessiert. »Hat der Psychiater das denn zugelassen?«

»Es war wohl eine Abmachung zwischen Kriminalinspektor Liebknecht und Dr. Schneebohm. Ein Versuch, etwas aus Magda herauszubringen, ohne sie allzu sehr zu erschrecken.«

»Und – ist es Ihnen gelungen?«

»Ja, sie war in der fraglichen Nacht bei Mirsky.«

»Also doch!« sagte Oberst Rott erschüttert.

»Daran hatte ich gar nicht gezweifelt. Viel wichtiger ist: er war schon tot, als sie kam!«

»Aber weshalb war sie denn überhaupt bei ihm?«

»Weil er sie erpresst hat. Sie sollte Unterlagen fotografieren, die Sie zur Bearbeitung mit nach Hause genommen hatten, Herr Oberst – sie hat es nicht getan«, erklärte Helga Gärtner mit Nachdruck. »Ich dachte, das sollten Sie erfahren.«

»Ja, natürlich, das klingt ganz beruhigend.« Auf Oberst Rotts hoher kluger Stirn bildete sich eine steile Falte. »Aber womit hatte er sie überhaupt in der Hand? Wie konnte er sie in seine Wohnung locken?«

»Magdalene hat mir das Versprechen abgenommen, nichts darüber zu sagen …«

»Aber Herrgott noch mal!« Oberst Rott war nahe daran, trotz seiner äußeren Ruhe die Fassung zu verlieren.

»Ich werde jetzt sprechen«, sagte Helga Gärtner sehr beherrscht, »denn ich glaube, dass Magda nur dadurch zu helfen ist …«

Evelyn und Hans Hilgert begrüßten Oberst Rott arglos.

»Wie schön, dass du mal zu uns kommst, Papa!« rief Evelyn, stellte sich auf die Zehenspitzen und küsste ihren Vater auf beide Wangen. »Geht es Mama jetzt schon besser?« Dann, mit plötzlichem Erschrecken, fügte sie hinzu: »Es ist doch nichts passiert?«

»Nein, nein«, sagte Oberst Rott. »Macht euch nur keine Gedanken.«

»Das sagst du so leicht!« Evelyn hängte sich bei ihrem Vater ein und führte ihn in das winzige Wohnzimmer. »Wir waren wie vor den Kopf geschlagen, als wir erfuhren … Was hat sie bloß dazu getrieben?«

»Ein Nervenzusammenbruch.«

»Ja, das habe ich Hans auch gesagt. Die arme Mama war ja immer schon schrecklich nervös. Kann man sie endlich besuchen?«

»Noch nicht. Der Arzt sagt, dass sie möglichst viel Ruhe braucht, keine Störungen ...«

»Aber ich bin doch ihre Tochter! Ich würde sie bestimmt nicht stören.«

»Es wäre auch besser für dich, Evi«, sagte Hans Hilgert, der seit der Begrüßung geschwiegen hatte. »Deine Mama ist doch in den besten Händen, nicht wahr, Vater?«

»Ja, das glaube ich auch«, sagte der Oberst zögernd. Er sah in die klaren Gesichter der jungen Leute und begriff, dass alles noch viel schwerer sein würde, als er es sich vorgestellt hatte.

»Wie geht es der kleinen Karina?« fragte er, um Zeit zu gewinnen.

Evelyn strahlte. »Sie gedeiht prächtig, Papa. Willst du sie sehen? Leider schläft sie schon, und ich möchte sie nicht gern wecken. Aber wenn du ...«

Oberst Rott winkte ab. »Lieber nicht, Evelyn, ich schau sie mir nachher in ihrem Bettchen an, wenn ich gehe.«

»Sie ist ein goldiges Geschöpf«, sagte Evelyn begeistert. »Aber das nächste Mal soll's bestimmt ein Junge werden!«

»Na, bis dahin hat's ja wohl noch ein bisschen Zeit«, sagte Oberst Rott unbehaglich.

Evelyn lächelte ihren Mann an. »Sollen wir es Papa verraten?«

»Ich denke, das hast du schon getan«, sagte Hans Hilgert trocken.

Oberst Rott glaubte seinen Ohren nicht zu trauen »Ich verstehe nicht ...«

»Aber Papa, ist denn das so schwer zu verstehen?« rief Evelyn. »Ich erwarte wieder ein Baby. Gestern war ich beim Arzt und habe es erfahren. Meinst du nicht auch, dass das eine gute Botschaft für Mama wäre?«

»O ja, sicher«, sagte Oberst Rott und hatte das Gefühl, als ob ihm der Boden unter den Füßen weggezogen würde.

»Was machst du denn für ein Gesicht? Freust du dich gar nicht?« fragte Evelyn. »Du hast dir doch immer einen Jungen gewünscht, sei ehrlich! Jetzt werde ich dir einen Enkelsohn schenken.

»Natürlich freue ich mich«, sagte Oberst Rott gequält. »Nur du musst mir verzeihen, Liebes, das kommt für mich ein bisschen überraschend.«

161

»Ja, hast du denn geglaubt, wir würden uns mit einem Kind zufrieden geben? Bitte, Hans, geh jetzt in die Küche und hol die Flasche Wein aus dem Kühlschrank. Ich möchte mit euch auf den neuen Erdenbürger und auf Mamas Gesundheit anstoßen.«

»Sei mir nicht böse, Evelyn«, sagte Oberst Rott rasch, »aber so lange kann ich nicht bleiben.«

»Du wirst uns doch nicht gleich wieder verlassen wollen?«

»Evelyn«, sagte Hans Hilgert, »merkst du denn nicht, dass dein Vater uns offenbar etwas Ernstes zu sagen hat?«

Oberst Rott sah den jungen Mann überrascht an. »Wie kommst du darauf?«

»Du brauchst keine Rücksicht auf Evelyn zu nehmen«, sagte Hans Hilgert. »Ich habe schon mit ihr darüber gesprochen, nur will sie mir nicht glauben.«

»Möchtest du dich nicht etwas deutlicher ausdrücken?«

»Papa«, sagte Evelyn mit einem Lächeln, das die eigene Unruhe überspielen sollte, »stell dir vor, Hans bildet sich ein, Mamas – nun ja – Nervenzusammenbruch hätte etwas mit dem Mord an diesem Mirsky zu tun. Weil Mama doch mit der Journalistin, die dann verhaftet worden ist, befreundet war.«

»Es ist alles so zusammengekommen«, sagte Hans Hilgert fast entschuldigend. »Die Nachricht von dem Mord, die Verhaftung dieser Journalistin und Mamas Selbstmordversuch.«

»Das ist aber doch alles bloß Zufall«, behauptete Evelyn.

»Nein.« Oberst Rott suchte nach Worten. »Hans hat Recht. Mama kannte Jan Mirsky. Sie war sogar in der Mordnacht in seiner Wohnung ...«

Evelyn sprang auf. »Das ist nicht wahr!«

»Doch. Sie hat es selbst zugegeben.«

»Soll das heißen – sie hatte ein Verhältnis mit ihm?« Evelyns Augen weiteten sich vor Entsetzen.

»Aber nein, wo denkst du hin!« versicherte ihr Vater.

»Warum war sie denn dort? Mitten in der Nacht?«

»Es war nicht später als jetzt. Sie hatte etwas mit ihm zu besprechen. Als sie hinkam, war er tot. Da hat sie die Nerven verloren.«

»Aber dann hätte sie doch die Polizei anrufen können und ...«

»Natürlich hätte sie das tun sollen. Aber sie war einfach nicht dazu imstande. Begreifst du das nicht?«

»Nein. Wovor hatte sie denn Angst, wenn sie nichts getan hatte?«

»Mein Gott, Evelyn«, schaltete sich Hans Hilgert ein, »sie fürchtete eben, in eine unangenehme Untersuchung verwickelt zu werden. Sie war der Situation einfach nicht gewachsen.«

»Ja, so war es«, sagte Oberst Rott. »Ich dachte, ihr solltet das auch wissen.« Er erhob sich. »Und jetzt muss ich leider gehen.«

»Willst du denn nicht Karina noch anschauen?« sagte Evelyn und erhob sich ebenfalls.

»Doch natürlich!« Oberst Rott war froh, dass Evelyn schon wieder an ihr Töchterchen dachte.

Er tat ihr den Gefallen, folgte ihr ins Kinderzimmer, bewunderte das Baby gebührend, bevor er sich verabschiedete.

Erst als er schon die Treppen hinunterschritt, wurde ihm klar, dass er nicht die Hälfte von dem gesagt hatte, was ihm auf dem Herzen brannte.

Er hatte es nicht über sich gebracht. Sein Wunsch, Evelyn und ihr ungeborenes Kind zu schützen, war zu stark gewesen.

Er hatte sein Auto, das er unter der nächsten Laterne geparkt hatte, noch nicht erreicht, als er eilige Schritte hinter sich hörte. Er drehte sich um und sah seinen Schwiegersohn, der ihm nacheilte.

»Papa«, rief er gedämpft, »bitte, ich muss mit dir sprechen.«

Oberst Rott blieb stehen und wartete, bis der junge Mann herangekommen war.

»Du hast uns nicht die ganze Wahrheit gesagt, nicht wahr, Vater?« stieß Hans Hilgert atemlos hervor.

»Du hast Recht«, sagte Oberst Rott sehr ernst. »Ich fürchtete, dass Evelyn sie nicht ertragen hätte.«

Auch als Oberst Rott längst abgefahren war, brachte es Hans Hilgert nicht über sich, nach Hause zu gehen.

Fast zwei Stunden lang lief er durch die nächtlichen Straßen von Köln und versuchte, mit seinen verwirrten Gedanken und Gefühlen fertig zu werden. Aber er konnte sich nicht abfinden. Die Situation, vor die er gestellt worden war, raubte ihm fast den Verstand. Schließlich war sein Körper erschöpft, ohne dass sein Verstand Ruhe gefunden hätte. Er wandte sich wieder seiner Wohnung zu.

Als er vorsichtig die Wohnungstür aufschloss, stellte er mit Erleichterung fest, dass alles dunkel war. Evelyn war schon zu Bett gegangen.

Er zog sich lautlos im Dunkeln aus, schlüpfte, ohne Licht zu machen, in sein Bett.

Er war so fest überzeugt gewesen, Evelyn schliefe längst, dass er geradezu zusammenschrak, als sie die Arme um seinen Hals schlang, ihren Kopf an seiner Brust bettete.

Sonst hatte ihn diese Geste immer tief beglückt. Heute musste er an sich halten, sie nicht von sich zu stoßen. Das grauenhafte Bewusstsein, möglicherweise mit der leiblichen Schwester verheiratet zu sein, erfüllte ihn mit Entsetzen.

Aber lieber wäre er gestorben, als sie über sein Wissen aufzuklären, und so lag er unbeweglich, mit zusammengebissenen Zähnen.

Evelyn, halb im Traum, tastete nach seinem Gesicht.

»Was ist mit dir, Lieber?« murmelte sie schlaftrunken.

»Nichts«, sagte er heiser.

Dass er ihre Frage nur mit einem kalten Wort beantwortete, machte sie vollends wach.

»Bist du krank?« fragte sie erschrocken.

»Nein, nein! Es ist gar nichts! Schlaf nur, es ist schon spät!«

Sie streckte den Arm aus, knipste die Nachttischlampe an. »Ja tatsächlich schon zwei Uhr!« sagte sie. »Wann bist du denn nach Hause gekommen?«

»Ich weiß es nicht …«

»Ich habe jedenfalls ziemlich lange auf dich gewartet«, sagte sie

Er war froh, einen harmlosen Ansatzpunkt für einen Streit gefunden zu haben. »Willst du mir etwa Vorwürfe machen?« fragte er härter, als es der Anlass erfordert hätte.

Einen Augenblick war es ganz still.

Dann sagte sie: »Entschuldige bitte, wahrscheinlich habe ich wirklich dumm gefragt. Aber nicht mit Absicht. Natürlich kannst du jederzeit so lange fortbleiben, wie du willst.«

Er verfluchte ihre Sanftmut, die ihm die Situation noch schwerer machte, als sie ohnehin schon war.

»Dann ist es ja gut«, sagte er unfreundlich. »Und ich schlage vor, wir schlafen jetzt. Du weißt, dass ich um sechs Uhr 'raus muss.« Er gab ihr einen flüchtigen Kuss auf die Stirn. »Geh wieder in dein Bett.«

Sie gehorchte, und er atmete auf.

Lange Zeit lagen sie so ganz still, ohne sich zu rühren, getrennt durch ein schreckliches Geheimnis.

Endlich begann Evelyn: »Was hat Vater dir gesagt?«

»Vater?« wiederholte er töricht, um Zeit zu gewinnen.

»Du hast doch mit ihm gesprochen.«

»Ja«, sagte er, »ja …«

»Worüber habt ihr gesprochen, Hans? Hörst du, ich muss es wissen, es gibt da etwas – ich flehe dich an, sag es mir!«

»Es ist nur«, sagte er und folgte damit dem Rat des Obersten, »ich habe ihn gefragt, ob er mir nicht helfen kann …«

»Helfen?«

»Ja, Evi, ich – ich bin in letzter Zeit nicht mehr ganz glücklich.« Es fiel ihm unsagbar schwer, diese Lüge auszusprechen. »Ich bin – ich habe versucht, es dir nicht zu zeigen –, aber ich glaube einfach, ich kann es nicht mehr aushalten!«

»Was?« fragte sie alarmiert. »Wovon sprichst du?«

»Ich habe deinetwegen auf die Fliegerei verzichtet …«

»Aber das hast du doch freiwillig getan!«

»Sicher. Aber damals wusste ich noch nicht – siehst du, ich habe mich einfach übernommen.«

»Wenn das so ist«, sagte Evelyn langsam, »warum hast du dann nie mit mir darüber gesprochen?«

»Ich wollte dich nicht verletzen.«

»Hans«, sagte sie beschwörend, »ich würde alles tun, was in meiner Kraft steht, um dich glücklich zu machen.«

Sein Herz schnürte sich vor Qual und Liebe zusammen. »Nur fliegen darf ich natürlich nicht. Und das ist hart für mich.«

Sie schlang ihre Arme um seinen Hals. »Natürlich darfst du es, ich bin einverstanden.« Sie lachte sogar ein wenig. »Früher war ich ein dummes kleines Mädchen, aber heute weiß ich, du kannst mir gar nicht verloren gehen!«

165

Ihre Lippen berührten seine Stirn, seine Augen, seinen Mund.
»Ich will kein Opfer von dir, nur deine Liebe!«

Am späten Nachmittag des nächsten Tages – Evelyn war gerade dabei, die kleine Karina zu wickeln – klingelte es an der Wohnungstür.

»Warte nur, Kerlchen, Mutter ist gleich wieder bei dir«, sagte sie und legte das Kind in sein Gitterbettchen zurück. Dann eilte sie zur Wohnungstür, öffnete sie – ein Soldat stand vor ihr.

Tödlich erschrocken presste sie die Hände auf die Brust. »Ist etwas passiert?«

Der Soldat nahm die Hand von der Mütze. »Nein, Frau Hilgert, nur ...« Sie ließ ihn nicht aussprechen. »Wo ist mein Mann?«

»In der Kaserne.«

»Aber ...« Sie begriff, dass sie sich töricht benahm, versuchte sich zusammenzunehmen. »Bitte, kommen Sie doch herein.«

»Ich habe einen Brief für Sie«, sagte der junge Mann.

Sie drehte sich um, wartete ungeduldig, bis er seine Tasche aufgeknöpft und den weißen Umschlag herausgeholt hatte. Dann riss sie ihm das Schreiben fast aus der Hand. Sie erkannte die festen, kräftigen Schriftzüge ihres Mannes.

Es waren nur wenige Worte, aber sie brachten ihre kleine festgefügte Welt ins Wanken.

»*Liebe Evelyn*«, schrieb Hans Hilgert, »*heute Abend geht ein Transport junger Militärflieger nach den USA. Ich habe da Glück, für einen erkrankten Kameraden einspringen zu dürfen. Bitte pack das Nötigste zusammen und gib es dem Gefreiten Wülfing mit. Es tut mir Leid, dass wir nicht mehr persönlich Abschied nehmen können. Lebe wohl und sei nicht traurig. Hans.*«

Evelyns Herz krampfte sich wie unter einem körperlichen Schmerz zusammen. Mehr noch als die Tatsache dieser plötzlichen Trennung verletzte sie der unpersönliche Ton, in dem die kurze Mitteilung gehalten war.

Sie suchte ihre Handtasche und steckte den Brief hinein. »Wann geht der Transport nach Amerika ab?« fragte sie.

»Heute Abend«, antwortete der Gefreite.

»Um wie viel Uhr?« wollte sie wissen.

166

»Zehn.«

»Gut. Dann werde ich die Sachen meines Mannes rasch zusammenpacken. Sie müssen sich noch einen Augenblick gedulden.«

Sie zog sich zurück, aber ehe sie das erledigte, was sie versprochen hatte, wickelte sie ihr Kind fertig und bettete es in eine Tragtasche.

Als sie zehn Minuten später wieder zu dem Gefreiten hinaustrat, hatte sie den weiten Mantel an, der ihre schon wieder etwas rundlich gewordene Figur verbarg. Sie trug in der einen Hand den Koffer für ihren Mann, in der anderen die Tragtasche mit der kleinen Karina.

Der Gefreite sprang auf.

»Ich nehme an, Sie sind mit dem Auto da«, sagte Evelyn.

»Würden Sie mich mitnehmen?«

»Ja, natürlich. Gern«, sagte er, verbesserte sich aber sofort, indem er verlegen hinzufügte: »Das heißt – eigentlich nein. Zum Fliegerhorst darf ich Sie nicht mitnehmen, weil …«

»Sie brauchen mir nichts zu erklären«, sagte Evelyn mit erzwungener Ruhe. »Ich bitte Sie nur, mich zur Frauenklinik in Bonn zu bringen. Ich denke, das lässt sich wohl mit Ihren Anweisungen vereinbaren?«

»Selbstverständlich«, sagte der Gefreite, froh, dass er ihren Wunsch erfüllen konnte.

»Dann fahren wir«, sagte sie und gab ihm den Koffer in die Hand.

»Soll ich Ihrem Mann nichts ausrichten?«

Evelyn zuckte mit keiner Wimper. »Ich denke, das wird nicht nötig sein.«

Evelyn kannte die Zimmernummer ihrer Mutter, denn sie hatte ihr einige Male Blumen in die Klinik geschickt. Sie wusste, dass die Kranke keinen Besuch empfangen durfte und hatte sich darauf eingestellt.

In einem unbeobachteten Augenblick gelang es ihr, in das Zimmer ihrer Mutter zu schlüpfen.

Magdalene Rott war allein. Sie lag sehr blass, mit geschlossenen Augen in den Kissen.

167

Aber in dieser Sekunde empfand Evelyn kein Mitleid für ihre Mutter. Ihr ganzes Denken, Hoffen und Fürchten kreiste nur um ihren Mann und ihre Liebe.

Evelyn stellte die Tragtasche mit Karina auf einen Stuhl, beugte sich über die Mutter, schüttelte sie leicht an den Schultern. »Mama, ich bin es! Evelyn! Deine Tochter!« Magdalene öffnete die Augen und sah die junge Frau an mit einem Blick, der aus weiter Ferne zu kommen schien.

»Du musst jetzt alles sagen, Mama«, forderte Evelyn energisch. »Alles!«

»Aber ich weiß ja nicht …«, sagte Magdalene mit großer Mühe.

»Du weißt es. Sag mir, warum Hans mich wirklich verlassen will!«

Jetzt erst wurde Magdalene wirklich wach. Sie versuchte sich hochzurichten, in ihre Augen kam Erkennen. »Entschuldige«, sagte sie, »ich – sie setzen mich hier unter Medikamente. Es fällt mir schwer …«

»Warum hat Hans mich verlassen, Mama?« fragte Evelyn drängend. »Gestern Abend war Papa da, er hat mir nicht alles erzählt – ist es wahr, dass du einen Mord auf dem Gewissen hast?«

Magdalene spürte, dass die Stunde gekommen war, vor der sie sich seit Jahren gefürchtet hatte. Sie musste nun die Wahrheit sagen – eine Wahrheit, die das Glück ihrer Tochter vernichten würde.

Sie scheute noch ein letztes Mal zurück. »Ich bin keine Mörderin«, sagte sie.

»Dann musst du es Hans möglichst glaubwürdig versichern. Er denkt …«

»Nein, Evelyn. Es geht um etwas anderes.« In dieser schwersten Stunde fand Magdalene eine Kraft, die sie früher nicht aufgebracht hatte. »Ich muss dir ein Geständnis machen …«

Sie hielt die Hand ihrer Tochter, während sie mit leiser Stimme rückhaltlos beichtete.

»Jetzt kennst du meine Schuld«, sagte sie endlich, »mein ungeheures menschliches Versagen. Ich weiß, dass es keine Entschuldigung für mich gibt …«

168

»Für dich! Du redest immer nur von dir!« Evelyn, die während des ganzen Geständnisses wie erstarrt gesessen hatte, riss sich aus dem Griff der Mutter los. »Aber hier geht es um mich – um Hans – um die Kinder!«

»Es war meine Schuld. Ich bin mit einer Lüge in die Ehe gegangen, habe jahrelang geschwiegen, habe bei Wahrsagern und Zukunftsdeutern Rat gesucht, anstatt auf mein Gewissen zu hören.«

»Aber was soll ich jetzt tun?« Es klang wie ein Aufschrei.

»Du musst Hans gehen lassen. Vielleicht – eines Tages …«

»Aber wenn es wahr ist, was du sagst, dann können wir doch nie mehr zusammenkommen! Nie!« Evelyn schluchzte trocken auf.

Magdalene streckte die Hand nach ihr aus. »Glaub mir, ich würde mein Leben dafür geben, wenn ich dir helfen könnte.«

Evelyn straffte die Schultern. »Ich habe kein Recht, dir Vorwürfe zu machen.«

»Doch! Ich hätte es verdient.«

»Was könnte es nützen?« Evelyn nahm die Tragtasche auf und wandte sich zur Tür. »Lebe wohl, Mama!«

»Wo willst du hin?«

»Abschied nehmen.«

»Evelyn! Du wirst doch nicht … Bitte versprich mir …«

»Mich davonmachen? Nein, der Gedanke ist mir noch gar nicht gekommen. Du vergisst, dass ich nicht mehr allein bin. Meine Kinder sollen nicht durch meine Schuld leiden müssen.«

Magdalene ernpfand die ungeheure Anklage, die in diesen Worten lag. Dennoch überwog die Erleichterung darüber, dass Evelyn – ihre zarte, sensible Evelyn – bereit war, das Unglück durchzustehen. Sie ließ sich in die Kissen zurücksinken, sah auf die Tür, die hinter ihrer Tochter zugefallen war.

Sie war hellwach, die Wirkung des Beruhigungsmittels war verflogen. Dennoch fühlte sie sich so wohl wie seit langem nicht. Jetzt, da sie ihre Schuld bekannt hatte, fühlte sie, dass sie auch schon viel gesühnt hatte.

Die Transportmaschine stand schon auf dem Rollfeld. Das Bodenpersonal war dabei, die letzten technischen Überprüfungen durchzuführen.

Hans Hilgert war erfüllt von einem einzigen brennenden Gefühl: Evelyn.

Wieder und wieder sagte er sich, dass er richtig gehandelt, dass er die beste, die einzige vernünftige Entscheidung getroffen hatte. Aber sein Herz wehrte sich gegen die Grausamkeit des Schicksals, das ihm den Menschen entrissen hatte, ohne den er sich sein Leben nicht mehr vorstellen konnte.

Als die Ordonnanz eintrat und ihn hinausrief, war es ihm, als ob sich eine Hand um seine Kehle schlösse, die ihm den Atem nahm.

In dem kleinen Raum war es plötzlich totenstill geworden. Alle Augen richteten sich auf ihn.

»He, Hilgert«, rief einer in das Schweigen hinein, »sie werden dich doch nicht dabehalten wollen?«

Hans Hilgert reagierte nicht. Er hörte es nicht einmal.

Evelyn hat sich etwas angetan, dachte er, Evelyn …

Dann sah er sie vor sich stehen, sehr jung und doch sehr fraulich, die Augen übergroß in dem kleinen totenblassen Gesicht. In diesem Augenblick schwemmte die Erleichterung, dass sie ihm nahe war, alles andere hinweg. Er nahm sie in die Arme, küsste sie mit verhaltener Zärtlichkeit auf das schimmernde Haar. Evelyn hatte den Kopf an seine Brust gelegt, als ob sie bei ihm Geborgenheit finden könnte.

Oberst Rott im Hintergrund verhielt sich ganz still. Er hatte zum Fenster hinaus auf die Signallichter des Flughafens gestarrt, um diesen stummen, herzzerreißenden Abschied nicht mit ansehen zu müssen.

Erst als er Evelyn sagen hörte: »Ich weiß es, Hans – ich weiß jetzt alles!« drehte er sich um.

Die beiden hielten sich immer noch umschlungen.

Er räusperte sich, warf einen Blick auf seine Armbanduhr. »Ich fürchte, es wird Zeit für dich, mein Junge!«

Hans und Evelyn lösten sich nur mühsam voneinander.

»Ich werde – immer an dich denken«, sagte Hans Hilgert gepresst.

Oberst Rott ergriff den Arm seiner Tochter, zog sie zurück. »Mach dir keine Sorgen, Hans, ich werde auf Evelyn aufpassen.«

Hans Hilgert war unfähig, noch ein Wort hervorzubringen. Er nickte nur stumm, machte einen Schritt auf Evelyn zu, als ob er sie noch einmal in die Arme nehmen wollte. Dann aber drehte er sich um und verließ wortlos den Raum.

15

Schweren Herzens verabschiedete sich Oberst Rott am nächsten Morgen von seiner Tochter, um in den Dienst zu gehen. Er kämpfte mit dem Gedanken, sich beurlauben zu lassen. Aber er tat es dann doch nicht, weil er in dieser Situation den Gerüchten, die über ihn im Umlauf waren, keine neue Nahrung geben wollte.

Er war gerade im Begriff, vom Verteidigungsministerium aus zu Hause anzurufen und sich zu vergewissern, dass alles in Ordnung sei, als er zu General Helmbrecht, seinem Vorgesetzten, beordert wurde.

Der General forderte ihn auf, Platz zu nehmen, bot ihm eine Zigarette an. Das waren Gesten, die dazu dienten, die Atmosphäre aufzulockern, aber keineswegs etwas über den Stand der Dinge besagten. General Helmbrechts Gesicht war wie immer undurchdringlich.

»Ich kann Sie beruhigen«, sagte der General plötzlich. »Es wird nicht zu einem Skandal kommen. Der Fall Mirsky ist geklärt.«

Auch jetzt noch zeigte Oberst Rott keinerlei Erregung. »Ich wusste, dass meine Frau mit diesem Mord nichts zu tun haben kann«, sagte er.

»Sie haben Recht behalten. Unseren Leuten ist es in Zusammenarbeit mit der Mordkommission der Kriminalpolizei einwandfrei gelungen, den Täter zu identifizieren. Es handelt sich um einen Inder namens Ghabil. Er arbeitete bei der Botschaft, ohne zum Corps zu gehören, genießt also keinerlei Immunitätsrechte.« General Helmbrecht machte eine Pause, während er seine Zigarette ausdrückte.

»Ist er schon verhaftet worden?« fragte Oberst Rott.

»Nein, er konnte fliehen.« Der General zündete sich eine zweite Zigarette an. »Im Übrigen ist uns das gar nicht so unlieb. Hätten wir ihn erwischt, wäre die Sache ziemlich kompliziert geworden. Auch in der indischen Botschaft hat man die

Angelegenheit einigermaßen gelassen genommen. Ghabil stand schon seit längerer Zeit im Verdacht, als Agent zu arbeiten. Möglicherweise hat er von drüben den Auftrag zur Tat bekommen. Jedenfalls haben wir einwandfrei festgestellt, dass Mirsky für beide Seiten tätig war. Grund genug, ihn zu liquidieren. Und da Ghabil schon verdächtigt wurde, war er als Agent nicht mehr brauchbar und deshalb der gegebene Mann für die Ausführung. Für uns ist der Fall jedenfalls erledigt.«

»Soll das heißen …« Oberst Rott zögerte, weiterzusprechen.

»Ich weiß, was Ihnen auf dem Herzen liegt«, sagte der General, und zum ersten Mal während dieses ganzen Gesprächs verzogen sich seine Lippen zu einem Lächeln. »Aber auch in diesem Punkt können wir Sie beruhigen. Durch genaue Kontrollen haben wir festgestellt, dass keinerlei Einzelheiten unserer Arbeit in fremde Hände gekommen sind. Ihre Gattin ist also auch in diesem Punkt völlig entlastet.«

»Ich danke Ihnen, Herr General«, sagte Oberst Rott einfach.

Der General hob die Augenbrauen. »Sie nehmen das – sehr gelassen auf. Ein wenig Enthusiasmus hätte ich nun doch erwartet.«

»Ich habe niemals an der Integrität meiner Frau gezweifelt.«

»Immerhin – ich meine, dennoch hätte es für Sie eine sehr unangenehme Sache werden können.«

»Ich weiß.«

Der General sah Oberst Rott prüfend an. »Sie machen sich Gedanken darüber, was dieser Mirsky gegen Ihre Gattin in der Hand gehabt haben könnte?«

»Darüber bin ich orientiert.«

»Wirklich? Na, dann berichten Sie mal …« Der General unterbrach sich. »Natürlich ist das Ihre Privatsache, Oberst. Da gibt's keinen Zweifel.«

»Ich danke Ihnen«, sagte Oberst Rott steif und erhob sich.

»Nehmen Sie die Angelegenheit nicht zu tragisch«, empfahl der General. »Wie sagt man? Wer kennt schon die Frauen! Sie haben uns Rätsel aufgegeben, seit die Welt besteht. Wenn's anders wäre, würde es uns wahrscheinlich längst langweilig geworden sein.«

Evelyn erfuhr diese Wendung der Dinge durch Helga Gärtner. Die Journalistin hatte sie morgens in ihrer Köln-Lindenthaler Wohnung aufsuchen wollen, aber dort erfahren, dass sie zu ihrem Vater gezogen war.

Doch Evelyn zeigte sich nicht interessiert. »Schön für Mama«, sagte sie, »aber was kann mir das nutzen?«

»Sie dürfen sich jetzt nicht so gehen lassen!«

»Ja, ja, ich weiß, das Leben geht weiter.« Evelyn lächelte bitter.

»Das ist leicht gesagt. Aber wie soll es für mich und meine Kinder weitergehen? Wenn ich daran denke, dass ich Hans auf immer verloren habe …« Sie konnte nicht weitersprechen.

»Es ist entsetzlich, ich weiß es«, sagte Helga Gärtner behutsam.

»Nichts wissen Sie! Niemand kann sich in meine Lage versetzen!« Evelyn schrie es heraus.

»Vielleicht liegen die Dinge gar nicht so …«

Evelyns ebenmäßiges Gesicht verzerrte sich. »Wollen Sie etwa andeuten, dass es noch schlimmer kommen könnte?«

Unbeirrt sagte Helga Gärtner: »Wollen Sie mich nicht in aller Ruhe anhören?«

»Wozu?« fragte Evelyn. »Ich weiß nicht einmal, was Sie zu mir führt. Ja, vielleicht gäbe mein Schicksal Material für einen erschütternden Sensationsbericht. Aber das eine sage ich Ihnen: Ich bin noch nicht am Ende! Ich werde mit allen Mitteln kämpfen, damit nichts in die Zeitung kommt!«

»So gefallen Sie mir schon besser«, sagte Helga Gärtner lächelnd. »Ich versichere Ihnen, dass ich nicht zu Ihnen gekommen bin, um irgendetwas in die Zeitung zu bringen. Ich bin zu Ihnen gekommen, weil ich mich mitschuldig fühle.«

»Sie?« fragte Evelyn überrascht.

»Ja. Es ist im Augenblick nicht wichtig, Ihnen das zu erklären, es geht ja jetzt um etwas anderes: Ich bin nach wie vor nicht davon überzeugt, dass Hans Hilgert Ihr Bruder ist.«

»Nicht?« In Evelyns Augen glomm ein Hoffnungsschimmer auf.

»Nein«, sagte Helga Gärtner mit Nachdruck. »Betrachten wir doch einmal die Tatsachen …« Sie zündete sich eine Zigarette an, inhalierte tief. »Fest steht, Ihre Mutter hat vor ihrer Ehe einen Sohn gehabt, Udo. Dieser Junge ist im Alter von drei Jahren Ihrer Mutter und mir verloren gegangen. Was aus ihm geworden ist, wissen wir nicht, weil Ihre Mutter niemals eine Suchanzeige aufgegeben, sich überhaupt nie mit dem Roten Kreuz in Verbindung gesetzt hat.«

»Aber Mama sagt doch …«

»Ich weiß, sie glaubt, dass Hans Hilgert und Udo ein und dieselbe Person seien. Aber welche stichhaltigen Beweise gibt es dafür? Frau Hilgert nahm einige Monate später einen kleinen Jungen zu sich, den eine Familie am selben Tag, an dem wir Udo verloren haben, aufgelesen haben will.«

»Aber es besteht doch die Möglichkeit …«

»Eine vage Möglichkeit! Sie wissen nicht, wie es an jenem Tag zugegangen ist. Sie ahnen nichts von den Zuständen, die in den letzten Monaten vor Ende des Krieges in weiten Teilen Europas herrschten. Tausende von Kindern sind von ihren Eltern getrennt worden. Viele von ihnen haben bis heute noch nicht zu ihrer Familie zurückgefunden. Ich gebe zu, es besteht eine gewisse Möglichkeit, dass es sich in unserem Falle um denselben Jungen handeln könnte. Doch – wie gesagt – diese Möglichkeit ist äußerst gering.«

»Sie wollen mir Hoffnung machen«, sagte Evelyn plötzlich sehr erschöpft. »Ich fühle, dass Sie es gut meinen …«

»Ich will nur die Wahrheit ans Licht bringen. Sagen Sie mir, Evelyn: Hat Ihr Mann ein Muttermal auf dem Rücken? Herzförmig? Etwa zwischen den Schulterblättern?«

»Ja«, sagte Evelyn.

»Also doch!« Helga Gärtner war unfähig, ihre Bestürzung zu verbergen.

»Zwei sogar«, erklärte Evelyn. »Sie sind etwa gleich groß, eine Handbreit voneinander entfernt …«

»Zwei sagen Sie?« Helga Gärtner war aufgesprungen. »Ach, Evelyn, dann haben wir schon viel gewonnen!«

Der Psychiater Dr. Schneebohm lächelte, als Evelyn mit allem Nachdruck und in sehr kampfbereitem Ton verlangte, ihre Mutter zu sprechen.

»Wenn Sie glauben, dass ich etwas dagegen einzuwenden habe«, sagte er, »gehen Sie von einer falschen Voraussetzung aus. Ich habe durchaus nichts dagegen …«

Er wandte sich an Helga Gärtner, die sich bis jetzt im Hintergrund gehalten hatte. »Wollen Sie auch mit hinein?«

»Ja, natürlich«, sagte Evelyn rasch und zog die Journalistin mit sich.

Magdalene Rott lächelte nicht, als sie eintraten. Ihr Gesicht war immer noch bleich.

»Mama«, sagte Evelyn und wollte ihre Mutter nur flüchtig auf die Stirn küssen.

Aber Magdalene hielt sie fest an sich gepresst, mit einer Kraft, die niemand der abgezehrten Frau mehr zugetraut hätte. »Mein Kind«, sagte sie, »mein liebes Kind …«

Helga Gärtner wandte den Blick ab, während Mutter und Tochter sich in den Armen lagen. Erst als es gar zu lange dauerte, sagte sie mit ihrer gewohnten Forschheit: »Genug geflirtet. Wir müssen dir ein paar wichtige Fragen stellen, Magda.«

Es war Evelyn, die sich als Erste aus der Umarmung löste. »Ja, es ist wirklich wichtig, Mama.« Dann, als sie den hilflosen Ausdruck in den Augen ihrer Mutter sah, fügte sie rasch hinzu: »Wir wollen dich nicht zur Rechenschaft ziehen oder dir Vorwürfe machen. Ich hatte Zeit, mir alles durch den Kopf gehen zu lassen. Jetzt weiß ich, dass du dich nur deshalb immer tiefer und tiefer verstrickt hast, um unsere Familie zu schützen.«

»Du kannst das verstehen?« fragte Magdalene voll ungläubiger Hoffnung.

»Aber ja.« Evelyns Lächeln war so voll Schmerz und Erkenntnis, dass Magdalene zum ersten Mal ganz begriff, dass ihre Tochter kein Kind mehr war. »Ich bin ja auch eine Mutter«, sagte Evelyn leise.

»Eben«, sagte Helga Gärtner, die ihre Ungeduld nicht länger bezähmen konnte. »Darum geht es ja. Wir sind zu dir gekommen, Magda, um genau zu untersuchen, ob Hans Hilgert tatsächlich mit dem verlorenen Udo identisch ist.«

»Aber«, sagte Magdalene, »das hat sich doch wohl herausgestellt …«

»Durchaus nicht. Wir stützen uns bisher ja nur auf Vermutungen.«

»Nein.« Magdalene schüttelte traurig den Kopf. »Ich weiß es ganz genau.«

175

»Hör mich gut an, Magda«, sagte Helga Gärtner. »Du musst jetzt versuchen, alle deine Ängste, deine verzweifelten Kombinationen zu vergessen – auch alles, was dir Jan Mirsky eingeflüstert hat. Denn wir wissen ja nun, dass er ein skrupelloser und durch und durch verlogener Mensch war.«

Magdalene streichelte sanft die Hand ihrer Tochter, die neben ihr auf dem Bettrand saß. »Was hat es für einen Sinn, wenn wir versuchen, uns falsche Hoffnungen zu machen?«

»Du und Evelyn«, sagte Helga Gärtner, »ihr beide wart schon bereit, euch mit dem Schlimmsten abzufinden. Ihr habt also nichts mehr zu verlieren. Begreifst du denn nicht, Magda, dass du nicht das Geringste riskierst, wenn du dich jetzt mit uns bemühst, der Wahrheit auf den Grund zu kommen?«

»Ich habe mich nicht getäuscht.«

»Dann beweis es uns.«

»Ja, Mama«, sagte Evelyn. »Warum bist du so sicher, dass Hans … ?« Sie stockte, musste sich zwingen, es auszusprechen: »… dein Sohn ist?«

»Udo hatte ein Muttermal zwischen den Schulterblättern.«

»Bist du ganz sicher?« fragte Helga Gärtner.

»Ja.«

»Beschreib es uns.«

»Es ist herzförmig«, sagte Magdalene müde, »ziemlich groß …«

»Ein Muttermal?« Helga Gärtner betonte das erste Wort.

»Ja«, bestätigte Magdalene.

»Dann, Mama …«, begann Evelyn triumphierend, wandte sich aber gleich darauf fragend an Helga Gärtner: »Darf ich jetzt sprechen?«

»Ich bitte darum.«

»Hans hat zwei Muttermale auf dem Rücken«, erklärte Evelyn. »Das eine sitzt ungefähr da, wie du es beschrieben hast. Aber es ist nicht eigentlich herzförmig, sondern eher rund … Das zweite ist etwa eine Handbreit entfernt und sitzt höher.«

»Nein!«

»Doch, Mama, du kannst es glauben. Was machst du denn für ein Gesicht? Ich dachte, du würdest so froh darüber sein wie ich selbst.«

Magdalenes Augen waren voll Verwirrung. »Ich erfahre es so überraschend. Wenn ich früher gewusst hätte …«

»Ja«, sagte Helga Gärtner, »du hättest dir viel erspart, wenn du den Mut aufgebracht hättest, deine so genannten Argumente genau nachzuprüfen. Entschuldige bitte«, fügte sie sofort hinzu. »Ich habe mich ja, wenn möglich, noch unvernünftiger benommen.«

»Aber es ist doch möglich«, wandte Magdalene ein, »dass das zweite Muttermal gar nicht angeboren ist.«

»Das, liebe Magda, ist eine Frage, die später noch untersucht werden muss. Gehen wir weiter.« Helga Gärtner zog ein großes ledergebundenes Notizbuch aus ihrer Handtasche und begann zu schreiben.

»Udo hatte braune Augen und blondes Haar, nicht wahr?«

»Ja. Aber das Haar könnte nachgedunkelt sein.«

»Wir wollen jetzt nur die Tatsachen festhalten. Wie war er gekleidet?«

»Brauner Mantel, reichlich groß …«

»Stimmt. Skihose, nicht wahr?«

»Ja. Eine blaue Skihose, feste Stiefel, hellblauer Pullover – ich hatte ihn selber gestrickt –, warme Unterwäsche, zwei Hemden und zwei lange Unterhosen, dicke graue Kniestrümpfe.«

»Gut«, sagte Helga Gärtner, die eifrig mitgeschrieben hatte. »Fällt dir sonst noch etwas ein?«

»Alles – außer dem Mantel – war mit seinen Anfangsbuchstaben gezeichnet. Er war doch bis dahin in einem Kinderheim gewesen …«

»Ich weiß«, sagte Helga Gärtner. »Kommen Sie, Evelyn. Jetzt fahren wir zu Ihrer Schwiegermutter.«

»Wir wissen, dass Evelyns Ehemann nicht Ihr Sohn ist, Frau Hilgert«, erklärte Helga Gärtner, als die Schneiderin sie in ihr Wohnzimmer geführt hatte. »Es hat keinen Zweck, zu leugnen. Bitte sprechen Sie ganz offen: Wie und wo haben Sie ihn seinerzeit gefunden?«

»Ich begreife gar nicht, was Sie von mir wollen«, sagte Frau Hilgert überrumpelt.

»Aber Mutti«, mischte sich Evelyn ein, »Frau Gärtner sagt die volle Wahrheit. Meine Mutter hat mir alles gestanden. Jetzt musst du auch sprechen.«

»Also deine Mutter«, sagte Hanna Hilgert mit einem Ton, in dem sich Bitterkeit und Verachtung mischten.

»Magdalene Rott hat länger geschwiegen, als sie es verantworten konnte«, sagte Helga Gärtner ernst. »Es wäre sehr töricht, ihr Vorwürfe machen zu wollen, nur weil sie sich jetzt endlich – beinahe zu spät – entschlossen hat, den Dingen auf den Grund zu gehen.«

»Sie können mir nicht beweisen, dass Hans nicht mein Sohn ist«, sagte Frau Hilgert hartnäckig.

»Ich denke doch«, erwiderte Helga Gärtner ruhig. »Notfalls könnte man Anzeige wegen Personenstandsfälschung gegen Sie erstatten. Die Polizei wird dann bestimmt alles herausbringen.«

Hanna Hilgert blickte von Helga Gärtner auf Evelyn. »Also gut, ich werde sprechen.«

»Gestatten Sie, dass wir uns setzen?« Helga Gärtner nahm Platz, ohne dazu aufgefordert zu werden, und Evelyn folgte ihrem Beispiel. »Sie haben den Jungen seinerzeit, so viel ich weiß, von einer Flüchtlingsfamilie übernommen?«

»Ja«, sagte Hanna Hilgert und zog mit nervösen Händen ein Zigarettenpäckchen aus ihrer Kitteltasche. »Sie sagten mir, Sie hätten den Jungen am 17. Januar in Königsberg aufgelesen.«

»Bitte weiter!« Helga Gärtner hatte ihr Notizbuch aufgeschlagen. »Wie sah er aus?«

»Na, eben wie ein etwa Dreijähriger.« Frau Hilgert schob sich eine Zigarette zwischen die Lippen. »Braune Augen, braune Haare …«

»Sind Sie sicher, dass die Haare braun waren?«

»Natürlich. Kennen Sie Hans denn nicht?«

»Waren die Haare nicht vielleicht – heller?«

Frau Hilgert hatte ihre Zigarette angezündet, rauchte hastig. »Möglich wäre es. So genau weiß ich es nicht.«

»Haben Sie kein Foto?«

»Nein. Sie wissen ja selber, die Zeiten waren nicht danach.«

»Was hatte er an?«

»Braune Jacke, braune Skihose, einen bunten, aus Wollresten zusammengestrickten Pullover. Alles ziemlich schäbig.«

»Die Kleidung könnten diese Bornstedts vertauscht haben«, gab Evelyn zu bedenken.

Hanna Hilgert zuckte die Achseln. »Möglich. Falls seine eigene besser war, meine ich. Sie hatten selber fünf Kinder und waren ziemlich elend dran.«

»Er hatte ein Muttermal auf dem Rücken?« fragte Helga Gärtner.

»Zwei sogar. Zwischen den Schulterblättern. Etwa eine Handbreit voneinander entfernt.«

Helga Gärtner ließ das Notizbuch sinken. »Sind Sie ganz sicher, dass er diese Male schon damals hatte?«

»Ganz sicher. Sie sind mir sofort aufgefallen, als ich ihn das erste Mal abgeschrubbt habe. Das war – ja, genau zwei Tage, nachdem ich ihn übernommen hatte. Wir kampierten damals bei einem Bauern, und ich konnte mir heißes Wasser besorgen.«

Helga Gärtner warf Evelyn einen frohlockenden Blick zu, aber diese gab sich nicht so schnell zufrieden.

»Sie sagten, er war ungefähr drei Jahre. Also konnte er doch schon sprechen. Was erzählte er denn?«

»Man konnte nicht schlau daraus werden. Er war ziemlich verstört. Die Flucht und das alles hatten ihn völlig durcheinander gebracht. Ich habe aber von ihm gehört, dass man ihn Putzi genannt hatte. Jedenfalls sprach er so von sich. Putzi will hamham. Putzi müde. Kindersprache, du verstehst.«

Evelyn warf Helga Gärtner einen fragenden Blick zu, aber die schüttelte den Kopf »Nein, das war nicht Udos Art. Er nannte sich Udo. Ist ja auch leicht für ein kleines Kind auszusprechen.«

»Von was für einem Udo reden Sie da?« fragte Frau Hilgert mit zusammengezogenen Augenbrauen.

»Tut nichts zur Sache«, antwortete Helga Gärtner. »Wir glaubten, dass Hans Hilgert mit diesem Udo identisch sein könnte. Aber es scheint, wir haben uns geirrt. Jedenfalls, wenn Sie, was die Muttermale betrifft, ganz sicher sind.«

»Völlig«, sagte Frau Hilgert. »Ich hoffe, Sie sind jetzt zufrieden.«

»Noch nicht ganz. Erst werden wir nun gemeinsam zum Roten Kreuz fahren und uns die Karteien mit den vermissten Kindern sorgfältig ansehen.«

»Wollen Sie mir nicht erst erklären …?«

»Das werde ich unterwegs tun.«

Oberst Rott trat mit einem großen Strauß langstieliger Teerosen an das Krankenbett seiner Frau.

Er küsste ihr die Hand. »Du siehst wunderbar aus.« Dann legte er die Rosen vor sie auf die Decke, zog sich einen Stuhl heran. »Ich bin sehr froh, dass es dir besser geht.«

»Ich wollte dich sprechen«, sagte sie mit einem schmerzlichen Lächeln. »Aber jetzt, da du bei mir bist – ich hätte dir längst alles sagen sollen. Jetzt weißt du alles, und ich kann dich nur noch um Vergebung bitten.«

Er streichelte sacht ihre Hand. »Wie musst du gelitten haben!«

»Es war alles vergeblich.«

»Du wolltest die Kinder schützen, das verstehe ich. Aber warum hast du kein Vertrauen zu mir gehabt?«

»Ich hatte Angst, dich zu verlieren.«

»Wegen einer Schuld, die du auf dich geladen hast, als du siebzehn warst?«

»Nein. Weil ich dich belogen hatte. Von Anfang an. Aber zunächst – ich habe mich einfach geschämt. Und dann war es plötzlich zu spät.« Sie richtete sich in ihren Kissen auf. »Wirst du dich jetzt scheiden lassen?«

»Fragst du das im Ernst?«

»Ja, Herbert.«

»Dann hör einmal gut zu: Ich habe an eine derartige Lösung niemals auch nur eine Sekunde gedacht. Auch damals nicht, als es so aussah, dass du und dieser Mann – aber darüber brauchen wir nicht mehr zu sprechen. Ich liebe dich, Magda. Jetzt, da ich weiß, was du die ganzen Jahre über gelitten hast, liebe ich dich nur um so mehr.«

Sie fasste seine Hand. »Du bist gut zu mir.«

»Im Gegenteil, dass du so lange geschwiegen hast, spricht am meisten gegen mich.«

»Herbert!«

»Doch, doch. Ich habe mich nicht genug um dich gekümmert – seelisch, meine ich. Obwohl ich in letzter Zeit gespürt habe, dass irgendetwas nicht in Ordnung war.«

»Du warst so überzeugt …«

»Ja. Ich habe mir ein Bild von dir gemacht, hinter dem ich den wirklichen Menschen nicht mehr sehen konnte. Aber das soll jetzt anders werden, Magda.«

»Wir werden uns sehr um Evelyn kümmern müssen.«

»Natürlich. Sie wird bei uns bleiben. Findest du nicht, dass wir auch sie falsch gesehen haben? Sie trägt ihr Schicksal mit einer Haltung, die ich ihr nie zugetraut hätte.«

Wie aufs Stichwort öffnete sich die Tür, und Evelyn stürzte ins Zimmer. Ihre Augen strahlten.

»Mama, eine Frage: Ist Udo je von dir oder vielleicht im Kinderheim Putzi genannt worden?«

»Nicht, dass ich wüsste.«

»Und hatte er immer nur ein Muttermal auf dem Rücken?«

»Solange er bei mir war …«

Evelyn ließ sich am Fußende des Bettes niedersinken, faltete die Hände wie zum Gebet. »Hans – ist bestimmt nicht – mein Bruder!«

Evelyns Hoffnung hatte sie nicht betrogen. Eine gute Stunde später – Oberst Rott war schon gegangen, Evelyn blieb noch bei ihrer Mutter – kam Helga Gärtner in die Klinik zurück. Sie hatte mit Frau Hilgert die Karteien der vermissten Kinder durchgesehen.

»Wir haben ihn gefunden«, sagte sie. »Es besteht kein Zweifel, Joachim Bornstedt, alias Putzi, alias Hans Hilgert, ist der Sohn eines ostpreußischen Ehepaares, das jetzt in München lebt, dort in der Nähe eine Schirmfabrik besitzt und die Suche nach ihrem verlorenen Sohn immer noch nicht aufgegeben hat. Jahr für Jahr haben sie angefragt. Die werden Augen machen, wenn sie ihren Jungen wiedersehen!«

»Mein Gott«, sagte Magda atemlos, »sind eure Feststellungen ganz sicher?«

»Frau Hilgert hat ihn einwandfrei erkannt. Es lagen ein paar sehr gute Fotos bei den Akten.«

Evelyn sprang auf. »Wo ist ein Telefon? Ich muss Hans sofort nach Amerika telegrafieren.«

»Joachim«, lächelte Helga Gärtner.

»Wie bitte?«

»Er heißt Joachim. Du kannst ihn auch Jochen nennen.«

»Nein«, sagte Evelyn. »Ich bin damit einverstanden, eine Frau Bornstedt zu werden. Aber für mich heißt mein Mann weiterhin Hans, genau so, wie er hieß, als ich ihn kennen lernte!« Sie lief aus dem Zimmer.

»Ich werde eine Suchanzeige wegen Udo aufgeben«, sagte Magda. Ich weiß, er ist jetzt erwachsen und braucht mich wohl nicht mehr. Aber er soll wissen, wer seine wirkliche Mutter ist. Und vielleicht kann ich doch noch gutmachen, was ich an ihm gesündigt habe.

»Dazu ist es zu spät, Magda«, sagte Helga Gärtner, plötzlich wieder ernst geworden. »Udo lebt nicht mehr. Bei unserer Suche bin ich auf seine Akten gestoßen. Das Bild war nicht gut zu erkennen, aber die Angaben stimmen genau. Ich bin überzeugt, es handelt sich um deinen Udo. Zwei junge Frauen haben ihn in Königsberg aufgelesen und mit ihren Kindern in den Westen genommen. Dort ist er ein halbes Jahr später an Diphtherie gestorben.«

Sie sah Magdalenes betroffenes Gesicht und sagte rasch: »Ich weiß, wie dir zumute ist. Aber vielleicht ist es besser so, wie es gekommen ist.«

»Ich hätte ihn nicht im Stich lassen dürfen, dann wäre er bestimmt –«

»Dann wäre er wahrscheinlich auch gestorben.«

Ein halbes Jahr später standen sie alle auf dem Flughafen Lohausen bei Düsseldorf, um Hans Hilgert, der jetzt bald seinen richtigen Namen tragen würde, abzuholen: Magdalene, Oberst Rott, das Ehepaar Bornstedt und Hanna Hilgert. Nur Evelyn fehlte. Sie lag in der Frauenklinik und war zwei Tage zuvor von einem gesunden Jungen entbunden worden. Hans Hilgert hatte anstelle der Militärmaschine ein Flugzeug der Lufthansa benutzt, um so schnell wie möglich nach Hause zu kommen. Für Hanna Hilgert waren es schwere Minuten, als sie sah, wie

»ihr Junge« von seinen wirklichen Eltern begrüßt wurde. Aber sie wusste, dass sie nicht neidisch sein durfte. Sie hatte ihr gestohlenes Glück länger, viel länger bewahrt, als sie es hätte verantworten können.

Sie musste dankbar sein, dass die wirklichen Eltern ihr verziehen hatten.

Hans begrüßte auch seine Pflegemutter und die Schwiegereltern herzlich. Aber trotzdem war er nicht recht bei der Sache. Es drängte ihn zu seiner jungen Frau und dem Neugeborenen. Seine Eltern brachten ihn in ihrem Wagen nach Köln. Sie luden Hanna Hilgert ein, mitzufahren.

Magdalene und ihr Mann hatten es nicht so eilig. Nun, da der Trubel der Begrüßung vorüber war, genossen sie es, allein zu sein.

»Glücklich?« fragte Oberst Rott, als er seine Frau zum Auto führte.

»Unsagbar«, antwortete sie lächelnd. »Ich hatte nicht mehr zu glauben gewagt, dass das Schicksal so gnädig sein würde. Ich weiß, dass ich es nicht verdient habe.«

»Doch, Magda. Du hast trotz allem einen guten Kampf gekämpft.«

Sie lächelte. »Nur mit falschen Mitteln und auf der falschen Seite. Ach, Herbert, du weißt doch selber, wie unbeschreiblich töricht ich war ...«

»Ich liebe dich so, wie du bist!«

Er küsste sie lächelnd auf die Nasenspitze, ohne darauf zu achten, dass neugierige Passanten sie beobachteten.

Sie kamen in der Klinik gerade rechtzeitig an, um mitzuerleben, wie Evelyn, eine erlöste, durch Sorgen gereifte Evelyn – ihrem Mann den kleinen Stammhalter entgegenhielt.

»Wie gefällt er dir, Hans? Ist er nicht wundervoll? Wie wäre es, wenn wir ihn Markus nennen würden? Wenn's ein Mädchen wäre, käme natürlich nur Magdalene in Frage.« Sie lächelte ihrer Mutter zu. »Denn heute weiß ich, dass ich die allerbeste Mutter auf der Welt habe.«